DIANA PALMER

Orgullo y PERDON

Editado por Harlequin Ibérica.
Una división de HarperCollins Ibérica, S. A.
Avenida de Burgos, 8B - Planta 18
28036 Madrid

© 2023, Diana Palmer
© 2024 Harlequin Ibérica, una división de HarperCollins Ibérica, S. A.
Orgullo y perdón, n.º 296 - 22.5.24
Título original: Wyoming Proud
Publicada originalmente por Canary Street Press

I.S.B.N.: 978-84-1062-789-5
Depósito legal: M-8592-2024
Impreso en España por: BLACK PRINT
Fecha impresión Argentina: 18.11.24
Distribuidor exclusivo para España: LOGISTA
Distribuidor para México: Distibuidora Intermex, S.A. de C.V.
Distribuidores para Argentina: Interior, DGP, S.A. Alvarado 2118.
Cap. Fed./Buenos Aires y Gran Buenos Aires, VACCARO HNOS.

Al doctor Max E. White (1946-2023).

Mi profesor de Antropología en la Universidad Piedmont, Georgia.

Hacía la arqueología tan emocionante que parecía Indiana Jones.
Solo le faltaba el Fedora. D.E.P., querido profesor.

Capítulo 1

Ty Mosby estaba aburridísimo. Podría haberse quedado en casa con su hermana, Annie, viendo esa serie de dragones por la tele. Incluso eso habría sido mejor que esa chorrada de fiesta del trabajo con dos mujeres babeando por él. Una acababa de divorciarse. La otra estaba casada. ¡Mujeres!

Se giró y por poco no se cayó encima de Erianne Mitchell. Bueno, se llamaba Erianne, pero nadie la llamaba así. Para Ty y para Annie era simplemente Erin.

—Yo no tengo la culpa de que seas guapísimo —bromeó ella—. Mary, que está allí, tiene tantas ganas de meterte en un cuarto oscuro que ya se ha olvidado de su exmarido. Y Henrietta... —añadió asintiendo hacia una mujer desgarbada con el pelo oscuro y alborotado que suspiraba y bebía mientras lo miraba— no ha pensado en su marido en toda la noche. Bueno, mejor —añadió en voz baja—, porque está liado con la Tarver.

—¿Qué eres? ¿La pregonera del pueblo? —le reprochó él.

—No es un trabajo agradable, pero alguien tiene que hacerlo —respondió Erin con unos chispeantes ojos grises. Mientras se reía se giró; llevaba su melena oscura recogida en un elegante moño bajo—. Y ahí está Grace. ¿No saliste con ella el año pasado?

—Ay, Dios —gruñó él.

—Tranquilo, tranquilo, que no te ha visto. Está demasiado ocupada intentando hacer que Danny Barnes se fije en ella. Él acaba de heredar el rancho de su abuelo en Comanche Wells.

—Ya he salido con bastantes trepas —murmuró Ty. La recorrió con esos ojos negros que tenía y añadió—: Aunque, por otro lado, estás tú.

—Anda, no seas tonto. No soy tu tipo —murmuró ella fingiendo.

Lo había amado siempre, pero para Ty era invisible. ¡Y normal que lo fuera! Era simplona comparada con las mujeres que iban detrás de él.

Ty tenía el pelo y los ojos negro azabache y una piel oliva clara que hacía que resultara aún más guapo con esa camisa blanca impoluta que llevaba bajo una americana. Lógico que las mujeres babearan por él. Ella misma llevaba años babeando, aunque lo ocultaba tan bien que ni siquiera Annie se había dado cuenta.

—¿Por qué no? —preguntó él con verdadera curiosidad.

—Yo no salgo con hombres.

Ty parpadeó.

—¿Sales con mujeres?

—No salgo con nadie. Punto.

—¿Cuántos años tienes ya? ¿Veinticinco? Pues más te vale salir con alguien porque, si no, te vas a quedar sola.

—Tú tienes treinta y uno y ya te has quedado solo. Además, trabajo para ti. No salgo con gente del trabajo.

—Podríamos hacer una excepción.

Ella se quedó mirándolo y dijo exasperada:

—Tyson Regan Mosby. Si sigues con esto, voy a llamar a Annie.

—¡Dios me libre!

—Te quiere. Te protegerá de las depredadoras.

—Te haré una carta de recomendación fantástica si le encuentras marido a mi hermana.

—Annie no quiere casarse todavía. Igual que tú. Y yo no necesito una recomendación a menos que tengas pensado despedirme esta noche.

Él esbozó una mueca.

—No tengo suficiente gente ahora mismo. Hay otro negocio en San Antonio que no deja de llevarse a nuestros mejores empleados. Incluso a los que despido.

No le gustaba despedir a nadie, pero a veces tenía que hacerlo. Aunque la sede de su empresa estaba en San Antonio, tenía empleados de Jacobsville. Construcciones Mosby había crecido bajo su gerencia. Ty había convertido la pequeña constructora de su padre en un competidor de primer nivel. Era licenciado en Arquitectura. Le encantaba construir cosas.

Annie y él habían heredado una gran riqueza, así que en realidad no necesitaba trabajar. Pero adoraba su trabajo. Y San Antonio era el mejor lugar para albergar las oficinas de la empresa, aunque Annie y él aún vivían en Jacobsville. Eran descendientes directos del fundador del pueblo, Big John Jacobs, que en el siglo diecinueve había convencido a su suegro para construir una vía de tren que cruzara Jacobsville pasando por un centro ganadero en el sur de Texas.

—¡Muy típico de ti! —dijo ella exasperada—. ¡La semana pasada te traje un nuevo director de Recursos Humanos!

—Bebe vodka —respondió él malhumorado—. No me fío de los hombres que beben vodka.

—¿Cómo sabes lo que bebe?

—Se lo he preguntado.

—Ah.

—¿A quién buscas?

—A Clarence.

—¿A quién?

—A Clarence Hodges —murmuró Erin echando un ojo por encima del hombro de una mujer que tenía al lado—. No puedo girarme en una fiesta sin encontrármelo.

A Ty no le gustó lo que oyó, pero lo disimuló.

—¿Qué quiere?

Ella lo miró enarcando las cejas.

—¡Pues a mí!

—¿Por qué?

Erin volteó los ojos exageradamente.

—Annie debería comprarte un libro o algo sobre relaciones humanas.

Ty sonrió.

—Creo que me puedo apañar sin diagramas de autoayuda.

—¿Ah, sí? —murmuró ella distraídamente mientras seguía buscando a Clarence.

Ty la conocía desde hacía años. Era como de la familia, la mejor amiga de Annie, su única hermana. Había pasado fines de semana con ellos cuando las dos estudiaban en el instituto y también después, mientras Erin estuvo en el colegio universitario haciendo Empresariales. Era fantástica en estimación de costos, y esa era su labor en la empresa. Tenía una mente brillante para las matemáticas. Sabía hacerlo prácticamente todo con un ordenador, incluso reprogramar las aplicaciones de hojas de cálculo que él usaba en la constructora. Era su brazo derecho en el trabajo, perfectamente capaz de sustituirlo en las reuniones porque conocía el negocio de cabo a rabo. Y normal que lo conociera, cuando había trabajado ahí a media jornada mientras estaba en el instituto y a jornada completa durante y después de la facultad. Confiaba en ella. A nivel profesional, al menos. No le apetecía pensar en nada más personal. Erin era una chica reservada. En una ocasión, solo una, Ty había bromeado con que saliera con él a bailar y ella había farfullado una evasiva y había salido disparada.

Por supuesto, Ty jamás lo admitiría, pero aquello le había herido el ego.

Aunque Erin no era una belleza, tenía unos rasgos agradables. Una boca y una piel bonitas, una figura preciosa y unos ojos chispeantes. Pero vestía como una señora mayor la mayor parte del tiempo y parecía que nunca salía con nadie. Movido por la curiosidad, Ty le había preguntado a Annie al respecto, pero lo único que había recibido de su hermana había sido una mirada vacía y una sonrisa.

Observó a Erin mientras ella buscaba al hombre al que temía ver. No era su aspecto lo que la hacía atractiva, sino su personalidad. Era cariñosa y simpática con la mayoría de la gente, divertidísima con sus amigos y amante de los animales. Para Ty eso último era importante porque él criaba y entrenaba pastores alemanes.

Sus perros eran como parte de la familia. Vivían con Annie y con él en la enorme mansión que habían heredado en Jacobsville, Texas. Los cachorros que criaba tenían su propia habitación y un cuidador que los vigilaba y que mantenía su espacio ordenado, reluciente e inodoro. No solía tener más de una camada al año, y siempre con una hembra distinta cada vez y un macho externo. Nada de cría endogámica, ya que podía originar defectos congénitos. Adoraba a los cachorritos, y cuando nacían, tenían que convencerlo para que los pusiera en venta. Aun así, investigaba a los dueños potenciales hasta el punto de solicitarles fotografías de sus jardines y de la zona donde viviría el perrito en cuestión. Era muy protector.

Hacía poco, uno de esos dueños había azotado al cachorrito con una correa de cuero porque le había estropeado una alfombra. Una vecina había visto y oído lo que pasaba y había llamado corriendo a Annie, que se lo había contado a Ty. Ese mismo día él había ido a la casa acompañado por Cash Grier, el jefe de policía, y Bentley Rydel, el veterinario local. Llevaban una orden de registro que les daba acceso al perrito.

Decir que el dueño se había quedado impactado era quedarse corto. Puso un montón de reparos y evasivas para que no vieran al perro, pero entonces Cash Grier miró al hombre... y con eso bastó.

Casi todo el mundo temía al jefe de policía, que era bastante agradable en las reuniones sociales pero un infierno para los infractores de la ley, fueran de la clase que fueran. Cash adoraba a los animales tanto como el veterinario y Ty.

Al final el dueño se vio obligado a entregarles al cachorro, que estaba encerrado en un armario y tenía sangre en el lomo.

Ty le había soltado un puñetazo al hombre antes de que sus acompañantes pudieran reaccionar. Recogió al cachorro con mucho cuidado y, después de que Cash sacase fotos para documentar el maltrato, se marchó con Bently Rydel y juntos fueron a su consulta, donde trataron al pobrecito animal. Tras una inyección de antibióticos y unos cuantos puntos, se lo llevó a casa. Cash había arrestado al dueño, que fue condenado a cárcel. En Jacobsville no gustaban los maltratadores de perros. El jurado solo había tardado diez minutos en deliberar, a pesar de los grandes esfuerzos del preocupado abogado de oficio. El fiscal,

Blake Kemp, no tuvo más que enseñarles al jurado y al público una foto tamaño póster del cachorrito maltratado. Se habían oído gritos ahogados entre miradas fulminantes dirigidas al dueño del cachorro.

—¿Qué te pasa? —le preguntó Erin al ver su gesto tenso.

—Maltratadores de cachorros —murmuró él.

—Ese hombre tuvo lo que se merecía. Por cierto, ¿qué tal está Beauregard?

Él sonrió.

—Aún gimotea durmiendo. Lo tengo conmigo por las noches. A Rhodes no le hace mucha gracia, pero creo que nota que hay que mimar al cachorrito unas semanas —dijo, y con una risita añadió—: La verdad es que duermen en la cama de Rhodes, acurrucados. Para ser perro viejo, Rhodes es increíblemente cariñoso.

—Lo tienes desde hace mucho tiempo.

Ty asintió.

—Trece años. Me preocupa. Los perros grandes no tienen la misma esperanza de vida que los pequeños.

—Rhodes es prácticamente inmortal —respondió Erin sonriendo—. Está superbién cuidado.

—Supongo que sí. Mi padre me lo regaló por Navidad el año que me gradué en el instituto.

—Me acuerdo mucho de tus padres. Eran encantadores. Y qué buenas amigas eran tu madre y la mía.

—Es una puñetera pena lo que pasó —dijo él, tenso.

Erin asintió.

—No es habitual que un autocar turístico se salga de la carretera y caiga por un barranco. Pero las carreteras de montaña de Sudamérica pueden ser traicioneras. Tus padres estaban enamoradísimos —añadió en voz baja—. Les habría costado seguir viviendo el uno sin el otro.

—Es lo que pensamos Annie y yo. Pero, joder, qué duro fue perderlos a los dos a la vez.

—Me acuerdo. Al menos ya erais mayores por entonces —añadió Erin con voz suave.

Él respiró hondo.

—Tampoco nos sirvió de mucho —murmuró.

—Si te sirve de algo, sé lo que se siente. A mi padre y a mí nos costó mucho seguir adelante cuando perdimos a mamá.

—Tu madre tuvo una vida dura.

Ella suspiró.

—Sí. Vivir con mi padre es complicado. Y no es que sea malo ni nada de eso, pero toma decisiones estúpidas y a veces se va de la lengua cuando no debe. Jack Dempsey ni siquiera le habla.

—Pues tiene que estar pasándolo mal, porque eran muy amigos.

—Sí —dijo ella con tristeza—. Mi padre fue contando un cotilleo que había oído sobre que la mujer de Jack le estaba poniendo los cuernos. Lo exageró y la mujer de Jack se divorció de él. Ni siquiera era verdad. Mi padre tiene el don de hablar sin pensar.

—Mucha gente es así.

Ella esbozó una mueca.

—Ojalá hubieran tenido más hijos. Sería más sencillo manejar a mi padre si tuviera hermanos o hermanas con quien compartir el sufrimiento.

Ty soltó una risita.

—Tú sola lo llevas bastante bien.

Erin se encogió de hombros.

—Podría hacerlo mejor. Aunque tendría que quitarle el teléfono.

Él la miró extrañado.

—Un tipo lo llamó diciéndole que podía ahorrarse diez dólares al mes en las llamadas a larga distancia si se cambiaba a su compañía, y mi padre dijo que genial, que sí. El fin de semana pasado intenté llamar a Dallas para hablar con uno de nuestros colegas del trabajo y me dijeron que ya no teníamos el servicio de llamadas a larga distancia. Era un timo. Mi padre no tenía ni idea de lo que había hecho. Intenté no gritar —añadió riéndose—. En serio, a veces es como un niño. ¡Diez dólares al mes! —dijo sacudiendo la cabeza.

—Mi madre era así. Una vez la llamó un hombre diciendo que el *sheriff* iba a ir a arrestarla por no pagar una factura, pero que si le daba tarjetas regalo de prepago, se podía librar de la cárcel. Estaba saliendo por la puerta para ir al pueblo cuando la paré y le pregunté qué pasaba. Por desgracia para el timador, seguía al teléfono dándole indicaciones.

Ella sonrió.

—Seguro que aún le arden los oídos, esté donde esté.

—Supongo. Me puse hecho un energúmeno.

—¿Aún tienes el tarro que te hizo tu madre? ¿El que tenías para meter dinero cada vez que decías una palabrota?

Él se rio.

—Sí. No le echo dinero, pero lo sigo teniendo —respondió, y con tristeza en la mirada añadió—: Quería ser misionera, pero mi padre se cruzó en su camino. Llevaba viviendo con lo justo tanto tiempo que casi salió corriendo cuando vio el dinero que tenía mi padre.

Y era verdad.

En cambio, el padre de Erin había heredado mucho dinero y lo había despilfarrado en negocios para ganar dinero rápido. Y seguía haciéndolo, aunque ahora tenía mucho menos. Erin se desvivía por intentar salvarlo de sí mismo.

—Una mujer única. No le importaba nada el dinero —dijo Ty, y tras mirarla en silencio, añadió—: Igual que a ti.

Ella suspiró.

—Me gusta poder comprar comida y gasolina y pagar las facturas. Para eso es bueno el dinero, pero hay muchas otras cosas que no se pueden comprar.

Ty asintió.

—Además, trabajo para un jefe estupendísimo que me va subiendo el sueldo —añadió con unos chispeantes ojos grises.

—No es algo que me tenga que pensar mucho. Sé cuánto trabajas.

—Doy gracias por tener un trabajo. Ahora mismo la economía está fatal.

—Sí. Incluso esta empresa tiene que tener cuidado. A ver qué tal con la oferta en la que estás trabajando ahora, la que esperamos que nos dé trabajo fuera de San Antonio, en el Condado de Bexar. Sería un complejo residencial completo y vale millones.

—Te concederán el proyecto —dijo ella con absoluta seguridad—. Sabes cómo eclipsar a los otros licitadores y yo sé cómo estimar el precio de casi todo —añadió, y no por fanfarronear. Era una buena estimadora de costes.

—Podemos eclipsar a la mayoría de los licitadores —la corrigió él—, pero he oído que uno es Jason Whitehall. Su hijo Josh y él tienen una de las mejores constructoras del sur de Texas.

—Su hijo está como un tren —dijo ella pensativa.

—¿Y eso cómo lo sabes?

—Me crucé con él en Dallas hace dos meses, en aquella conferencia a la que me mandaste. Es igualito que su padre. Estaban los tres, Jason, Amanda y Josh —añadió suspirando—. Están empezando a reponerse de la muerte de la madre de Jason, Marguerite. Era una mujer encantadora. Muy buena y amable.

—Sabes mucho de ellos.

—Es que uno de nuestros clientes estaba intentando mejorar su imagen pública y Amanda aún tiene la agencia de comunicación, así que fue allí para reunir información sobre él. Es majísima. Estamos en contacto por Facebook.

—Pues no tengas demasiado contacto —le advirtió él con brusquedad y clavándole esa mirada negra—. Son competencia.

—¡Como si alguna vez te hubiera traicionado! —contestó ella exasperada—. ¡Sé realista! ¡Annie se me desayunaría cubierta de mermelada!

Él se relajó.

—Vale. Solo tanteaba el terreno.

Ella apretó los dientes.

—Ay, no.

Ty siguió su mirada de enfado y vio a un hombre bajo y rechoncho, con pelo ralo y una gran sonrisa, dirigiéndose hacia ellos.

—Te lo dije —protestó ella gimoteando—. Voy a esconderme en el baño... ¡Ty!

Él la rodeó por la cintura y sonrió al ver su cara de asombro.

—Sígueme la corriente. Sonríe.

Y Erin sonrió... a la vez que intentaba disimular cuánto se le había acelerado el pulso al sentir la fuerza y el calor de su poderoso cuerpo y oler su aroma a limpio y especiado. En contadas ocasiones habían bailado juntos en alguna fiesta y siempre le había costado ocultar sus sentimientos por él.

Ty notó que un escalofrío la recorrió y se quedó extrañado por un instante. ¿Le tendría miedo?

Y entonces, cuando sintió que se le aceleró el corazón ahí donde sus pequeños y firmes pechos le rozaban el torso, algo extraño se le removió por dentro. A Erin se le había descontrolado la respiración e intentaba ocultarlo, pero Ty sabía más de mujeres de lo que dejaba ver.

Ella se tensó y empezó a apartarse, pero él la agarró con más fuerza.

—¿De qué tienes miedo? —le preguntó con un tono bajo y profundo.

—De na... nada.

—Mentira. Toma —dijo Ty dándole su propio vaso—. Coraje líquido. Da un sorbo y esquivaremos a tu pretendiente.

Ella agarró la copa, la olfateó y puso cara de asco.

—Es whisky. ¡Odio el whisky!

—Da un sorbo. Funciona mejor de lo que huele. Confía en mí.

Erin tomó aire, lo contuvo y se obligó a dar un sorbito del apestoso líquido. Lo tragó sin respirar.

—Esto podría servir de combustible para camiones —murmuró al devolverle el vaso.

—Es un whisky escocés añejo de la mejor calidad —dijo él a la defensiva—. ¡Ahora ya sé que no debo compartir mi sustancia más preciada con los que no sabéis apreciarla! No se les echa margaritas a los cerdos.

—¡No soy un cerdo!

—No —contestó él ladeando la cabeza. Se le iluminaron los ojos—. Pero seguro que sabes casi tan bien como uno a la barbacoa —añadió con un tono lento y delicado mientras miraba su preciosa y suave boca.

Ella, con el corazón a mil por hora, dio un grito ahogado.

—¡Pero bueno! ¿Eso es por el whisky o por mí? —preguntó Ty notando el aleteo de su corazón, muy visible bajo la fina tela del vestido de cóctel azul claro.

—No me mires así —dijo ella indignada.

—¿Así cómo? —preguntó Ty con diversión.

—Ah, hola, Erin —dijo Clarence Hodges al unirse a ellos. Se quedó cabizbajo al ver el brazo de Ty rodeándola—. Esperaba que pudiéramos charlar sobre la reforma de mi casa nueva...

Ella forzó una sonrisa.

—Lo siento muchísimo, Clarence, pero no es la clase de proyectos que hacemos —dijo con un tono delicado pero profesional—. Hacemos proyectos grandes. Centros comerciales. Pisos. Urbanizaciones. Esas cosas.

—Es una casa grande —insistió él.

—Erin tiene razón. No hacemos proyectos pequeños —le dijo Ty. Estaba molesto; se reflejaba en la tensión y la seriedad de su rostro—. Y aunque los hiciéramos, estamos hasta arriba. Lo siento —añadió. Aunque no pareció sentirlo. Pareció casi amenazante.

Clarence tragó saliva con dificultad. Se sonrojó.

—Ya. Bueno... ¿A lo mejor te apetece venir una mañana a tomar un café conmigo? —añadió sonriendo a Erin esperanzado.

Ty alzó la barbilla y miró al hombre estrechando los ojos.

Erin sonrió sin más.

—Anda, ahí está Billy Olstead —dijo Clarence pasando por delante de Erin—. Tengo que hablar con él sobre el coche nuevo de mi madre. Hasta luego —añadió sonriendo a Erin otra vez, nervioso, antes de ir derecho al recién llegado.

—Gracias —dijo Erin resoplando—. No es un mal hombre, pero puede resultar un poco pesado.

—Annie dice que te llama dos y tres veces a la semana.

—Sí —respondió apesadumbrada—. No logro hacerle entender que no siento lo mismo por él. Nunca he hecho nada, ni lo más mínimo, con lo que haya podido hacerse ilusiones.

—Da igual lo que le digas. Los hombres así se consideran irresistibles y creen que solo necesitan insistir. Pero me ha visto rodeándote por la cintura. Imagino que le habrá quedado claro —dijo Ty, y con una risita añadió—: Ni siquiera él podría convencerse de que puede hacerme la competencia a mí.

Apretó los labios.

—Podríamos salir un día.

—¿Qué? —preguntó ella con los ojos como platos.

Él se encogió de hombros.

—Que podríamos salir un día. No sé, para que te distraigas un poco. Trabajas demasiado

—Pero...

—¿Pero qué? —le preguntó en voz baja y mirándola hasta que ella se sonrojó.

Erin pensaba que se le iba a salir el corazón del pecho.

No sabía qué decir. Era como si de pronto todos sus sueños estuvieran haciéndose realidad. Todos a la vez. Estaba aturdida, sin respiración. Pero era una locura siquiera plantearse hacerlo, salir con él. Los chismorreos serían terribles. Daría igual que la empresa estuviera en San Antonio; ellos vivían en Jacobsville, al igual que la mayoría de los empleados. Enseguida correría la voz por todo el pueblo. Y cuando Ty no volviera a salir con ella una segunda vez, sería incluso peor. La gente empezaría a preguntarse por qué.

—No pienso... —comenzó a decir.

—Bien. No pienses. Pensar es la causa de la mayoría de las desgracias del planeta. Podemos ir a bailar. Hay un club de baile latino en San Antonio.

Ty sabía que ella bailaba danza latina. Él mismo la había enseñado para una cita que había tenido una vez en el instituto. ¡Ahora parecía una eternidad!

—Bueno...

Ty no podía creérselo. Erin se resistía a aceptar. Nunca una mujer le había negado una cita. Resultaba intrigante, sobre todo viendo cómo le latía el corazón ahora mismo. Se sentía atraída por él. ¿Sería algo nuevo? ¿O siempre lo había sentido pero ocultado? Quería descubrirlo.

—Vive peligrosamente. Un poquito de cotilleo nunca le ha hecho mal a nadie —bromeó.

Claro que hacía daño, pero eso él no lo sabía, no con su impoluta reputación. Bueno, la de ella también era impoluta. Tanto que no quería arriesgarse a mancharla por poco que fuera.

—La gente hablará. Mucho.

Ty sonrió.

—A tus amigos les dará igual, y lo que piensen tus enemigos no importará.

—Ya, pero odio los cotilleos.

Él ladeó la cabeza y le sonrió mirándola con esos ojos negros que hacían promesas de lo más sensuales.

—Hay un restaurante de *sushi* en la calle siguiente al club latino. Tienen *ebi*.

El *ebi* era el plato de *sushi* favorito de Erin, pero era tan caro que no podía permitírselo. Aunque su padre contribuía un poco al bote familiar, nunca aportaba lo suficiente. Vivían de forma austera porque él era un derrochón. Ty no lo sabía y ella perdería su orgullo si lo confesaba.

Le encantaba el *sushi*, en especial el *ebi*. No podía permitírselo.

—Te está costando resistirte. Piénsalo. Gamba fría con arroz. *Wasabi*, salsa de soja y jengibre encurtido por encima...

—¡Para! ¡Estás torturándome!

Él soltó una risita.

—A mí también me encanta. Vamos. Di que sí.

Erin respiró hondo.

—Vale —dijo aun sabiendo que no era buena idea.

Ty sonrió.

—Vale.

Cuando Erin llegó a casa esa noche le dieron ganas de abofetearse por haber accedido.

Su padre estaba viendo una película en DVD. No podían permitirse ni televisión satélite ni por cable, y el único motivo por el que ella tenía un móvil de alta gama era que se lo proporcionaba la empresa. De lo contrario, habría sido un lujo incluso a pesar del buen sueldo que tenía.

—Ya estoy en casa.

—Hola —dijo su padre sonriendo—. ¿Te has divertido?

—Era una fiesta de negocios —le recordó.

—Lo ideal para divertirse y hacer negocios. Hablando de negocios, he visto un anuncio sobre cómo invertir en bolsa haciendo operaciones intradía...

—No.

—A ver, Erin...

—No. Aún estamos pagando aquel curso que hiciste para aprender venta inmobiliaria —dijo con énfasis.

Su padre esbozó una mueca al decir:

—No sabía que era mal vendedor hasta que lo probé.

—Pues probar cosas es lo que nos ha metido en este desastre económico, papá —contestó Erin sentándose frente a él—. Gano un buen sueldo. Si vivimos sin salirnos del presupuesto, podemos salir adelante. Pero no hay más dinero. No hay nada. Y no puedo tener dos empleos.

Él se quedó mirándola como si fuera un niño pequeño.

—Pero si son solo doscientos dólares. Este curso, quiero decir.

—No tengo doscientos dólares. Ni siquiera ahorrados. Los ahorros fueron a parar a la web de apuestas que encontraste —añadió intentando no emplear un tono tan acusatorio como el que en realidad quería usar.

—Supongo que las apuestas tampoco se me dan tan bien como creía. Pero, escucha, este curso...

—¡Puedo buscarme un apartamento e irme de aquí! —dijo ella con brusquedad.

Su padre emitió un grito ahogado.

—¡No, Erin!

—No soporto cómo malgastas el dinero, papá. O dejas de gastarlo en cosas que no necesitamos o me largo —dijo sintiéndose como si tuviera cien años—. No puedo seguir sacándote de apuros. Ya debemos más de lo que gaño en un año. Y soy la única que aporta.

—Yo colaboro —dijo él tenso.

—Tienes algún empleo que otro y te gastas lo que ganas en cuanto lo tienes.

Él se sonrojó. No podía negarlo.

—Intentaré controlarme. De verdad —sonrió—. Pero el hombre decía que este curso es infalible.

Ella apretó los dientes mientras se levantaba.

—Me voy a dormir.

—Si al menos me escucharas... —dijo su padre con tristeza.

Erin se giró.

—Llevo escuchándote desde que murió mamá. Y todo en lo que te has gastado el dinero nos ha supuesto gastos sin generar nada a cambio. Estoy hartísima de deudas, ¿es que no lo entiendes? Ese problema me está machacando, me tiene preocupadísima, y tú no ves cuánto me está perjudicando.

Él parpadeó y cambió de postura en el sillón, inquieto.

—La próxima vez lo haré mejor. Ya lo verás.

—La próxima vez más te vale apostar tu propio dinero —respondió ella adoptando una postura firme—. O me largo.

—No estás siendo razonable, Erin. No me quieres.

—Claro que te quiero. Y eres tú el que no está siendo razonable. Buenas noches.

Entró en su habitación y cerró la puerta, angustiada. Era como intentar razonar con un niño pequeño. Su padre siempre había vivido en las nubes, pero su madre había podido manejarlo con suma facilidad. Ella no podía.

—Me voy a pasar el resto de la vida pagando sus deudas y luego me moriré —pensó con gran pesar—. No podré ser libre nunca.

Y esa era la única razón por la que jamás podría permitir que Ty Mosby supiera lo que sentía por él. Todo el mundo sabía que andaban mal de dinero por culpa de su padre, aunque no hasta un punto tan catastrófico. Si Ty se enteraba, no podría fiarse de ella; no sabría si salía con él porque le importaba o para que le pagara las deudas.

Sí, era una idea surrealista, pero le daba pánico solo pensar en salir con Ty. Tendría que encontrar el modo de cancelar la cita, algo que no le hiriera el orgullo.

Durante toda su vida su padre había sido como una piedra colgada al cuello. Desde la muerte de su madre, había sido mucho peor.

Habría sido de ayuda tener a alguien con quien hablarlo, pero su única amiga de verdad era Annie, y jamás podría decirle la verdad porque Ty acabaría enterándose y su orgullo no podría soportarlo.

Quería esa cita con toda su alma, pero era demasiado arriesgado. Estaba loca por él y se le notaría.

Había muchos motivos por los que no se atrevía a mostrarle lo que sentía. Su padre era el principal.

Pero había otro.

Ty no era de los que se casaban. Mantenía sus relaciones muy en secreto, pero había tenido muchas. Y en un pueblo pequeño como el suyo, no podrían ocultar la suya.

Erin tenía una reputación intachable y no pensaba arruinarla por hacerle compañía a un hombre que solo quería una cosa de las mujeres... y no era amor.

Así que lo mejor sería no complicarse la vida más todavía.

Pero aún tenía que resolver el problema de su padre, si es que podía resolverse. Jamás podría liberarse de él ni de esas ideas para hacerse rico que nunca funcionaban. Estaría endeudada hasta que se muriera.

Se puso el camisón y, agradecida, se metió bajo las sábanas. «Ya pensaré en esto mañana», se dijo. Esa noche iba a saborear el recuerdo del brazo de Ty rodeándola y de su sensual voz tentándola para que aceptara una cita con él.

No podía pasar, pero soñar con ello no le haría daño a nadie. Y menos a ella.

Capítulo 2

Erin preparó el desayuno y su padre y ella comieron en silencio. De vez en cuando su padre le lanzaba alguna miradita lastimera, como si haberle negado el curso que quería hacer fuera una auténtica maldad y ella, muy cruel.

Arthur Mitchell no era un mal hombre, solo un insensato. Pero, a pesar de sus esfuerzos, le estaba haciendo la vida difícil a Erin. Imposible.

—Bueno, pues supongo que volveré a buscar algún trabajillo en el pueblo —dijo Arthur con un suspiro.

—Supongo que sí —respondió ella obligándose a no ceder.

—Era un buen curso —dijo Arthur enfadado.

Erin buscó algo en el móvil y se lo pasó por encima de la mesa.

—Quiero que leas esto.

Su padre frunció el ceño mientras leía el artículo que ella había descargado durante su noche en vela. Abrió la boca asombrado. Era una historia trágica sobre un hombre que lo había perdido todo con inversiones intradía y se había suicidado.

Era un relato con moraleja seguido de una vívida descripción de la carta que había dejado a sus seres queridos antes de quitarse la vida. Concluía diciendo que las inversiones intradía eran promesas milagrosas de dinero que generaban bancarrotas y dolor.

Arthur Mitchell le devolvió el teléfono a su hija y se mordió el labio inferior.

—El hombre decía que era fácil y que cualquiera podía hacerlo. ¡Pero este pobre hombre...! —dijo antes de seguir desayunando—. A lo mejor es como las apuestas. Tienes que conocerte todos los truquitos para que te vaya bien.

—Exacto. Tienes que entender las subidas y las bajadas para no perder todo lo que tienes.

A Arthur se le iluminó la cara.

—¡Por eso el curso es una idea buenísima!

Erin suspiró.

—Voy a empezar a mirar pisos.

Arthur empezó a hacer cálculos mentales. Ella pagaba las facturas, cocinaba y limpiaba, hacía la colada y fregaba los platos. Si se marchaba, todo eso tendría que hacerlo él. No sabía cocinar y no había limpiado nunca. Ni siquiera sabía poner en marcha el lavavajillas. La miró, indeciso.

Al final suspiró.

—Puedo posponerlo un poco. El curso. Seguirá ahí, si es que algún día puedo permitírmelo.

Erin le sonrió.

—Ese es el padre que conozco —dijo con ternura.

Él pareció sentirse culpable y esbozó una mueca de disgusto.

—No soy un buen padre. Si lo fuera, estaría apoyándote —dijo al momento—. Tu madre cuidó de mí toda nuestra vida. Fue la roca sobre la que construimos nuestra vida. Ahora estoy solo yo y no soy como ella —concluyó en un intento de explicar, de disculpar, sus defectos.

—No eres un mal padre, y no me importa trabajar para los dos —dijo Erin con delicadeza—, aunque tampoco quiero que me eches encima más cargas de las que tengo ya. Tengo un trabajo estupendo, pero podría perderlo si la economía empeora.

—No. Ty nunca te despediría —dijo él muy confiado—. Le gustas. Si no, nunca te habría pedido una cita —terminó sonriendo.

—¿Cómo lo sabes? —preguntó espantada.

—He oído algo —respondió él con tono de broma—. Pero no diré nada más al respecto. Ty es como de la familia. Y Annie también.

—Mamá adoraba a su madre. Eran íntimas.

—Es una pena que perdieran a sus padres. Y también es una pena lo de tu madre. La echo tanto de menos que es horrible —confesó mirando al plato—. A lo mejor por eso hago las tonterías que hago.

—No son tonterías. Solo intentas ayudar con los gastos. Pero, incluso estudiando cursos, te llevaría mucho tiempo ser lo bastante bueno para ganarte la vida en algunas de las cosas que quieres hacer —le dijo Erin con mucho tacto.

Su padre frunció el ceño.

—No lo había visto así. Ya no soy tan joven —añadió riéndose—. Por cierto, la semana que viene tengo un chequeo. ¿Nos lo cubre el seguro? Nuestro médico quiere hacerme unas pruebas.

—¿Unas pruebas? ¿Por qué? —preguntó ella extrañada.

—No me lo ha dicho. Es por lo de aquella infección de riñón que tuve hace poco. Envió unas muestras para un análisis. Me dijo que no es nada serio, pero le gusta verificar las cosas.

—Nos apañaremos aunque no lo cubra el seguro. No puedo perderte —dijo bromeando—. No tendría a nadie que me ganara al ajedrez.

Su padre sonrió.

—No te preocupes. ¡Aún me quedan muchos años!

Pero la cosa no fue exactamente así en la consulta del médico.

A Erin la llamaron al trabajo desde el hospital. El médico había solicitado que ingresaran a Arthur para hacerle más pruebas.

Ella, con el corazón en la garganta, miraba al doctor Worth.

—Pero si solo tiene cincuenta años —dijo como si la edad marcara alguna diferencia a la hora de enfermar.

El hombre la miró con auténtico pesar.

—Lo sé. No es cuestión de edad. No sabemos por qué la gente la contrae. Es una enfermedad terrible. Podemos tratar los síntomas, pero no podemos curarla, y menos cuando está tan avanzada.

Erin respiró hondo.

—¿Cuánto? —preguntó preparándose para la respuesta.

—Seis meses, tal vez.

—¡Dios mío! —exclamó. Se revolvió por dentro—. Es la única familia que me queda en el mundo —añadió en voz baja.

—Lo sé. Lo siento muchísimo. Para mí también es duro. Llevo mucho tiempo tratándolo.

—Y lo ha hecho muy bien. Me alegro mucho de que pase consulta aquí un día a la semana. Así no tendremos que llevar a mi padre hasta San Antonio para verle. La verdad es que mi coche no llegaría tan lejos —añadió riéndose para animar un poco el ambiente de desesperanza.

El hombre sonrió.

—Pero si tuvieras que hacerlo, intentarías llevarlo

allí como fuese. Sé lo mal que lo estás pasando con Arthur, Erin. Admiro cómo logras convencerlo de que se olvide de esas locuras que se le ocurren.

—Perder a mi madre lo descolocó. Antes no era así. Era sensato.

—Era menos insensato —la corrigió el médico— porque tu madre sabía cómo manejarlo. ¿Puedes afrontar los gastos? No es lo bastante mayor para poder beneficiarse del programa Medicare y el tratamiento será caro si hay que darle radioterapia o, sobre todo, la medicación para el cáncer. Un colega mío se la ha prescrito a un paciente suyo y el tratamiento para un mes fueron más de cuatro mil dólares.

—Cuatro mil...

A Erin le temblaron las rodillas. Jamás podría permitírselo. Ni en un millón de años.

—Hay formas de reducir el coste. Una de ellas es escribir al laboratorio que las produce explicándole vuestras circunstancias y solicitando una reducción del precio. Por otro lado, tienes un buen empleo e imagino que tendrás un seguro, ¿no?

—Sí —dijo algo aliviada—. Incluí a mi padre conmigo.

—Pues eso ayudará —le aseguró el hombre.

—No puedo decírselo —dijo Erin con gesto de sufrimiento—. ¿Tengo que hacerlo? En serio, si se lo decimos, se dejará morir. Usted lo sabe tan bien como yo. Se rendirá.

El médico respiró hondo.

—Te entiendo, pero si va a recibir tratamiento, tendrá que saber por qué. Y es un hombre inteligente. Sabrá que está tomando una medicación cara por alguna razón. Conoce a gente en todo el pueblo. Es el mayor cotilla que conozco.

Ella se rio.

—Sí que lo es. Son chismorreos inofensivos, pero se ha metido en líos alguna vez por contar cosas que no han pasado nunca —dijo sacudiendo la cabeza—. Espero que no acabe provocando alguna tragedia terrible por contar cosas así y cosas que oye por ahí.

—Por eso no te preocupes, no es un hombre malicioso.

—No. Algunos de los chismorreos sí que lo son.

—Eso es verdad. Bueno, esta tarde le daré el alta y podrás llevártelo a casa. Empezaremos ya mismo. Conozco un buen especialista en San Antonio, y sé que Annie encontrará un modo de llevaros allí —añadió cuando ella palideció—. Pídeselo.

—No quiero...

—Si intentas hacer esto sin ella, irá a buscarte con un palo. Sois amigas desde el colegio.

—Imagino que no tengo elección. Mi coche no pasaría del límite del condado.

—Y deja que te dé un consejo —añadió el hombre muy serio—. Ve día a día. La gente intenta zamparse la vida, anticiparse a lo que pasará dentro de semanas, meses e incluso años. El secreto para una buena vida es vivir cada día como si fuera el último.

Ella sonrió como pudo.

—Vale. Lo intentaré.

—Hazlo. Y ve contándome cómo está Arthur, ¿de acuerdo? Los especialistas están tan ocupados que no tienen tiempo de informarnos sobre cada paciente. Aprecio a Arthur.

—Me aseguraré de mantenerle informado. Y gracias por todo lo que ha hecho.

—Me temo que no he hecho tanto —dijo el hombre con tristeza—. La medicina, incluso la moderna, tiene sus límites. Cuídate. Esto es tan duro para la familia como para el paciente. Puede que incluso más. Cuesta mucho quedarse ahí, viendo a alguien irse, sin poder hacer nada.

—Y que lo diga —respondió ella sonriendo con tristeza.

Arthur no sonreía, ni con tristeza ni con nada, cuando Erin fue a buscarlo a la habitación. Estaba vestido, sentado en una silla junto a la cama, abatido por completo.

Erin entró y se quedó junto a la puerta, sin saber qué hacer.

Él levantó la mirada y la vio. Los ojos le brillaban por las lágrimas.

—Me muero.

Ella apretó los dientes.

Entonces Arthur sonrió.

—Pero el doctor dice que puedo hacer unos tratamientos que funcionan ¡y me va a mandar a un especialista que puede salvarme!

Eso no se acercaba a la verdad lo más mínimo, pero podría mantener a su padre con vida algo más del tiempo del que la ciencia médica le había dado. Erin prefería eso al abatimiento más absoluto.

—Sí, eso han dicho —dijo ella forzando una sonrisa mientras pensaba en la medicación que costaba cuatro mil dólares al mes y en cómo podría permitírsela para que su padre, ajeno a casi todo, la recibiera.

—Pues entonces me pondré bien —contestó Arthur con tono alegre—. Me alegro. Te echaría de menos.

—Y yo a ti también, papá —respondió ella con un nudo en la garganta—. Bueno, vamos a llevarte a casa y te preparo algo especial para comer.

—Huevos revueltos con beicon y tostada —dijo él levantándose—. Llevo pensando en eso desde el desayuno. Me han dado avena sin leche ni azúcar. Y un trozo de tostada sin mantequilla. ¡Tú sí que haces unos desayunos estupendos!

—Gracias.

—Podrías bajar a la cocina de aquí y enseñarles —añadió con total sinceridad.

Ella se rio.

—No creo que sea buena idea. ¡Pero te cocinaré algo rico!

—No me gusta nada tener que pedírtelo —le dijo a Annie ese mismo día mientras su padre dormía un rato—, pero mi coche no llegará tan lejos. Pierde aceite. El viernes lo llevo al taller...

—No hay problema. Un coche os llevará y os traerá —respondió Annie con tono amable—. ¿Es grave?

Odiaba mentir a su amiga, pero lo hacía por una buena causa. No quería que nadie se enterara de su situación porque entonces Annie se vería obligada a ayudarla económicamente, y su ego no lo soportaría. Ya encontraría el dinero que necesitaba de algún modo.

—Puede serlo, pero creen que lo han pillado a tiempo —respondió con tono relajado.

—Bien, me alegro mucho. ¿Y qué es eso que he oído de que mi hermano mayor te ha pedido una cita? —añadió con alegría.

Erin se sonrojó.

—Solo vamos a salir a cenar.

—Llevo años esperando que se fije en ti —confesó Annie—. No le gustan la mayoría de las mujeres, pero tú sí.

—Es muy majo.

—¿Majo? ¿Mi hermano?

Erin decidió no contradecirla.

—¡Me organizó una cita con un traficante de armas!

—¿Qué?

—¡Un traficante de armas! ¡Ese tío vendía material exmilitar a insurrectos en un montón de países!

—¿Ty te hizo eso?

Annie resopló.

—Sí. Y luego dijo muy inocentemente que no sabía que el tipo tenía antecedentes criminales.

—¿Por qué?

—Pensaba que debía casarme. Pero yo no quiero casarme. Estoy muy feliz como estoy.

Erin sabía por qué Annie no quería un hombre en su vida. Con uno le había bastado. Los recuerdos eran terribles.

—A lo mejor algún día conoces a alguien... —empezó a decir Erin.

—Es lo que te estoy diciendo, ¡que ya conocí a uno una vez! Ty tuvo suerte de que le dejara volver a entrar en casa. Estuve a punto de cambiar todos los cerrojos, pero entonces recordé que yo no sé arreglar el lavabo, el que no deja de inundarse, así que dudé. ¡Dudar es la muerte! —añadió con dramatismo.

A Erin le estaba costando no reírse. Annie era todo un caso cuando estaba disgustada por algo.

—Te estás riendo, ¿verdad? —preguntó su amiga con desconfianza—. ¡Puedo oírte!

—No me estoy riendo. En serio. No me estoy riendo nada.

—¡Ja! ¡Negación! —exclamó Annie con tono acusatorio—. Vi un documental sobre el FBI y decían que ¡cuanto más niegas algo, más verdad es!

—Pues entonces los ovnis tienen que ser reales, porque el gobierno lleva ochenta años negando que existan.

Annie gruñó.

—Por favor, ¡no le digas eso a mi hermano! Ya está convencido de que el gobierno está aplicando ingeniería inversa a platillos volantes en secreto. Vio tres vídeos en un canal público.

—Ya, me lo ha contado esta mañana.

—Un día van a ir a buscarlo los hombres de negro —le aseguró Annie.

Ahí Erin sí que se rio.

—Eso sí que es producto de tu imaginación.

—¡Es contagioso! ¡Me lo ha contagiado él!

—No, es solo que estás estresada por los cachorritos. ¿Cuántos ha tenido Sanja esta vez?

—Seis —dijo Annie con un lamento—. No he dormido desde que nacieron. Todos se parecen a Beauregard —añadió ahora con tono suave—. Son monísimos. Voy a pasarlo fatal cuando los venda, sobre todo después de lo que pasó la última vez.

—¿Cómo está Beauregard?

—Recuperándose. ¡Ty dice que se va a presentar en todas las audiencias de libertad condicional con una foto de cómo quedó el cachorro después de que ese idiota le pegara con la correa!

—No me extraña. Fue horrible.

—Pobrecito. Está bien cuando está aquí con nosotros, pero se pone nervioso con los desconocidos, sobre todo si son hombres.

—¿Os lo vais a quedar?

—Qué remedio. Ty se negará a ponerlo en venta. Además, Rhodes está muy mayor. Tiene trece años. Me gusta tener en casa a un pastor alemán de cuarenta y cinco kilos. Beauregard es hijo de Rhodes, así que es probable que llegue a pesar más cuando crezca. Y a lo mejor evitará que mi hermano se vuelva loco cuando pierda a Rhodes. Los perros grandes no tienen mucha esperanza de vida. Me encanta tener perros en casa. Los nuestros son cariñosos, aunque no lo parezca cuando se enfadan —dijo con una risita—. Parecen peligrosos. Por cierto, Ty quiere darte uno de los cachorros.

A Erin le dio un vuelco el corazón.

—¿Qué? ¡Pero si los vende por casi cinco mil dólares cada uno! ¡No podría aceptarlo!

—Nos lo podemos permitir, y lo sabes. Dice que necesitas un perro en casa, sobre todo ahora —añadió Annie con voz suave.

—¡Ay, Annie...! —dijo Erin conteniendo las lágrimas.

—A ti te han dicho más de lo que le han dicho a tu padre, ¿no?

Erin no pudo responder. Estaba rota por dentro.

—Voy para allá —dijo Annie antes de colgar.

Lo primero que hizo Annie fue abrazarla y luego abrazarla más. Arthur estaba dormido en su habitación al fondo de la casa, descansando tras una experiencia agotadora.

—¿No se lo has dicho? —preguntó Annie cuando las lágrimas por fin cesaron.

—No —respondió Erin secándose los ojos, enrojecidos, con una servilleta de papel—. Lo he mirado en Internet, Annie —añadió mirando a su mejor amiga—. Casi siempre es mortal cuando está tan avanzado. Pueden tratar los síntomas, pero no mucho más. El médico ha dicho que está muy avanzado. Seis meses. Puede que ni eso. ¡No tengo más familia en el mundo...! —dijo al borde de las lágrimas otra vez.

Annie la abrazó.

—Claro que sí. Me tienes a mí. Y a mi hermano.

—Ty no quiere ser mi familia —dijo Erin al cabo de un momento—. Siempre es sarcástico y borde conmigo.

—Por eso sé que le gustas —dijo Annie sonriendo—. Es simpático con la mayoría de las mujeres.

—Sí, eso sí, sobre todo en el trabajo.

—Y tú también eres borde con él.

—Si no lo fuera, me pisotearía.

Annie se puso seria.

—Es todo por culpa de esa cazafortunas con la que estuvo hace seis años. ¿Te acuerdas?

Erin asintió. Claro que se acordaba. Había visto a Ty caer bajo el hechizo de la contable hasta prácticamente flotar a su lado. Ruby Dawes había resultado una experiencia traumática de la que Ty nunca se había recuperado. Annie y Erin la habían calado desde el principio. Ty no. Se habían prometido y él estaba organizando la boda cuando el exmarido de esa mujer se presentó en el pueblo y le contó a todo el mundo, Ty incluido, lo que ella le había hecho. Se había casado con él solo por su fortuna, una fortuna que le había robado. En aquel momento al hombre lo habían desalojado de su propia mansión y ella lo había engatusado hasta arrebatarle una fortuna en acciones y bonos que se había fundido como una mujer sedienta bebiendo agua.

Ty no le había creído hasta que el hombre lo había convencido para que lo viera enfrentarse a su exmujer en el vestíbulo de las oficinas de la constructora, en San Antonio, donde ella había estado trabajando.

Los testigos, que a día de hoy seguían hablando de aquello, dijeron que fue increíble. La mujer se había transformado en una bruja ante los ojos de todos y se había puesto hecha una furia con su exmarido por atreverse a entrometerse en su última artimaña. «¡Tenía a un millonario en el bolsillo!», le había dicho sin saber que Ty estaba escuchando. También le había dicho que, si por su culpa ahora perdía todo ese dinero, se vengaría y se aseguraría de que no volviera a conseguir trabajo nunca, al igual que le había hecho al hombre al que había dejado para casarse con él.

Cuando Ty entró en el vestíbulo, atónito y furioso, ella intentó convencerlo de que todo lo que había dicho era una mentira para intentar que su exmarido se fuera. Dijo que la estaba acosando para quitarle lo que le quedaba de la fortuna que él le había robado. ¡Hasta se puso a llorar!

Ty llamó a seguridad, hizo que la sacaran de allí y le dio las gracias al exmarido por haberlo salvado. Luego se emborrachó y siguió borracho dos semanas.

Erin había sido la que había impedido que se matara. Ty, un hombre que amaba y se entregaba con toda el alma, sin sentimientos superficiales ni afectos tibios, había tenido una pistola cargada sobre el escritorio junto a una botella de whisky y no había permitido que Annie se le acercara.

Ella había llamado a Erin, que acababa de terminar el instituto y estaba estudiando Empresariales en el colegio universitario. Erin había ido directa allí y había abierto la puerta del despacho con una llave maestra que Ty, rotundamente, le había prohibido usar a Annie.

Él, borracho y furioso, le había dicho que se largara. Erin lo había ignorado y había tirado lo que quedaba de whisky por la pila de la barra de bar del despacho sin prestar ninguna atención a las barbaridades que Ty soltó por la boca. Después, con mucho temple, había descargado el Ruger Vaquero del calibre 45 y se había guardado las balas en el bolsillo.

Ty le había dicho que se fuera a casa, usando expresiones y palabrotas que ella solo había oído en películas para mayores de edad. Pero entonces Erin lo había abrazado y mecido mientras él se estremecía y temblaba ante la inesperada muestra de compasión

que no había querido pero que tampoco había recha-
zado.

Unos minutos después, ya más calmado, se había
apartado de ella con brusquedad y había mirado a
otro lado. Erin lo había llevado al sofá, lo había tumbado y lo había cubierto con una de las coloridas
mantas que había tejido para Annie y para él como
regalo de Navidad. Luego se había sentado a su lado
y había pasado ahí toda la noche para asegurarse de
que no volviera a asaltar el bar ni fuera a buscar más
balas.

Annie, fascinada, lo había observado todo en la
distancia con absoluto asombro. Le daba miedo el
temperamento de su hermano cuando estaba furioso. Ella solo había tenido una experiencia con el
amor eterno y había sido casi tan traumática como la
de Ty, con la diferencia de que en la suya había habido un novio alcohólico y un bate de por medio. En
otra ocasión se había encaprichado de un hombre
para el que era invisible, pero eso había sido antes de
lo del tipo del bate.

Después de todo aquello, Erin había caído en la
cuenta de que los Mosby eran las personas con peor
suerte en el amor que había conocido. Annie le había
dado la razón. Ni Ty ni ella querían volver a pasar por
unas experiencias tan malas.

Erin, por su parte, nunca había encontrado el
amor eterno porque llevaba enamorada de Ty desde
el día de su decimosexto cumpleaños, cuando él le
había dado un ramo de flores y un tierno beso en la
frente. A veces pensaba que seguía viéndola como
aquella adolescente patilarga y torpe que prácticamente había venerado al hermano mayor de su mejor amiga.

Por supuesto, Ty había sabido que estaba loca por
él, pero se había limitado a sonreír y tolerarlo hasta

que poco a poco había terminado por resultarle indiferente, imaginando que ya lo tendría superado para cuando cumpliera los diecisiete. Pero lo cierto era que Erin había aprendido a camuflar sus sentimientos y que aún los tenía. De vez en cuando salía con alguien, pero lo veía como simples quedadas con amigas con pelo en el pecho. Sus acompañantes nunca pasaban de la puerta.

Ty no sabía que seguía enamorada, y nunca lo sabría. No serviría de nada que se enterase. Aun así, Erin se preguntaba por qué querría llevarla a cenar en realidad. No era normal.

—Está intentando esquivar a alguien del trabajo, ¿verdad? —dijo mientras se tomaban en la mesa de la cocina el café que había preparado, solo y bien cargado.

—¿Qué? —preguntó Annie, confusa.

—Ty. Me lleva a cenar porque quiere que alguien se entere.

—Joder —murmuró Annie—. Ni siquiera me lo había planteado.

Erin sonrió, aunque por dentro el corazón se le estaba haciendo añicos.

—¿Quién es?

—Esa tal Taylor que contrató el mes pasado. Ha estado llevando ropa seductora al trabajo y el otro día le dijo que quedaran para revisar un informe que, según ella, hay que mejorar. ¿Cómo se me ha podido olvidar? ¡Mi hermano lleva dos semanas quejándose!

—Ya me lo imaginaba.

Annie se quedó mirándola antes de decir disgustada:

—Espero no haber herido tus sentimientos.

—Tranquila —dijo Erin sonriendo—. Superé lo de Ty hace años —mintió.

Annie suspiró.

—Menos mal —dijo aliviada—. En serio, no sé en qué estaba pensando mi hermano. Sabe lo que sentías por él de pequeña. Habría sido muy cruel hacerte algo así, dejarte pensar que estaba interesado en ti.

—Sabe muy bien que no es así. Me da igual. Taylor también me pone de los nervios. Si cree que Ty es presa fácil, se va a llevar unos cuantos chascos.

—¡La puñetera Dawes! —dijo Annie con auténtica malicia y sus ojos negros cargados de furia—. Por su culpa Ty no se casará nunca. Ve cada chica con la que sale como alguien que va detrás de su fortuna.

—Hay muchas cosas en la vida que valen más que el dinero. El tiempo, por ejemplo. Cuando se acaba, el dinero no importa mucho.

Erin, hundida, miraba la taza de café.

—Yo me ocupo de pagar la medicación, si es lo que te tiene tan angustiada —le dijo Annie, y continuó cuando Erin protestó—: Soy asquerosamente rica. Para mí el coste de la medicación es calderilla. Si no me dejas hacerlo, se lo diré a Ty y lo hará él...

—¡No!

Annie asintió al ver a Erin colorada y horrorizada.

—Lo que imaginaba. Iremos juntas a recoger la medicación cuando tengas la receta —sonrió—. No pienso dejar que vayas a la farmacia sin mí. Eres la única familia que tengo.

—Y vosotros sois la única que tengo yo, además de papá —dijo Erin con un suspiro.

—No es verdad. Tienes a tu prima mayor en Wyoming. Es encantadora

—Sí, pero vosotros también sois familia.

Annie suspiró y sonrió afectuosamente.

—Gracias.

—Al menos a ti aún te tengo en mi vida —dijo Erin con voz suave y sonriendo.

—Lo mismo digo. Bueno, voy a incluir a Ty también, ¡aunque nadie en su sano juicio querría tenerlo de familia! —dijo Annie sacudiendo la cabeza—. La señora Dobbs amenaza con dejarnos cada viernes.

—¿Qué pasa los viernes?

—Es cuando Ty sale al rancho a trabajar con los mozos, después de volverse loco en el escritorio los otros cuatro días de la semana.

—Ya, pero no lo...

—Va a trabajar al rancho. Imagínatelo. ¿Lodo rojo? ¿Sustancias apestosas...?

—¡Aaaah!

—No me imaginaba que la señora Dobbs supiera tantas palabrotas. ¡Pero sí que sabe, sí! Y hasta tiró a la basura unos vaqueros de Ty. Dijo que ni rezando saldrían las manchas y que no iba a cargarse su lavadora nueva con ellos.

Erin se rio. La señora Dobbs era conocida en Jacobsville por decir que todos los electrodomésticos de los Mosby eran suyos.

—Hasta ahora he logrado que no se vaya —dijo Annie—. De momento ha durado más que ninguna de las otras amas de llaves que hemos tenido, pero es solo porque le encantan los perros.

—Me acuerdo de la última.

—Todo el mundo se acuerda de la última —dijo Annie con un suspiro—. Es verdad que hay gente a la que no le gustan los animales, pero debería haberlo dicho antes de entrar en casa. Ya sabes cómo es Ty con sus bebés.

—¿Un fanático histérico que pierde los papeles...?

—Exacto. Bueno, al menos le dio dos semanas de sueldo sin tener la obligación de hacerlo y le dijo a uno de los chicos que la llevara a la estación de autobús.

—No debería haber insultado al perro ni haberlo sacado de la cocina, y mucho menos haberse negado a darle de comer y beber después de que hubiera estado todo el día al sol —dijo Erin resoplando.

Annie ladeó la cabeza.

—Has dicho lo mismo que dijo Ty.

—Es que tenía razón. Qué mujer tan estúpida.

—Luego nos enteramos de que aceptó el trabajo solo porque había oído que Ty estaba soltero. Cuando la vi pensé que era demasiado joven y atractiva para querer hacer un trabajo así.

—Y resultó que estaba dedicándose a otra cosa muy distinta antes de presentarse como candidata para limpiar vuestra casa —dijo Erin moviendo las cejas arriba y abajo.

Annie se rio a carcajadas.

Más tarde, cuando Annie llegó a casa, Ty estaba terminando de atender al último cachorro, al que había limpiado y dado de comer.

—¿Cómo está Erin? —le preguntó Ty a su hermana.

Annie acarició el sedoso pelaje del perrito.

—Muy triste.

Él suspiró.

—Recuerdo lo que es. Y tú también. Perder a tu padre o a tu madre es duro. Perderlos a los dos es una pesadilla.

—Sí, pero Erin es más fuerte de lo que parece.

Él soltó una risita.

—Ya te digo.

Ty, al igual que Annie, estaba recordando la noche en la que Erin le había quitado el whisky y las balas.

—Le he dicho que, si no me dejaba pagar la medicación de Arthur, te lo iba a contar. Con eso ha bastado.

—¿Por qué actúa así? —preguntó él frunciendo el ceño.

—A ver, Ty —murmuró ella quitándole el cachorrito para acurrucárselo—. Tiene dosis doble de orgullo y, además, todos nos acordamos de las mujeres que se te han acercado buscando dinero...

—Para, para —dijo él con la mirada encendida.

Ella se encogió de hombros.

—Bueno, el caso es que se moriría de hambre antes de pedirnos ayuda. No sé cómo pensaba pagar un bote de pastillas que cuesta cerca de cuatro mil dólares.

—¿Qué?

—La medicación para el cáncer. Es lo que cuesta. Al mes.

—¡Dios bendito! —exclamó Ty antes de soltar un silbido—. ¿Y qué hace la gente sin recursos?

—Se muere —dijo Annie sin más—. Es muy triste el mundo en que vivimos.

Ty le quitó al cachorrito y lo puso con los demás, acurrucado a su madre.

—Deberías haberle dicho a Erin por qué la has invitado a cenar —dijo Annie cuando se sentaron en el salón.

—¿Haberle dicho qué?

—Lo de la chica que te persigue en el trabajo —explicó Annie exasperada—. ¿Y si Erin aún hubiera seguido enamorada de ti? Se habría pensado que querías cenar con ella porque te gusta. Habría sido muy cruel.

Él tardó en responder. Estaba pensando. Sí, en el fondo su intención había sido salir con Erin para que esa mujer captara la indirecta y viera que no estaba interesado en ella. Pero, por otro lado, Erin era amiga suya y se sentía cómodo con ella. Aun así, ¿en serio lo hacía solo para esquivar a una empleada acosadora? ¿O últimamente estaba viendo a Erin con otros ojos? Era una pregunta que lo hacía sentirse incómodo incluso planteándosela en la intimidad de su mente, así que lo de compartirla con su hermana quedaba descartado del todo.

—Sí, supongo que lo habría sido —contestó al rato.

—Bueno, da igual —dijo Annie con una risita—. Erin lo ha supuesto todo solita.

—No sale con nadie.

—No. Dice que se ha cansado de explicarles a los hombres que el hecho de que las mujeres estemos liberadas no significa que ella lo esté. Va a misa —le recordó.

—Y nosotros. A la misma iglesia, de hecho.

—Sí, pero ella no avanza con los tiempos.

—O sea, que no va por ahí acostándose con nadie —concluyó Ty, de pronto sintiéndose orgulloso de Erin por que no lo hiciera y luego preguntándose por qué se sentía así.

—Exacto —dijo Annie antes de bostezar—. Voy a echarme una hora o dos. Por cierto, la señora Dobbs va a hacer guiso de atún para cenar. ¿Qué has hecho esta vez?

—Solo he mencionado que no me gustan los gnomos.

Ella abrió los ojos como platos.

—A ver, no tenía por qué ponerme toallas de gnomos en mi baño, ¿no? —dijo Ty a la defensiva—. ¡Aquí la fanática de los gnomos eres tú!

—¿Quieres decir que has hecho algo antes de mencionar que no te gustan los gnomos? —exclamó ella.

Ty estaba fulminándola con la mirada.

—Solo le estaba diciendo que no me gustan las toallas de gnomos. No es culpa mía que se hayan caído al suelo y las haya enganchado Rhodes.

—Ay, Dios mío —gimoteó Annie—. ¡Rhodes se come las toallas siempre que logra pillar una!

—Solo las ha despedazado un poco. Más o menos.

Bueno, de todos modos, ella no tendría que haberlo hecho. ¡Ni tampoco tendría que haber puesto sábanas de colorines en mi puñetera cama! —añadió con tono beligerante.

—¿Sábanas de colorines...?

—Solo le he dicho que los hombres no deberían dormir en sábanas de colorines —añadió a la defensiva—. Me gustan las sábanas blancas. ¡Me ha puesto sábanas rosas!

—¿Rosas?

—Para que hicieran juego con los gnomos —dijo absolutamente asqueado.

A Annie le estaba costando mucho aguantarse la risa.

—Joder —dijo él al darse cuenta. Se levantó—. Pues nada, ya total, voy a coserme unos encajes en mi puñetera colcha... —añadió al agarrar su sombrero Stetson y salir del salón.

Annie se dio por vencida y se echó a reír. A carcajada limpia.

Capítulo 3

El viernes por la mañana Erin estaba nerviosísima porque esa noche Ty la llevaría a cenar. Ya había repasado su escueto armario cuatro veces en busca del mejor atuendo. Aunque Ty solo lo hiciera por librarse de esa empleada, Erin estaba que bullía por dentro por ir a tener una cita de verdad con él después de tantos años esperándolo. Pero, claro, tendría que intentar parecer tranquila para que él no sospechara lo que sentía.

—Me has dado las cifras equivocadas tres veces —dijo Ty repantingado detrás del enorme escritorio de roble. La miró de arriba abajo, muy despacio, fijándose en su esbelta figura bajo el elegante traje negro de chaqueta que llevaba con una blusa de seda rosa. El pelo, largo y negro, lo tenía recogido en un moño perfecto. Siempre estaba guapa—. ¿Nerviosa por lo de esta noche? —preguntó clavando sus chispeantes ojos negros en los grises de ella.

Como pudo, Erin evitó que se le cayera el documento que tenía en la mano. E incluso forzó una sonrisa.

—Para nada —dijo recordando lo que pasaba en su casa. Suspiró—. Estoy preocupada por mi padre.

—Lo siento —respondió él apesadumbrado.

—No pasa nada.

Ty la miró fijamente.

—Annie me lo ha contado. Si me lo hubieras dicho, te habría ayudado.

Ella alzó la barbilla.

—Puedo apañármelas.

—No. No puedes.

Ty se levantó y ella se puso firme mientras él se acercaba. Con ese traje azul oscuro, la camisa blanca impoluta, la corbata azul de cachemir y su tupido pelo negro tan bien peinado, estaba tan guapo como un vaquero de película. Hasta olía de maravilla, qué delicia.

—¿Por qué te molesta tanto pedirme ayuda? —le preguntó con voz fuerte.

Ella alzó un hombro.

—No me gusta deberle nada a nadie.

—Ya lo sé.

—Annie se ofreció. No se lo pedí.

—Eso también lo sé, Erin.

Un escalofrío le recorrió la espalda al oír cómo pronunció su nombre. No solía usarlo.

—Nunca me miras —dijo Ty de pronto—. Miras detrás de mí o me miras al pecho.

Ella forzó una sonrisa y se obligó a mirarlo a los ojos.

—No es intencionado —mintió.

—Annie y yo sabemos lo que es perder a tus padres.

Ella asintió mordiéndose el labio inferior.

—No nos esperábamos lo que nos ha dicho el médico.

—Me lo imagino. Haremos lo que podamos por ayudarte.

Erin volvió a asentir, no se fiaba de su propia voz.

Él le levantó la barbilla y vio dolor y preocupación en sus ojos.

—No duermes, ¿verdad? —preguntó al verle las ojeras.

—La vida es dura.

—Sí.

Ty, frunciendo el ceño, siguió mirándola a los ojos. Erin olía a flores. Le gustaba ese aroma. No era ni fuerte ni abrumador. Era una chica fina, esbelta y bonita. No se la podía considerar una belleza despampanante, pero tenía un gran corazón. Y eso valía mucho en una mujer. ¿Sería consciente de ello? Ty recordaba que en una ocasión Erin le había dicho a Annie que no atraía a los hombres porque no era lo bastante guapa. Eso no era verdad.

Siempre la había tenido cerca. Estaba acostumbrado a ella. La apreciaba. Pero últimamente...

Se oyeron unos golpecitos en la puerta abierta y al instante entró Jenny Taylor, oliendo como una perfumería, con su larga melena rubia colocada con mucha maña alrededor de su preciosa cara y demasiado maquillaje.

—Siento interrumpir —dijo casi con un ronroneo y mirando a Ty, ignorando a Erin—. Tengo que hablar con usted sobre el informe que estoy redactando. Creo que es un poquito complicado para mí —añadió con un tono diseñado para engatusar—. ¿Los términos que se usan...? —preguntó con una sonrisa.

—Lléveselo a Harvey, del Departamento Legal. Él se lo explicará, señorita Taylor —contestó Ty con un tono tan áspero como la mirada que le echó—. Una cosa más —añadió con gesto serio—: en las puertas hay avisos sobre nuestra política con respecto a los perfumes fuertes. Por favor, lea alguno.

La chica se sonrojó.

—Eh, sí, señor. Claro. Lo siento mucho...

Se marchó corriendo.

Erin soltó el aire que había estado conteniendo en

la garganta. Aunque lo disimuló, se sintió alentada por cómo había hablado Ty a la chica. Podía ser muy autoritario cuando quería.

—Gracias —dijo en voz baja—. Me estaba planteando solicitar máscaras antigás...

Ty soltó una carcajada.

—Yo también —respondió. Ladeó la cabeza—. Bueno, te recojo a las seis. ¿Te parece bien?

Erin asintió.

—Si ves a Ben Jones, dile que venga, ¿vale? Necesito su cerebro para una estimación de costes.

A Erin no le gustaba Ben Jones. Ese hombre tenía una personalidad algo sospechosa y por el pueblo corrían rumores sobre cómo se ganaba dinero extra. Nunca se lo había dicho a Ty. No habría servido de nada. Ben había trabajado para el padre de Ty desde los inicios de la constructora. Él nunca se habría creído nada malo de ese hombre. Incluso Annie se quejaba de que su hermano era demasiado leal con un hombre que lo vendería a cambio de calderilla.

—Vale.

—Ni una palabra, Erin —le dijo estrechando la mirada.

Ella abrió los ojos como platos.

—¿Sobre qué?

—Sé que no te gusta, pero él es uno de los motivos de que exista esta empresa. Nadie hace estimaciones de costes mejor que él.

Erin se mordió la lengua. Ty no sabía que Ben se había atribuido el mérito de la última estimación que había hecho ella, una de lo más acertada. No serviría de nada decírselo porque no la creería.

Por eso se limitó a sonreír.

—No tengo nada contra él —dijo con tono relajado—. Sé que ayudó a tu padre a levantar el negocio.

Y también sabía que años atrás había estado a

punto de hacer que el padre de Ty perdiera la empresa con sus turbios chanchullos. Pero tampoco serviría de nada decírselo.

—Sí —respondió Ty. Y entonces sonrió y fue como si hubiera salido el sol—. Y ahora, venga, a trabajar.

Ella torció el gesto.

—He estado trabajando.

—Dándome unas cifras erróneas. Tres veces.

Erin lo ignoró.

—Iré a buscar a Ben.

Ty suspiró. Jamás entendería la animosidad de Erin hacia Ben. Y ahora que lo pensaba, a Annie tampoco le caía bien. ¡Mujeres!

Erin eligió un sencillo vestido negro, sin perifollos. Era ceñido, con mangas tipo capa y bajo hasta mitad de rodilla. Era elegante, pero no le había costado caro. Lo había encontrado en la zona de saldos de una *boutique* del pueblo. La dueña, que vendía algunos diseños propios, se había reído al ver su cara de sorpresa y le había dicho que era un vestido de alta costura de una chica rica embarazada que al final no había podido usarlo. Por eso había acabado puesto en venta de segunda mano, a una fracción de su precio de catálogo. Erin se había puesto loca de contenta. Incluso con el buen sueldo que tenía, debía ajustarse a un presupuesto.

Se recogió el pelo en un elegante moño alto y se puso un mínimo toque de maquillaje y perfume.

Al menos tenía zapatos y un bolso de noche que se había comprado hacía dos años. También rebajados. En casa nunca había habido demasiado dinero para lujos, ni siquiera cuando su madre aún vivía. Arthur los había hecho pobres con sus planes para hacerse rico rápido; unos planes que habían costado mucho y nunca habían dado nada a cambio. Al menos había podido quitarle de la cabeza lo de las inversiones intradía. Habrían supuesto un desastre.

—Estás muy guapa —dijo Arthur cuando ella entró en el salón. Él estaba leyendo el periódico.

Erin sonrió.

—Gracias, papá.

—Me alegro de que por fin Ty y tú os hayáis mirado —dijo su padre, serio por una vez—. Llevo muchos años pensando que tenéis mucho en común. A Ty no le gustan la mayoría de las mujeres y a ti no te gustan la mayoría de los hombres.

—Soy selectiva —dijo ella sonriendo.

—Bien. Es lo mejor que se puede ser —respondió su padre. Respiró hondo—. Me preocupa cómo vamos a permitirnos esas pastillas que dijo el médico que seguro que me recetará el especialista. Dice que cuestan una barbaridad.

—Encontraremos la forma de comprarlas —dijo ella agachándose para besarlo en la cabeza—. No pienses en ello ni por un momento.

Arthur sonrió.

—Vale. Diviértete.

—Haré lo que pueda —prometió Erin justo cuando un coche se detuvo fuera. Contuvo la emoción—. Debe de ser Ty —añadió mientras agarraba su abrigo de primavera.

—Luego nos vemos.

Ella asintió y abrió la puerta.

Ty estaba espectacular con un traje oscuro, camisa blanca y corbata. Sin duda se gastaba una buena pasta en ropa.

Estaba mirándola con esos ojos negros cargados de admiración.

—Muy bonito —murmuró él preguntándose si Erin habría atracado un banco, porque reconocía la alta costura cuando la veía. Annie era una enciclopedia andante en lo referente a moda y le había enseñado mucho.

—¿Esta antigualla? —bromeó ella—. ¡La he encontrado en el armario!

Él se rio, tal como era de esperar, pero una sospecha se le anidó en la mente. Decidió ignorarla.

—Hola, Arthur. ¿Cómo te encuentras? —le preguntó al hombre desde la puerta.

—Bien, gracias, Ty —respondió Arthur sonriendo—. Me alegro de que vayas a salir con mi pequeña. Últimamente ha estado demasiado preocupada por mí y eso no le hace bien.

—Me apetece mucho lo de esta noche —le dijo Ty—. Y tú te pondrás bien. Te ayudaremos en todo lo que podamos. Ya lo sabes.

—Sí, gracias.

—Bueno, vámonos —le dijo a Erin antes de ayudarla a ponerse el abrigo y luego posar sus grandes y preciosas manos en sus hombros por un momento—. Buenas noches, Arthur.

El padre de Erin sonrió y los despidió con la mano.

—Se va a pasar la noche viendo concursos de la tele —dijo Erin cuando subieron al lujoso coche de Ty para poner rumbo a San Antonio—. Es su pasión. ¡Y al menos eso lo distrae de las inversiones intradía!

—¿Qué?

—A ver —dijo Erin, que no había pretendido soltarlo así—, es que quiere hacer un curso para aprender a hacer inversiones intradía. Le enseñé un artículo de un hombre que lo perdió todo intentándolo y acabó suicidándose. Creo que le causó mucha impresión.

—Con todo el respeto, tu padre no tiene cabeza para manejar dinero. Mi madre siempre estaba muy preocupada por tu madre porque decía que algún día

Arthur perdería vuestra casa con alguno de esos proyectos que siempre se le torcían.

Erin suspiró.

—Lo sé. Me cuesta mucho convencerlo de que no se meta en más cosas, sobre todo ahora. Es muy terco.

—Pero la sangre tira y por eso hacemos lo que sea por los nuestros, por muy complicados que sean. Por cierto, te he contado lo de mi tío abuelo Phil...

Ella gruñó.

—¡No, por favor!

Ty soltó una risita.

—Pues fue un escándalo memorable y animó a Annie tras la pérdida de nuestros padres. A mí también me ayudó.

Phil era un hombrecillo rechoncho con un don para meterse en líos. Estaba casado con una mujer dulce y preciosa y tenía dos niños pequeños cuando conoció a una mujer por Internet que le prometió meterlo en el negocio del espectáculo como comediante. Era el sueño de su vida. Pero Phil no tenía nada de gracia y para él el humor era insultar al primero que se le ocurriera, en especial a sus familiares. Así que dejó a su familia y se fue a Hollywood a conocer a esa mujer. Ella estaba entusiasmada con su nueva carrera, pero le dijo que le costaría mucho dinero hacer realidad ese sueño, aunque, por suerte, conocía a gente del negocio que podría animarse a ayudarlo a cambio de algo de dinero. Phil la creyó. Le dio miles de dólares, hasta el último centavo que tenía en su cuenta de ahorros, y su mujer no se enteró de nada. Se pensaba que él se había ido de viaje de negocios con la empresa para la que trabajaba.

Entonces, cuatro meses después, el *sheriff* se presentó en su casa con un aviso de desahucio. Los niños y ella se habían quedado sin casa. Phil la había vendido y le había dado el dinero a la mujer al quedarse sin dinero en la cuenta. Todo lo que consiguió a cambio de su inversión fueron diez minutos en un club donde lo sacaron del escenario a base de abucheos. Abatido y arrepentido, intentó volver a casa y empezar de nuevo.

Su esposa ya había iniciado los trámites del divorcio con el escaso dinero que sacaba en su trabajo como teleoperadora de la empresa de telefonía local. Phil acabó invadido por la culpa, sin dinero y sin nada. Ty, su único familiar cercano, le había echado una mano y le había ayudado a recuperar el empleo que había perdido con su escapada. Phil seguía trabajando allí. Podía visitar a sus hijos, pero su exmujer no le dirigía la palabra. Era una dolorosa lección sobre lo ingenuos que podían ser algunos hombres.

—¿Crees que Lucy lo aceptará de nuevo algún día? —preguntó Erin.

Ty suspiró.

—Lo dudo mucho. ¡Había trabajado tanto para pagar la casa! No tenía ni idea de que su marido la había vendido. A él le había resultado fácil porque estaba solo a su nombre —dijo, y añadió mirándola con esos ojos centelleantes—: Así que, si alguna vez te casas, asegúrate de que tu nombre conste en todo lo de valor al igual que el de tu marido.

—Soy demasiado vieja para casarme —dijo Erin riéndose—. Además, tengo que cuidar de papá.

Ty estuvo en silencio el resto del trayecto al restaurante. Era de cinco tenedores, el mejor. Ya irían a bailar y a comer *sushi* otro día.

—No eres demasiado vieja —dijo después de que hubieran aparcado y mientras se dirigían a la puerta.

Ella lo miró. Miró muy arriba. Ty era mucho más alto.

—A veces me siento como si tuviera cien años —respondió en voz baja.

Él se detuvo y la miró.

—Me imagino por qué —dijo con tono suave mientras le apartaba de la cara un mechón que se le había soltado del moño—. No has tenido una vida fácil.

Erin lo miró a los ojos.

—Y tú tampoco. Pero los dos somos unos luchadores. Ponemos un pie detrás del otro y seguimos avanzando —añadió sonriendo.

Ty se perdió en sus ojos. Era única entre los montones de mujeres que habían pasado por su vida. Le devolvió la sonrisa. Lo hacía sentir como si hubiera tomado champán. Le producía una especie de dulce euforia; una sensación embriagadora y excitante.

Al oír tras ellos las risas de un grupo que se dirigía a la puerta, se separaron, pero en cuanto el grupo entró, él le agarró la mano.

El corazón de Erin se puso a hacer saltos de tijera. Ojalá Ty no se diera cuenta.

—Espero que te guste la carne de vaca —dijo él cuando entraron—. Este restaurante es famoso por eso.

—Me gusta.

Era mentira. Le encantaba el pescado. No le hacía mucha gracia la carne, ni siquiera el pollo.

Y Ty lo sabía. Le conmovió que ella estuviera mintiendo para hacerlo sentir bien.

Al notar su mano fría en la suya sintió ganas de protegerla. Estaba nerviosa con él. Recordó algunos comentarios que Annie había dejado caer sobre su mejor amiga. Erin no salía con nadie. Al parecer, estaba coladita por un hombre que no se fijaba en ella. ¿Sería él?

Le dio un vuelco el corazón y bajó la mirada hacia ella. Siempre estaban juntos, sobre todo en festividades, porque ninguno de los tres tenía madre y a Erin y a Arthur siempre los incluían en las celebraciones que hacían en casa. Las dos familias siempre habían estado unidas.

Pero Erin no salía con nadie. ¿Podría ser él la razón? Ella decía que era por su padre, porque cuidar de él no le dejaba tiempo para salir. Y, en cambio, ahí estaba ahora, con él. Sintió una descarga de alegría.

Ty era muy sentimental. La mala experiencia que había tenido con aquella mujer le había hecho rechazar los romances, y aunque no había impedido que tuviera algún que otro encuentro apasionado, por lo demás había preferido estar solo. Ahora se preguntaba si no tendría cerca a alguien que significara para él más de lo que había imaginado. Pero no quería precipitarse. Tenía tiempo. Mucho tiempo.

El camarero les entregó las cartas y Erin suspiró con tristeza. Todo estaba en francés. Al levantar la vista vio a Ty mirándola con una tierna sonrisa.

—Erin, ni te gusta la carne ni sabes leer en francés. He elegido mal. Lo siento.

—No pasa nada. Es un restaurante genial.

—Y eso es muy típico de ti, lo de no quejarte nunca. Ni siquiera cuando una noche nuestra cocinera te puso para cenar hígado encebollado. Te lo comiste. Luego tu madre le dijo a la nuestra que odiabas ese plato.

Ella se rio.

—Era uno de los platos favoritos de vuestra madre y yo la quería casi tanto como a la mía. Jamás habría dicho nada.

Ty se recostó en la silla con un suspiro.

—No eres exigente, ni siquiera cuando deberías serlo. Ya te lo he dicho otras veces, pero nunca me escuchas. Deberías plantarte más.

Ella sonrió.

—Las personas somos lo que somos. No se puede cambiar a alguien para que se adapte a ti.

Él negó con la cabeza.

—Me has malinterpretado. Lo que quiero decir es que a veces no deberías ceder solo por miedo a herir los sentimientos de alguien.

—Mira quién fue a hablar —dijo ella sonriendo—. Seguro que tú haces eso cuando un magnate quiere que le construyas una casa y a ti en el fondo te parece que el diseño es demasiado ordinario.

Él se rio.

—Bueno, es que a veces decir algo así no es lo más inteligente. Pero en tu caso...

—En mi caso —lo interrumpió con delicadeza—, hago lo que me parece.

Ty enarcó una ceja.

—Así está mejor.

—¿Qué?

—Que a eso me refería. Tienes que aprender a plantarme cara.

Ella abrió los ojos de par en par.

—No lo entiendo.

—En el instituto tuve una novia que era como tú. Tierna —añadió sonriendo—, de trato fácil, sin exigencias —dejó de sonreír—. Se casó con un jugador de fútbol. Era encantador, divertido y popular, pero tomaba drogas y nadie lo sabía. Una noche perdió los papeles y le pegó. Ella no llamó a la policía, claro, porque era demasiado buena. Pensó que él solo se había enfadado y que se le pasaría. Pero no se le pasó.

—La chica se apellidaba Smith, ¿no? —recordó Erin estremeciéndose.

—Sí. Los periódicos se pusieron las botas. «Héroe del fútbol americano mata a su esposa embarazada». Menudo titular. ¿Alguna vez te has preguntado qué habría pasado si hubiera llamado a la policía la primera vez que le pegó o una de las veces que vinieron después?

—Sí —dijo ella suspirando—. Pero dudo mucho que tú vayas a matarme por estar hasta arriba de drogas.

—Yo no tomo drogas, pero a una mujer se la puede herir solo con palabras.

—Solo me gritas una vez a la semana.

Ty puso los ojos en blanco, exasperado.

—Intento hacerte entender algo. No puedes dejar que ningún hombre te pisotee. Por ningún motivo.

Él miró esos preciosos ojos grises y se perdió en ellos.

A Erin le estaba pasando lo mismo. Ty tenía unos ojos negros y brillantes que estaban causando estragos en sus emociones. No era capaz de apartar la mirada de ellos y sentía como si le estuviera vibrando todo el cuerpo.

—¿Están listos para pedir? —preguntó el camarero sonriendo.

Ty apretó los dientes y forzó una sonrisa.

—Danos cinco minutos más si no te importa.

—Claro, señor.

El camarero se marchó.

Ty abrió la carta, impactado por su propia reacción ante los preciosos ojos de Erin.

—¿Qué te apetece?

Ella abrió la suya y miró el texto escrito con palabras que desconocía.

—¿Algo que lleve pollo?

—Odias el pollo. ¿Qué tal un buen pescado?

Erin lo miró sorprendida.

Él sonrió.

—El chef también es famoso por sus platos de pescado.

Erin estuvo a punto de echarse a llorar. ¡Ty había tenido en cuenta que le encantaba el pescado al llevarla ahí! Era de lo más halagador.

—Pues sí, me encantaría. Gracias —añadió con tono suave.

Él soltó una risita.

—Sé lo que te gusta —dijo con tono de broma antes de añadir—: Llevas años formando parte de mi familia. Lo sabes, ¿no?

Claro que lo sabía, aunque esa noche se había esperado algo más, mucho más. Aun así, forzó una sonrisa.

—Sí, lo sé —respondió sin resentimiento.

Después de todo, y por mucho que eso acabara con algunos de su sueños, ¿de qué le valdría guardarle rencor por que no tuviera un interés romántico por ella?

Justo cuando empezaron a comer, oyeron una voz familiar tras ellos.

—Vaya, vaya, ¿sacando a la familia a cenar, eh? —preguntó Ben Jones.

Era un hombre grande, fornido y con sobrepeso, de cincuenta y pico años y no muy atractivo. Estaba casado con una mujer menuda y simpática que siempre parecía agobiada.

—Sí —respondió Ty sonriendo. Todo el mundo sabía que Erin era como de la familia—. ¿Qué haces aquí?

—Darle un capricho a la parienta —dijo Ben señalando a su esposa con un dedo—. Es su cumpleaños.

—Es todo un detalle por tu parte —contestó Ty preguntándose de dónde habría sacado el dinero. El restaurante no estaba al alcance de su bolsillo. A lo mejor había heredado algo de la tía rica que tenía y que había muerto hacía poco. Bueno, no era asunto suyo.

—Por cierto, Erin, esta tarde te has dejado los cajones sin cerrar —dijo Ben. Se sacó una llave del bolsillo y se la dio—. Te los he cerrado. Tienes que tener

ORGULLO Y PERDÓN

61

cuidado. Tienes acceso a documentos importantes y no deberían estar accesibles.

—Sí, lo sé. Gracias, Ben —dijo ella intentando no mostrar lo molesta que se sentía.

«Genial, Ben, por sacar a relucir mis fallos delante del jefe con ese tono condescendiente».

Además, ¿de dónde había sacado la llave? Recordaba haberla guardado en el bolso y haber dejado este en la mesa mientras iba un momento al baño. Pero bueno, no serviría de nada mencionar eso ahora.

—Es que esta tarde estaba un poco distraída —dijo Ty. Sonrió—. Es un restaurante de cinco tenedores.

—Fuera del alcance de su bolsillo y del mío también, por norma —comentó Ben riéndose—. He ganado una pequeña apuesta.

—¿Pequeña?

—Bueno una bastante considerable. Me estoy haciendo muy bueno con el póquer —soltó y al momento se puso rojo porque no sonó como había pretendido—. Bueno, no es que esté apostando. No. De eso nada. Ha sido una cosa amistosa. Tuve suerte.

—Pues por norma la gente no tiene suerte en esas cosas —dijo Ty afablemente—, así que no te metas mucho en ese asunto.

—Yo jamás haría algo así. Me alegro de veros.

—Igualmente, Ben. Eva —añadió Ty sonriendo a la mujer de pelo canoso que iba a su lado.

Eva sonrió, pero no dijo nada.

—¿Crees que la tiene entrenada? —preguntó Erin sin poder evitarlo cuando estaban tomando el postre.

—¿A quién? ¿A Eva?

—Sí.

—Pues es un buen ejemplo de lo que hablábamos antes. Tú podrías acabar así, casada con un fortachón que te tenga controlada. Quiero a Ben. Le debo mucho. Pero no me gusta cómo trata a su esposa.

—Ya lo sé —dijo Erin forzando una sonrisa—, pero no tengo planeado casarme. Cuidar de mi padre me ocupa mucho tiempo.

Ty se quedó mirándola un buen rato.

—Sé que estabas nerviosa por salir conmigo esta noche, pero tienes que tener cuidado y cerrar tus cajones con llave.

—Lo sé, perdona. Estaba segura de que los había cerrado —dijo preocupada.

—No pasa nada. Ben se ha ocupado del problema. Pero estate atenta al trabajo, ¿vale? Tal como está la economía, todos los negocios tienen que vigilar cada paso que dan. Incluso este.

—Tendré cuidado. Lo prometo.

—¿Más café?

—Sí, por favor.

Ty avisó al camarero.

Cuando la llevó a casa, hacía viento, pero la noche estaba despejada y las estrellas centelleaban sobre ellos. E incluso, además de las farolas del camino de grava de Erin, los iluminaba una media luna.

—Envidio este porche —dijo Ty al acompañarla a la puerta.

—Pero es diminuto comparado con el tuyo.

Él se giró hacia ella bajo la luz del pequeño farolillo de techo y le plantó sus grandes manos en los hombros produciéndole un cosquilleo por todo el cuerpo.

—Es pequeño pero acogedor —dijo en el silencio de la noche, con una voz suave como el terciopelo—. Has hecho cojines para los sillones y para el balancín y has puesto macetas por todas partes. Es un ambiente muy cálido. Si no trabajaras para mí, te aconsejaría que buscaras trabajo como decoradora. Tienes mucho talento.

—Más años de estudio —protestó Erin arrugando la nariz—. Además, me gusta trabajar para ti haciendo estimaciones de costes.

—Ben hizo la última. ¿No tenías que hacerla tú? —preguntó Ty con amabilidad.

Ella tenía un jefe que supervisaba su trabajo. Y no era Ty, que estaba sentado a su mesa de director. Bueno, estaba sentado cuando no estaba en la obra señalando lo que había que corregir o asignando tareas. Era muy musculoso para ser un hombre de oficina, y eso se debía a que no tenía ningún problema en estar con sus hombres cargando madera o colocando piedras de río para hacer una chimenea enorme en alguna casa de millones de dólares que estuviera construyendo.

—Ya, pero es que Ben entregó su estimación primero —dijo Erin, porque Ty se molestaba si ella decía algo en contra de su amigo, aunque se lo mereciera.

Él, con delicadeza, le puso una mano en la cara y se la giró hacia la suya.

—La próxima vez entrega la tuya primero.

—Vale —respondió ella con tono ronco—. Lo haré —sonrió.

Ty clavó su mirada negra en su boca, que parecía suave, dulce y deliciosa. La deseaba con un ansia que lo impactó. Respiró hondo para calmarse y bajó la mano. No sabía qué le estaba pasando, pero sin duda era algo que no estaba preparado para afrontar. Aún no, al menos.

Por eso se metió las manos en los bolsillos y forzó una sonrisa.

—Lo he pasado bien. Espero que tú también —dijo con amabilidad.

Ella le devolvió la sonrisa. Durante unos segundos Ty había querido besarla, lo sabía. Se lo veía en los ojos. Pero de pronto se había apartado y había vuelto a ser el hermano de su mejor amiga. Así, sin más. Nada que lamentar, nada que esperar.

Erin ladeó la cabeza y lo miró.

—¿Por qué me has llevado a cenar? —preguntó con tono suave.

Ty se encogió de hombros.

—Fue algo impulsivo —dijo, y era la verdad. Suspiró—. Además, pensé que te vendría bien salir por el pueblo una noche, estar fuera de casa —y con gesto serio añadió—: Tienes que salir un poco, aunque solo sea una hora o dos, para despejarte. Sobre todo ahora con lo de Arthur.

El gesto de Erin se suavizó. Ese era el Ty que conocía: amable y considerado.

—Eres el mejor jefe del mundo —dijo ella, y lo dijo en serio.

—Hago lo que puedo. Preferiría criar ganado, pero no tenemos espacio para mucho más que los caballos y la casa —apretó los labios—. A lo mejor algún día dejo a Annie con la mansión y yo me construyo un imperio ganadero. Podrían escribir libros sobre mí. Componer canciones... —dijo mirándola para ver cómo reaccionaba.

Ella estaba partiéndose de risa. Le gustó verla feliz aunque fuera por un instante, alejarla de la muerte casi segura de su padre.

—Podría hacerlo si quisiera —continuó Ty con tono altivo.

—Creo que llegas unos doscientos años tarde y al lugar equivocado.

—Venga, eso, tú pisotea mis sueños de tener un imperio en el oeste —dijo Ty con tono lastimero.

—Esos días ya han quedado atrás; los han matado

la realidad y las leyes de declaración de impuestos. Además, construir casas y negocios es un trabajo honrado, ¡y construir complejos residenciales en San Antonio es aún mejor!

Probablemente lo fuera, y era un proyecto con el que Ty soñaba. Pronto presentaría una oferta, la misma en la que estaba trabajando Erin. Sería la única oportunidad que tendría en los próximos años y la necesitaba. El negocio había caído después de los recientes cambios en las leyes de impuestos, por no hablar de la recesión económica. Incluso una empresa tan importante como la suya tenía que andarse con cuidado. Él necesitaba esa oportunidad desesperadamente para mantener la solvencia del negocio.

—Vale, creo que puedo conformarme con ser un arquitecto famoso.

Erin se rio.

—Eso ya lo eres.

—Era el sueño de mi padre. Le encantaba dibujar y se le daba bien. Me enseñó las bases y luego aprendí el resto en la universidad. Me encanta. Pero a una parte de mí le encantaría criar ganado y pastores alemanes.

—Ya haces una de esas cosas también.

Ty suspiró.

—Supongo. Pero lo que importa es la escala a la que se hace.

Ella arrugó la nariz.

—Tu escala es bastante grande.

—De momento, al menos.

Ty se quedó mirándola y volvió a sonreír, pero ahora lo hizo con esa sonrisa cordial que ella le había visto usar en fiestas una y otra vez.

—Me he divertido —añadió Ty.

—Yo también. Gracias por la velada, jefe —dijo Erin haciendo una reverencia.

Él se rio.

—Bueno, pues me marcho. Hasta el lunes.

—Hasta el lunes.

Ty ya se había metido en el coche antes de que ella pudiera pronunciar la tercera palabra.

Cuando Erin entró en casa, se sorprendió al ver a su padre en el salón. Él le lanzó una enorme sonrisa que parecía ocultar un cierto gesto de culpabilidad.

—¿Te has divertido?

Ella se rio.

—Sí, mucho. Hemos ido a un restaurante muy elegante en el centro del pueblo y Ty me ha tenido que leer la carta. Estaba toda en francés.

—Así que era de lujo.

—Y tanto. Nos hemos divertido. ¿Se te han acabado los concursos? —le preguntó al ver la televisión apagada.

—Sí. He estado leyendo una novela de asesinatos.

Ella no veía ningún libro, pero entonces Arthur sacó uno del otro lado del sofá. Lo había escrito un famoso autor de novela negra.

—Ah, muy bien. Es el último. Aún no lo he leído.

—Lo pedí al club del libro el mes pasado —dijo Arthur, y añadió con gesto de culpa—: Sé que no estaba en el presupuesto...

¡Así que por eso tenía esa cara de haber hecho algo! Erin se rio aliviada.

—Es solo un libro —dijo con cariño—. No te preocupes.

El hombre soltó un gran suspiro.

—Vale. Gracias por no enfadarte.

—¿Cómo iba a enfadarme? Eres mi padre y te quiero.

—Yo también te quiero. Ojalá tuviera algo más que dejarte que esta casa y nuestros ahorros.

—No hables así —le reprendió ella—. Tengo un trabajo genial y estoy feliz así.

—Estarías más feliz casada y con hijos.

Ella le puso mala cara.

—Soy demasiado antisocial para encontrar marido. ¿Quieres que te traiga algo antes de irme a la cama?

—Nada. Que duermas bien.

—Igualmente.

Lo besó en la cabeza y se fue a su habitación.

A pesar de lo emocionante e importante que había sido para ella tener una cita con Ty, en el fondo había resultado decepcionante. Aun sabiendo por Annie que él a veces salía con una mujer para esquivar a otra, se había hecho ilusiones con que la hubiera llevado a cenar porque de pronto se hubiera fijado en ella. Pero para nada. Todo lo contrario.

Se fue a la cama y durmió mal. Los añicos en los que habían quedado reducidos sus sueños se le estuvieron clavando en la piel.

Capítulo 4

El lunes Erin fue a trabajar después de un fin de semana inquietante. Su padre no había hablado mucho y aún parecía sentirse culpable..., y no precisamente por haber comprado un libro. Sí, tenían un presupuesto muy ajustado, pero un libro no lo echaría a perder.

No había logrado hacerle admitir nada y no había pruebas visibles de que hubiera hecho algo que no debía. Sin embargo, esa mirada de culpabilidad resultaba perturbadora.

Fue a su mesa y sacó del bolso la llave que abría los cajones. Todo estaba en su sitio excepto la nueva estimación de costes en la que había estado trabajando, la que era clave para la licitación que Ty quería presentar para optar al contrato de construcción del complejo residencial de lujo. El documento solo estaba un poco movido, pero Erin recordaba con absoluta precisión dónde estaba todo en su cajón de documentos importantes. Para cualquiera que lo viera podría resultar caótico, pero para ella era un caos creativo.

Se preguntó si debería mencionárselo a Ty, pero lo descartó al instante. Pensaría que estaba loca. Además, seguro que se había movido cuando Jones le había cerrado los cajones. Tenía acceso a la mayor parte de sus documentos porque su trabajo, que consistía en estimar materiales de construcción, era compatible con el suyo. Si Ty confiaba en él, ella tenía que hacerlo también. Pero ella era la que había hecho esa última estimación de costes y, además, había cerrado los cajones. Tenía la única llave y, aun así, Ben se la había dado en el restaurante. Era todo muy inquietante.

Metió el bolso en el cajón de abajo y lo cerró con llave antes de ponerse a trabajar en nuevas cifras para el proyecto.

Tenía buena cabeza para las matemáticas, y gracias a ello había conseguido ese empleo nada más salir del instituto. Mientras trabajaba había estudiado Empresariales en San Antonio, donde estaba ubicada la oficina de Ty, y después, al graduarse, había hecho las prácticas ahí. Sabía que la estrecha relación que tenía con Ty y con Annie había ayudado a que le dieran el empleo, pero también había trabajado mucho para ganárselo.

Al igual que ellos, vivía en Jacobsville, a veinticinco minutos en coche de la oficina.

Ahora, de vuelta a casa en su sedán azul de segunda mano, pensaba en que con lo que ganaba estaba teniendo suficiente para pagar la hipoteca de la casa de sus padres. Solo dos pagos más y sería suya del todo. Estaba feliz por poder hacer algo así por su padre. Además, con la ayuda de Annie podían permitirse la medicación, y el seguro médico estaba cubriendo la mayoría de los otros tratamientos. Todo pintaba bien en ese sentido.

Pero aún tenía muchas otras preocupaciones. La salud de su padre había empezado a deteriorarse. Estaba cayendo en picado mucho más deprisa de lo que había imaginado.

Cuando le había preguntado al especialista, el hombre le había respondido con delicadeza que así funcionaba el cáncer. A veces, sin razón aparente, incluso con tratamiento, avanzaba rápido. No podían hacer más de lo que estaban haciendo ya. El tipo de cáncer que padecía se cobraba muchas vidas.

Tampoco ayudaba que Arthur no estuviera comiendo y que todavía pareciera sentirse culpable. Erin había preparado sopa de patata para cenar y él comió sin apenas apetito a pesar de que era su sopa favorita.

—Papá, ¿qué pasa? —le preguntó con suavidad.

Él la miró como ausente y luego sonrió.

—Estoy empeorando. Lo siento mucho, cielo.

Ella se levantó y lo abrazó, meciéndolo mientras sentía unas lágrimas en las mangas.

—Tranquilo —dijo mientras por dentro gritaba de terror por la pérdida a la que se iba a enfrentar tarde o temprano—. Tranquilo, papá. Todo saldrá bien. De verdad.

—Vale —respondió él con voz temblorosa.

Erin se secó los ojos.

—Venga, cómete la sopa. Estas pobres patatas se han sacrificado para que pudieras tener una buena cena.

Él se rio, tal como Erin había pretendido, y ambos dejaron el terrible tema de conversación para hablar de una serie de televisión que estaban viendo.

Ty se sentía cada vez más inquieto en lo que respectaba a Erin. Era como de la familia, la conocía desde que era una niña. ¿Por qué de pronto le resultaba más interesante que nunca?

No era una belleza como muchas de las mujeres con las que había estado, pero tenía un corazón enorme y era sincera, dos cualidades que valoraba en cualquier persona.

Estaba empezando a cansarse de la persecución de la señorita Taylor. Siempre iba requeteperfumada y requetepeinada y, la verdad, era un fastidio de persona. Flirteaba con todos los hombres, pero sobre todo con él. Y a Ty no le gustaba que lo acosaran así.

Iba farfullando y refunfuñando para sí justo cuando Erin entró por la puerta por la que él salía.

—¿Cómo dices?

Él se fijó en su conjunto. Falda negra, camisa negra y una vaporosa chaqueta rosa de seda que le caía por las rodillas. Llevaba un pañuelo con tonos rosados y su larga y tupida melena suelta, suave y femenina. Olía a flores silvestres. Estaba para comérsela.

—Pero bueno —murmuró él mirándola con unos ojos llenos de calidez—. Eres un regalo para los ojos. Muy guapa.

Erin carraspeó.

—Me gusta experimentar con los colores.

Ty miró atrás. La señorita Taylor iba tras él. Le agarró el brazo a Erin, la giró y la sacó por la puerta del edificio.

—¡Ty! —gritó Erin cuando él le agarró la mano y la llevó hacia el aparcamiento.

—Calla, nos vas a delatar.

—¿A qué estás jugan...?

Estaban en una zona sombreada del aparcamiento. Él se giró, la llevó hacia sí y se agachó para besarla con ansia y pasión, ahí mismo, junto a un coche.

Erin se dejó caer como arrastrada por una corriente, demasiado impactada y encantada para incluso intentar salvarse. Él la alzó y la llevó contra su cuerpo, largo, poderoso y musculoso. Ty olía a jabón y a un aroma especiado, y sus cálidos brazos la rodeaban con deseo. Su boca se ancló a la suya mientras Erin se entregaba al momento más extraordinario y delicioso de toda su vida. Sus sueños se hicieron realidad ahí, en la semioscuridad, entre el sonido de cláxones, sirenas y conversaciones.

Después Ty la abrazó; tenía la boca junto a su cuello y el corazón latiéndole con fuerza contra su oído. Ella estaba flotando, elevándose, perdida en ese momento.

Él respiró hondo y dio un paso atrás. Le sonrió. Fue una sonrisa forzada, pero ella estaba demasiado aturdida para notarlo.

—Gracias —dijo Ty.

—¿Por qué?

—Por salvarme de la flecha de la cazadora.

—¿Me he perdido algo? —preguntó ella, atónita.

—Sí —respondió Ty—. La señorita Taylor. ¡Esa puñetera mujer me está volviendo loco!

—Ah.

Erin seguía desorientada. De pronto el paraíso volvió a convertirse en un aparcamiento junto a una calle gris con el ruido del tráfico. Miró a Ty mientras intentaba obligar a sus hambrientos sentidos a que olvidaran el fugaz festín que se habían dado.

Él estaba sintiendo algo parecido e intentando ocultarlo. Besar a Erin era una absoluta delicia. Tenía una boca suave y cálida y sabía a miel. Se quedó mirándola unos segundos antes de salir de ese abismo en el que se había sumergido.

—Si yo supiera mecanografiar, la despediría —dijo Ty finalmente, forzando una risita.

—Podrías denunciarla por acoso sexual —respondió Erin intentando sonreír también—. Sé de dos hombres de la oficina que te invitarían a cenar para devolverte el favor.

Él sacudió la cabeza.

—Es alucinante cómo han cambiado los tiempos.

—Igualdad de oportunidades —dijo ella en defensa de sus compañeras.

—Por supuesto —contestó Ty antes de respirar hondo y añadir—: ¿Qué tal si cenamos en mi casa dentro de dos sábados? Tengo dos viajes de negocios, por eso no podemos quedar antes.

—¿Contigo y con Annie?

—Conmigo —dijo él con tono profundo y ronco, atravesándola con la mirada—. En la cabaña. Pediré un *catering*.

Unas señales de alarma se encendieron en la cabeza de Erin. La cabaña estaba en un lugar desierto. La había criado una madre chapada a la antigua, y ahora no pudo evitar recordar una de sus advertencias: Nada de pasar la noche a solas con un hombre en lugares apartados. Incluso con la mejor de las intenciones, podría resultar en desastre. Y era verdad. Ty no quería casarse y lo había dejado claro. Erin, por su parte, no permitiría que ningún hombre se aprovechara de ella. Si alguna vez se casaba, se reservaría la inocencia para el hombre en cuestión; no se la entregaría al primero que se lo pidiera.

—Eres demasiado predecible —dijo Ty con un suspiro y sonriendo, aunque sin el más mínimo sarcasmo—. ¿Y si te doy mi promesa solemne de no seducirte? —añadió levantando tres dedos.

—¿Estás haciéndome una promesa con el saludo de las Girl Scouts? —preguntó ella atónita.

—Bueno, vale, pues te daré el otro saludo...

—¡Ni se te ocurra! —exclamó ella cuando él empezó a hacerlo.

Ty soltó una carcajada al verla sonrojarse. La acercó y la abrazó.

—En serio, eres la criatura femenina más dulce que he conocido en mi vida. Perdona. Te lo prometo, de verdad. Solo habrá comida y buena compañía. Incluso le diré a Annie adónde te llevo.

Eso la hizo suspirar de alivio. Si Annie estaba al corriente, Ty tendría que comportarse. De lo contrario, su hermana lo destrozaría.

—Vale —dijo ella apartándose—. Perdona, no avanzo con los tiempos. Y tú... tienes mucho mundo.

Él se encogió de hombros.

—Soy un hombre. A mi edad la mayoría somos así.

Ella asintió.

Ty la agarró del brazo, la giró y volvieron a entrar en el edificio.

—¿Qué quieres comer?

—¿Ahora? —preguntó ella nerviosa.

—Dentro de dos sábados.

—Ah —dijo, y se quedó pensativa un momento—. Pescado —añadió justo a la vez que lo dijo él.

Los dos se rieron. Tal como había dicho Ty, Erin era demasiado predecible.

Dos semanas después, el viernes fue prácticamente una repetición del otro viernes. Erin estaba nerviosísima, y eso que aún faltaba un día para cenar con Ty.

—¿Nerviosa otra vez? —bromeó él mientras ella le dejaba un informe en la mesa.

—Estoy muy tranquila —protestó Erin con un centelleo en sus ojos grises.

Ty se rio.

—Pues puede que hoy yo me una a tu nerviosismo. Hace dos semanas que presentamos la oferta y, aunque no es lo habitual, prometieron que darían una respuesta rápida. Pero aún no he sabido nada de ellos —dijo Ty reclinándose en la silla con un largo suspiro—. El negocio puede sobrevivir sin el contrato para el complejo residencial, pero con la crisis económica que hay incluso nuestra empresa podría caer. Estoy preocupado.

—Eres el mejor en tu campo y cuando presentas una oferta, te mantienes fiel a ella. Ni cargos ocultos, ni subidas de tarifa accidentales, ni nada de eso. Tu reputación es intachable. No se puede decir lo mismo de al menos uno de los competidores.

—Ya. Harold Bradley —dijo él con una mueca—. Ese hombre busca demasiadas soluciones rápidas. Ya le han llamado la atención por eso al menos dos veces y en una ocasión incluso presentaron cargos contra él. Logró librarse, pero su historial no está limpio en absoluto. No soporto que le sigan permitiendo presentarse a licitaciones.

—Seguro que los urbanistas lo saben.

—Buscan la oferta más baja. Y no tienen mucho cuidado con dónde miran. Propietarios de fuera del pueblo con ejecutivos de fuera del país.

—Creo que empiezo a entenderlo.

—Uno de los socios extranjeros está en la ciudad esta noche. Por eso tú y yo vamos a quedar mañana y no esta noche. Espero animarlo un poco a que se incline a mi favor. Vamos a tomar unos cócteles después de cenar.

—Ten cuidado y asegúrate de tener el estómago lleno antes de conducir.

Él se quedó mirándola.

—Erin, aquello pasó hace seis años.

Ella volvió a sonrojarse.

—Ya, pero es que...

Ty enarcó una ceja.

—Te preocupas por mí —dijo en voz baja admirando el tono que ese suave rubor le daba a su cara. Qué guapa estaba así, pensó antes de reprimir las imágenes que se le estaban pasando por la cabeza.

—Fue un buen golpe.

—Y no culpa mía del todo. El otro conductor iba mucho más borracho que yo —le recordó—. Me libré, pero me llevé una severa advertencia del juez que aún no he olvidado.

—Annie y yo estábamos destrozadas, y no pasó mucho después de lo de vuestros padres...

—Ya —dijo él sacudiendo la cabeza. Luego sonrió y añadió—: Fue agradable ver que se preocupó tanta gente.

—Todo el mundo menos aquella mujer...

A Ty se le tensó la cara.

—Una mujer de la que no hablamos.

—¡Perdón! —exclamó Erin haciendo el gesto de cerrarse los labios con cremallera.

Ty sacudió la cabeza mientras le abría la puerta.

—A veces me vuelves loco.

—Sé de alguien que lo hace mejor —susurró mientras la rubia y preciosa señorita Taylor se acercaba a ellos deslizándose como una víbora venenosa—. Hasta luego, jefe.

Se dirigió a su despacho mientras Ty murmuraba para sí acusándola de desertora.

Cuando Erin llegó a casa, su padre estaba más pálido aún que el día anterior. Dejó el bolso y la chaqueta y corriendo fue hacia donde estaba sentado, en el sillón reclinable.

—Papá, ¿estás bien?

Él respiró hondo y la miró. Esbozó una mueca y volvió a tomar aire.

—Erin...

—¿Sí?

Arthur, invadido por la culpa, miraba el gesto de preocupación de su hija. Tiempo. Aún tenía tiempo para arreglar lo que había hecho. Debería haberla escuchado, al igual que debería haber escuchado a su esposa años atrás. Las dos tenían razón y él se equivocaba. Quería confesar, pero aún había tiempo para compensar su error. Tenía un amigo que lo ayudaría. Seguro que sí. Todo iría bien. No hacía falta confesar nada. Aún no, al menos.

Forzó una sonrisa.

—Solo estoy teniendo un mal día, cielo. Nada más.

—¿Seguro?

—Segurísimo.

Ella respiró hondo.

—Vale. Me he preocupado. Más de lo que estaba ya —añadió.

—¿Por qué?

—Bueno, es que hemos presentado una oferta para un proyecto grande en la ciudad y Ty va a reunirse con uno de los dueños esta noche. Para tomar unos cócteles.

—Espero que tenga cuidado.

—Ya. Me ha prometido que sí.

—Y supongo que ese proyecto supone mucho dinero, ¿no?

—Muchísimo.

—Pues espero que lo consiga. Aunque tampoco es que lo necesite. Su familia siempre ha tenido dinero.

—Cualquiera puede perderlo todo mañana mismo.

—Ty no. Es un hombre de recursos y muy inteligente.

—Supongo.

Arthur ladeó la cabeza.

—¿Quieres decirme algo? —preguntó, porque su hija tenía una extraña expresión de felicidad.

—Solo que... bueno... Ty me lleva a cenar mañana por la noche.

Él enarcó las cejas.

—Ya van dos veces.

—Solo somos amigos —se apresuró a decir Erin, pero entonces se ruborizó y eso contradijo sus propias palabras.

Arthur se rio.

—A lo mejor tienes suerte —dijo con cariño—. Sé lo que sientes por él.

—Él no siente lo mismo por mí. Hay una mujer en el trabajo que va detrás de él. Es una petarda, pero, bueno, él últimamente no les hace caso a las mujeres.

—Por lo de aquella tal Dawes —dijo su padre suspirando—. No puedo decir que lo culpe. El exmarido de esa mujer le hizo un favor, aunque imagino que en ese momento Ty no lo agradecería. Hubo muchos cotilleos.

—Nadie del pueblo lo ha olvidado, y eso que el incidente tuvo lugar en San Antonio. Aquí hay demasiada gente que trabaja en la empresa de Ty.

—No habría sido tan terrible si ella no se hubiera puesto a gritarle a Ty después de que él la pillara jactándose ante su exmarido de que tenía dominado a un vaquero tonto.

—Eso le destrozó el orgullo. Después de aquello no salió con nadie de forma regular. Le dijo a Annie que las mujeres siempre parecían ir detrás de lo que tenía y que ya lo habían traicionado demasiadas veces.

—Pobre chico.

—Sí. Yo jamás lo traicionaría. Por nada.

Su padre desvió la mirada.

—Lo sé, cariño.

Arthur esbozó una mueca de pesar. Era imposible que Erin llegara a enterarse. Su amigo no lo traicionaría, lo sabía. Aun así, le dolía traicionar a su hija. Pero tenía que compensar lo que había hecho y ese era el único modo. Le había dado vueltas a qué cosas podía vender, pero no quedaba nada. Si no conseguía algo en metálico pronto...

—¿Por qué estás así? —preguntó Erin.

—¿Así cómo? —contestó él forzando una sonrisa.

Ella se quedó mirándolo unos segundos y luego se rio.

—Da igual. No estoy pensando con claridad. Voy a preparar la cena. ¿Te apetece algo especial?

—¿Qué tal unas patatas gratinadas con jamón?

—Claro —dijo ella con una tierna sonrisa.

Arthur, suspirando con abatimiento, la vio salir del salón. Nunca se había sentido tan culpable.

El sábado, como estaba demasiado nerviosa para quedarse sentada, Erin lavó el coche, hizo una tarta y limpió todas las habitaciones de la casa.

Le sonó el móvil mientras pasaba la aspiradora. La apagó para contestar.

—A ver si lo adivino —dijo Annie con tono de risa—. Ya has remodelado la casa, pintado el coche, repavimentado la acera de la entrada...

—Lo habría hecho, pero no tengo cemento —la interrumpió con una carcajada—. ¿Ty te lo ha dicho?

—Claro que sí. Me ha dicho que parecías una oveja yendo directa al matadero y que, si no me ponía al corriente, tú llamarías y te negarías a ir.

—Bueno... —dijo Erin suspirando—. Tiene razón en cierto modo.

—A Ty no se le ocurriría seducirte. Si lo hiciera, yo lo filetearía en la mesa de la cocina. Estás a salvo. Puedes ir con él. En serio.

Erin se rio.

—¿Entonces no estampó el coche anoche?

Annie se rio.

—No. La policía ni siquiera tuvo que llamarle la atención. Me ha dicho que estabas preocupada.

—Sí. Es que fue un buen golpe.

—Ninguno lo hemos olvidado, así que gracias por haberte preocupado y habérselo dicho. Yo le doy la lata con ese asunto, pero te escucha a ti. A mí me ignora.

Eso sí que no lo sabía. Y fue toda una alegría.

—Bueno, tú esta noche ten cuidado y mantenlo alejado de las botellas de alcohol. Ahora ya no bebe en exceso, pero precisamente por eso es más sensible a la bebida.

—Me negaré a beber de todo menos agua o café —bromeó Erin.

—Puede que haga falta algo más que eso.

—¿Por qué? ¿Qué ha pasado?

Annie suspiró.

—Anoche, cuando estuvo cenando y tomando algo con el propietario del proyecto, el que tiene la última palabra sobre el contrato, el hombre le dijo que había oído habladurías sobre él que no le habían gustado nada.

—¿Qué habladurías? —exclamó Erin.

—Por un lado, que Ty usa materiales baratos y que justo por eso ha tenido encontronazos con inspectores de obras.

—¡Eso es mentira! ¡Y es fácil desmentirlo...!

—Este tipo es extranjero y eso le ha dado igual. Le dijo a Ty que ya le había otorgado el contrato a un constructor que cobra menos.

—¡Eso es imposible a menos que usen materiales muy inferiores! —protestó Erin—. Lo sé porque yo recopilé la información que Ty usó para presentar la oferta.

—Dijo que la oferta la había presentado en mano uno de los ejecutivos de Ty —respondió Annie con delicadeza—, y que era mucho más elevada que la de las otras empresas —añadió además de darle las cantidades.

—¡Pero eso no es así! ¡Sé cuáles eran las cantidades! —protestó Erin—. ¡Esas no son mis cantidades!

—¿Las viste antes de que Ty entregara los informes? A lo mejor hubo algún error tipográfico.

Tipográfico. La señorita Taylor redactaba los informes. ¿Podría ser que se hubiera enfadado por lo del beso en el aparcamiento y que a propósito hubiera rehecho el trabajo de Erin incluyendo cantidades más altas?

—Bueno, no te preocupes —dijo Annie—. Ty ha dicho que iba a presentar una oferta para otro proyecto en Dallas y que tenía esperanzas de conseguirlo. No es un proyecto tan grande, pero...

—¡Es que no lo entiendo! —gruñó Erin.

—A veces las cosas salen mal y se pierden ofertas. Ya lo sabes. A menos que seas vidente, es imposible saber lo que los otros van a sacarse de la manga.

—Ya, supongo.

—Deja de preocuparte y ve a ponerte algo bonito. Que cenes muy bien. Ty ha pedido ese pescado que te gusta tanto.

Erin sonrió.

—Qué amable.

—Puede ser amable. Y también puede ser un bestia —dijo Annie suspirando—. Sobre todo cuando cree que lleva razón, la tenga o no. No se puede discutir con él. Es como hablar con un muro de piedra.

—Espero no tener ese problema.

—Tú no le dejes intentar ahogar sus penas, con eso vale.

—Te lo prometo —dijo Erin.

Erin parecía preocupada mientras elegía un vestido. En realidad solo tenía una opción, un vestido de cóctel negro que Ty ya le había visto en una fiesta que habían celebrado para un empleado que se jubilaba. No era especialmente sexi, pero sí de alta costura; otra de las gangas que había encontrado de segunda mano. Le sentaba como un guante y perfilaba su esbelta y perfecta figura de reloj de arena. El atuendo negro contrastaba con el collar de perlas que su madre le había regalado por un cumpleaños hacía mucho tiempo. Las tocó con delicadeza y admiró las sencillas esferas, apenas visibles bajo su larga melena negra.

Por lo general, la llevaba recogida en un moño impecable o en un intrincado recogido, pero sabía que a Ty le encantaba el pelo largo. Por eso se lo había dejado suelto. Se le despeinaría con el viento y se le enredaría, pero llevaba un cepillito en el bolso. Daba igual. De todos modos, Ty la había visto desaliñada a menudo cuando Annie y ella habían salido a montar a caballo con él por el rancho.

Recordaba muchos días perfectos de los que Ty había formado parte. Aun así, el corazón se le había resentido por su indiferencia. Y no porque Ty no fuera amable, porque siempre era cariñoso con ella, sino porque no había sentido lo que sentía ella, y era obvio. Con el tiempo ella había aprendido a controlar los nervios cuando estaba con él y a ocultar lo incómoda que se sentía usando el sentido del humor. Annie solía decir que Ty solo se reía con ganas cuando Erin estaba con ellos. Estaba serio la mayor parte del tiempo, siempre pensando en alguna idea nueva sobre proyectos de construcción u ocupado con sus pastores alemanes. Cuando nacían los cachorritos, era Ty el que se quedaba con ellos por las noches todo el tiempo que hiciera falta hasta que se aseguraba de que estaban creciendo bien y sanos. Cuidaba y mimaba a la mamá y a los cachorros como si fueran seres humanos.

En una ocasión había llevado a una chica a casa justo cuando Annie y Erin volvían de ver a un nuevo potrillo. Ella estaba gritando a Ty porque uno de los cachorros se había meado en sus mejores zapatos.

Él no había dicho ni una palabra. Había sonreído a la chica, había sacado las llaves del coche y le había indicado que saliera por la puerta. Más tarde se enteraron de que le había comprado unos zapatos de diseño de color naranja y verde guisante para sustituir a los que se habían estropeado. Annie aún seguía riéndose. Ty solía ser la educación personificada, pero era muy protector con sus animales. Si a Erin le hubiera pasado lo que le pasó a aquella chica, ella se habría reído y le habría pedido a Ty un trapo y limpiador. Pero no todo el mundo era así.

Usaba muy poco maquillaje. Tenía una tez exquisita, color crema y melocotón; el telón de fondo perfecto para unos grandes ojos gris claro y unas cejas negras arqueadas. A Ty no le gustaba el maquillaje, pero ese no era el motivo por el que Erin no lo usaba. Odiaba notar ese pringue en la cara y luego tener que lavárselo por la noche. Un toquecito suave era más sencillo de eliminar y a ella le favorecía más.

Agarró el bolso de noche y salió de la habitación con el abrigo de primavera colgado de un brazo. Sonrió al entrar en el salón, donde su padre estaba viendo un concurso desde el sillón reclinable.

—Que te diviertas —le dijo Arthur con cariño.

Ella frunció el ceño. Estaba muy pálido.

—¿Estarás bien? —preguntó preocupada.

Arthur suspiró, empezó a decir algo y entonces sonrió.

—Sí. Los dos lo estaremos.

Erin se rio pensando que se refería a su cita.

—Vale. Si me necesitas, puedes llamarme o enviarme un mensaje.

—No lo haré —prometió él—. Voy a ver mis concursos y después me iré a la cama. Enciende la luz del porche para que luego veas bien al entrar, ¿vale?

—Sí. Papá, estás muy pálido. ¿Quieres que me quede contigo?

—No, no, por Dios. Solo estoy un poco débil por el tratamiento —dijo con un suspiro—. El mismo rollo de siempre últimamente —añadió con una risita.

—Al menos es por eso y no por nada peor. Pero llámame si me necesitas. Ty me traerá directa a casa.

—Lo sé —respondió Arthur, que desvió la mirada cuando las luces de un coche se colaron por las cortinas—. Tu carruaje ha llegado —bromeó.

Ella pegó un bote y por poco no se le cayó el bolso. Tenía que calmarse. Respiró hondo varias veces antes de forzar una sonrisa e ir a abrir la puerta.

Ty llevaba un suéter negro de cuello tortuga con una americana y vaqueros, un Stetson negro y botas. Estaba tan guapo como un vaquero de película y a Erin le costó no ponerse a suspirar por él como la protagonista de una película antigua. Ese hombre era un sueño.

—Estás fantástica —le dijo él admirándola mientras esbozaba una lenta sonrisa.

—Gracias. Tú también estás genial.

—¿Qué tal, Arthur? —preguntó Ty con una sonrisa.

—Bien, Ty. Gracias —respondió su padre con un tono ligeramente tenso.

De nuevo Erin captó esa sensación de culpabilidad en su padre.

—No la traeré de vuelta tarde. Le he comprado un pescado entero. Ahora voy a dárselo para cenar —bromeó Ty.

—Ya sabes que lo compartiría.

Él se rio.

—Si nos necesitas, mándale un mensaje a Erin, ¿de acuerdo? —le dijo Ty a Arthur.

El padre de Erin sonrió.

—Estaré bien, no os preocupéis. ¡Pasadlo bien!

Cuando bajaban por el camino de acceso, Erin miró a Ty:

—Papá parece estar sintiéndose culpable por algo.

—¿Qué?

—Perdona. Solo estaba pensando en alto. Lleva días así. Es como si algo le estuviera remordiendo la conciencia y le diera miedo decírmelo.

—Probablemente esté preocupado por su enfermedad, Erin —dijo él con delicadeza—. Es terrible pasar por algo así. ¿Te acuerdas de Bud Hollins y de cómo murió?

Ella esbozó una mueca de pesar.

—Perdona, cielo —dijo Ty con gesto de arrepentimiento y poniéndole una mano sobre la suya—. No debería haber dicho eso.

—Pero es la verdad —respondió ella sintiendo un cosquilleo ante la calidez de su mano, por muy breve que hubiera sido el contacto—. Él también conocía a Bud.

—Ojalá pudiéramos hacer más por tu padre —dijo suspirando—. Sé cómo estarás sintiéndote. Pero por experiencia te digo que la vida sigue. Y vas tirando, más o menos.

Él carraspeó.

—Bueno, no hablemos de penas esta noche —dijo tajantemente—. Vamos a tener una cena agradable y luego podemos sentarnos en el porche y escuchar a las ranas cantar.

Ella no pudo evitar reírse.

—¿Tienes ranas que cantan?

—Cielo, todas las ranas cantan. Lo que pasa es que no sabemos valorar el talento que tienen.

Erin se limitó a sacudir la cabeza.

Capítulo 5

La casa del lago era de madera. Ty la había diseñado. Detrás tenía un embarcadero y un cobertizo para botes, y la cabaña era acogedora además de estar ubicada en un lugar precioso. En los días despejados podía sentarse en el embarcadero y ver los veleros en el lago. Y los días en los que no estaba ocupado, era él el que salía a navegar. Le encantaba el agua.

A Erin, en cambio, la aterraba. No sabía nadar y, además, se mareaba. Por eso cuando eran pequeñas y Ty había salido a navegar, la buena de Annie siempre se había quedado en tierra haciéndole compañía.

Se rio al recordarlo.

—¿Qué? —preguntó él con tono suave cuando se detuvieron en la entrada, entre unos árboles en flor.

—Me estaba acordando de la pobre Annie cuando se quedaba haciéndome compañía mientras tú salías a navegar. ¡Era tan cariñosa! Yo intentaba que se fuera contigo, pero siempre decía que no. Y eso que le encanta el agua.

—¿Por qué a ti te da tanto miedo? —preguntó Ty con verdadera curiosidad.

Erin respiró hondo.

—Una de mis amigas de la iglesia se ahogó cuando

hicimos una excursión a Dallas y la maestra de la escuela dominical nos llevó a nadar.

—¿Estabas en ese grupo? No me acordaba, aunque sí que recuerdo haber visto la noticia en los periódicos.

Ella suspiró.

—Estabas en la universidad cuando pasó. Yo era muy pequeña. Intenté disimular cómo me afectó, sobre todo delante de Annie, pero aquello me impidió acercarme al agua. Y sigue haciéndolo. Yo estaba en el agua, me cubría por la cintura, y me fui hacia la orilla porque me entró miedo. Ella era una niña encantadora. Me estaba haciendo bromas sobre mi miedo a nadar y yo me estaba riendo y diciéndole que siempre me hundía. Me dijo que me iba a enseñar, así que se fue hacia el centro del lago, pero le dio un calambre en la pierna y empezó a hundirse. Yo no sabía nadar, así que no podía salvarla. Cuando el socorrista oyó mis gritos, ya era demasiado tarde.

—¡Qué horror!

—Por eso no he vuelto a nadar. Es verdad eso de que me hundo. No puedo flotar. No he podido nunca.

—Bicho raro —dijo él con tono de broma.

—Esa soy yo —respondió Erin suspirando.

La mesa estaba puesta, la comida servida y el servicio de cocina a punto de irse. Mientras Ty los despedía, Erin echó un ojo a los platos. Todo tenía una pinta irresistible.

Ty descorchó una botella de vino ya enfriada y sirvió dos copas. Una ensalada enorme y unas fuentes de jamón, pescado y patatas gratinadas ocupaban un lugar de honor en la mesa. Había también una cafetera sobre un calentador y una bandeja con leche y azúcar, además de una tarta de chocolate enorme en un soporte alto y un pastel de boniato.

—Mis platos favoritos —exclamó Erin mirando la enorme sonrisa de Ty.

Él se rio.

—Últimamente lo estás pasando muy mal con lo de tu padre —dijo él con cariño— y he pensado que no te vendrían mal unas pocas atenciones.

—¡Unas pocas! ¡Me estás consintiendo demasiado!

—No tanto —dijo él mirándola fijamente a los ojos—. No creo que tú puedas ser nunca una consentida. Tienes demasiado sentido común.

—Eso es influencia de mi madre —dijo ella sonriendo mientras él le quitaba el abrigo.

Se sentaron el uno al lado del otro en la mesa de cerezo, con su caro mantel de lino y servilletas a juego.

Ella se estremeció ante la almidonada blancura del mantel.

—Dios, menos mal que has pedido vino blanco. Si hubiera sido tinto, seguro que se me habría caído y habría estropeado el mantel. Soy muy torpe.

—No más que yo. Además, el blanco va mejor con el pescado.

—A ti no te gusta el pescado.

Él enarcó las cejas y los ojos le destellearon.

—Me gusta bastante. Esta es la especialidad del chef —dijo poniéndose la servilleta en el regazo—. Bendice la mesa, Erin.

Y ella pronunció una breve y bonita oración, una tradición en ambas familias desde hacía generaciones.

—¡A comer! —dijo Ty.

Comieron en un agradable silencio. Tomar ese vino fue como beber flores. No es que le gustara mucho el vino en general, pero ahora estaba nerviosa y emocionada. Llevaba años soñando con que Ty la llevara a algún sitio, aunque solo fuera a dar un paseo en coche. Y ahí estaba ahora, en su segunda cita de verdad con él. Un calor la recorrió por todas partes.

—¿Tarta o pastel? —le preguntó ella cuando llegaron al postre.

—¿Hace falta preguntarlo? —dijo él riéndose.

En realidad no hacía falta. La pasión de Ty por el chocolate era de sobra conocida. A ella también le encantaba, aunque el pastel de boniato era su favorito.

Erin se levantó, cortó unas porciones de la jugosa tarta y las sirvió en los delicados platos de postre de porcelana.

—¿No quieres pastel? —preguntó él cuando ella le acercó el plato y le sirvió una segunda taza de café.

—Esta noche me apetece tarta —dijo sentándose—. ¡Y esta tiene una pinta deliciosa!

—Nuestras madres hacían tartas como esta cuando veníamos aquí al lago de pícnic —recordó él con tristeza—. Eran unas cocineras fantásticas.

—Sí —dijo ella antes de dar un trago de café y tomar un pedazo de tarta—. Pero tu madre hacía el mejor pollo frito y la mejor ensalada de patata.

—La tuya hacía las mejores tartas. Aunque yo eso jamás se lo habría dicho a mi madre.

—Era una mujer tan dulce —dijo Erin suspirando—. Tu padre también era encantador. Y tenía muy buena cabeza para los negocios. No como mi pobre padre, con sus constantes planes para hacerse rico —añadió sacudiendo la cabeza—. Y ahora con la manía esa de aprender a hacer inversiones intradía.

—Es terreno peligroso para un principiante. Si quieres invertir, lo mejor es encontrar un corredor de bolsa de fiar.

—Es justo lo que le dije. Creo que he logrado quitarle de la cabeza lo del curso. Cuesta doscientos dólares y, cuando lo miré en Internet, vi montones de quejas de gente que lo había intentado y había perdido miles de dólares. Nosotros jamás podríamos permitirnos esa clase de inversión, y mucho menos pagar un corredor de bolsa. Y que conste que con esto no me estoy quejando de mi sueldo —añadió riéndose—. Cobro demasiado solo por jugar con unos cuantos numeritos.

—No te quites mérito. Se te dan muy bien las matemáticas.

—Gracias.

Ty le miraba el vestido. Ya lo había visto antes. Era de alta costura. ¿Cómo habría podido permitirse algo tan caro?

Rellenó las copas y Erin miró la suya con cierto recelo.

—Tú no sueles beber tanto y yo no debería. El alcohol no me sienta bien.

—No es para tanto —dijo él con tono relajado. Soltó la botella y se reclinó mientras daba unos sorbos—. Además, ayer tuve un día terrible en el trabajo.

—Ya me lo ha contado Annie, y no lo entiendo. ¡Recalculé las cantidades tres veces para asegurarme de mantenerlas lo más bajas posible sin usar materiales de calidad inferior! Sé cuáles eran nuestras cifras. La estimación de costes estaba ajustada al máximo. El único modo de que alguien hubiera podido ofertar algo más barato habría sido usando materiales de baja calidad, y ningún negocio respetable se habría planteado algo así.

—Lo sé —murmuró él antes de dar otro gran trago.

—Pero no estamos en problemas, ¿no? —preguntó ella alzando la voz.

Ty se encogió de hombros y se aflojó la corbata.

—Podríamos, a menos que consiga un proyecto en Dallas para el que voy a licitar. Incluso una empresa tan bien asentada como la mía puede irse a pique. La economía está en crisis.

—Pues páganos menos a todos —propuso Erin. Sus ojos grises destelleaban—. Nadie se quejaría.

Él soltó una carcajada.

—¿Tú crees?

Ty dio otro gran trago y suspiró.

—A veces me harto de este mundo tan competitivo y me dan ganas de dejarlo todo, de vender la empresa y recorrer el mundo en barco.

Erin sabía cuánto le habría gustado a Ty poder hacer eso. Años atrás, cuando estaba estudiando en el norte, en la universidad, había formado parte de la tripulación de una de las embarcaciones de la Copa América.

—Te encanta navegar, ¿verdad?

Él asintió.

—Supongo que lo llevo en la sangre. Algunos de nuestros antepasados fueron capitanes de barco en el siglo diecinueve y a principios del veinte. Y, según se rumorea, también hubo algún que otro pirata por Jamaica en el siglo dieciocho.

—Los míos eran marineros de agua dulce. Uno luchó para Francis Marion, el Zorro del Pantano, en la Guerra de la Independencia. Otro era ladrón de caballos —bromeó.

Él se rio mientras se recostaba en la silla, observándola.

—Piratas y ladrones de caballos. Vaya mezcla.

Erin respiró hondo y dio otro trago grande de vino. Se sentía muy bien. Lo observó con deseo, no podía evitarlo. Era un bombón. Nunca se había sentido tan atraída por nadie. En clase se había encaprichado de un par de chicos, pero nunca le habían correspondido. Desde que tenía dieciséis años, su única pasión secreta había sido ese hombre guapísimo que tenía sentado enfrente. Desde entonces no había habido nadie más en su corazón.

—Me estás mirando mucho.

—Eres guapísimo —dijo sin poder contenerse—.

Me asombra que no tengas que despejar la entrada de casa para evitar que unas bellezas te inunden el jardín.

Él se rio.

—Algo así me ha pasado alguna vez —confesó. Se le oscurecieron los ojos—. Pero era básicamente por mi dinero. No por mí.

—Yo nunca he tenido ese problema —dijo ella suspirando—. No soy ni rica ni guapa, así que no tengo que quitarme de encima a admiradores locos. Por cierto, ¿qué tal con la señorita Taylor?

Él puso los ojos en blanco.

—Si pudiera encontrar un motivo justificado para despedirla, lo haría —murmuró levantándose para rellenar las copas.

—Estoy bebiendo más de lo que debería —protestó ella sin mucha firmeza.

—Pero estamos comiendo mientras bebemos, así que no es para tanto. Además, solo estamos a tres kilómetros de casa y puedo conducir sin problema. Deja de preocuparte. Si veo que no estoy bien para conducir, pediré un taxi.

Ty parecía algo molesto y ella se sonrojó.

—Perdona. No pretendía fastidiarte.

Él volvió a sentarse.

—¡Ese proyecto de las narices! —gruñó—. Estaba seguro de que nos lo darían. El socio extranjero con el que quedé anoche fue muy ofensivo al decir que había oído cosas de mí que no le gustaban y que no iba a darle el proyecto a alguien de cuya reputación desconfiaba. Fue maleducado e irrespetuoso. Llevo mucho tiempo en este negocio. Mi reputación es intachable. No sé de dónde se habrá sacado la idea de que soy chapucero con mis proyectos. Desde luego, eso no se lo habrá dicho nadie que haya hecho negocios conmigo. Me apostaría lo que fuera.

—Bueno, si basa la reputación de un empresario en lo que le haya dicho algún desconocido, entonces estás mejor sin hacer negocios con él. Podría dañar mucho tu reputación si empezara a chismorrear por algo que no le guste. Y hay clientes muy difíciles de complacer. Como los Smith...

—Dios, no me lo recuerdes —dijo Ty gruñendo.

Ella suspiró.

—Todos los días encontraban algo de lo que quejarse cuando les estabas construyendo aquel bloque de pisos. La madera de las puertas no era la que querían, los cristales de las ventanas no eran lo bastante claros, los ascensores no estaban donde tenían que estar...

Él sacudió la cabeza.

—Con todos los cambios que exigieron fue un trabajo con pocos beneficios. Y luego tuvieron el descaro de volver un año después y proponerme otro proyecto.

—Que rechazaste. Con educación, eso sí, e imagino que mordiéndote la lengua.

Él sonrió.

—Sí.

—El negocio de la construcción tiene sus desventajas, pero haces un trabajo fantástico y tus diseños son maravillosos. Hasta ganaste un premio por aquella casa que construiste en Nuevo México con tantas ideas sostenibles. Era preciosa.

—Mi único salto a la fama —dijo Ty antes de terminarse el vino—. Me gusta construir cosas, pero cuando sea más mayor, solo voy a criar pastores alemanes campeones.

—Eso ya lo haces.

—Sí, pero no voy con ellos a las competiciones. Tengo que pedírselo a Randy. Cuando quieres vender campeones, tienes que ir a eventos internacionas, y yo no tengo tiempo. A él le encanta. Su mujer los prepara y acicala y él los acompaña en la pista durante el recorrido. Me encantaría hacer eso —añadió con una sonrisa de tristeza—, pero solo tengo dos campeones y me gustaría tener un criadero de ellos. Aunque seguiría criándolos poco a poco. No quiero que mis bebés acaben en una fábrica de cachorros.

—Nadie podría acusarte nunca de algo así.

Él la miró fijamente.

—Estás para comerte.

Erin enarcó las cejas y abrió la boca asombrada.

Él se rio al ver su expresión.

—¿Cuántas te has tomado? —preguntó Erin señalando a la copa. Ella también estaba un poquito achispada.

—He perdido la cuenta. Vamos a sentarnos en el porche a criticar a la ópera de las ranas.

Ella se rio.

—Vale, pero deja que recoja primero la comida.

—Puedo llamar a los del *catering* para que vuelvan...

—Qué tontería. Serán cinco minutos —dijo Erin, y se puso a ello.

Ty estaba tirado en una mecedora del porche. Se había quitado la corbata y desabrochado la camisa. Era una noche calurosa para ser primavera. Erin intentó no mirarlo. Ty tenía un torso precioso, musculado y bronceado bajo una ligera capa de vello negro rizado. Su físico era igual de impresionante que su presencia.

—¿Y la ópera de las ranas? —preguntó Erin al salir al porche.

—Se han callado en cuanto has salido por la puerta —dijo él riéndose.

—Pues yo no he tenido nada que ver. Ni siquiera he criticado su forma de cantar.

Se sentó al lado de Ty y cerró los ojos mientras respiraba el aire de la noche. Las flores se estaban abriendo y el aroma era suave y delicioso.

—Siempre me ha encantado este lugar —dijo suspirando—. No está tan lejos del pueblo, pero es como estar en otro mundo. ¡Es tan tranquilo!

—Menos por las ranas.

Ella se rio.

Ty se levantó, levantó a Erin y volvió a sentarse con ella en su regazo.

—Así mejor —suspiró acercándola a sí de modo que la mejilla de ella quedó apoyada en su torso desnudo.

¿Mejor? Erin se sentía como si el cuerpo le estuviera ardiendo por tanta proximidad. Se le aceleró el corazón. Se quedó sin aliento. Ty olía a jabón y a colonia especiada. Era musculoso y desprendía tanta calidez que ella notó como si se le hubieran derretido todos los huesos a la vez.

Su mano grande y preciosa le acariciaba el pelo.

—¿Cuánto hace que nos conocemos? —murmuró Ty con voz profunda.

—Años. De toda la vida.

Él suspiró.

—Te recuerdo con coletitas y la boca grande.

—Sigo teniendo la boca grande —respondió ella intentando disimular lo nerviosa que estaba.

—Me da igual. Al menos eres sincera.

—Básicamente.

Ty agachó la cabeza y le rozó la nariz con la suya. Erin sintió su aliento, el olor a vino cuando él acercó la boca a la suya.

Sin querer, le hincó las uñas en los hombros. Eso era territorio nuevo.

—No tengas miedo —le susurró él—. Solo estoy explorando.

—¿Así que es eso? —dijo ella intentando bromear.

Ty le rozó los labios.

—Básicamente —susurró repitiendo lo que ella había dicho antes.

El esbelto cuerpo de Erin se estremeció. Era como si sus sueños se estuvieran abriendo, pasando en un instante de ser unos brotes llenos de esperanza a florecer por completo.

—Estás nerviosa —dijo él con tono de diversión—. ¿Me tienes miedo?

—Claro que no —mintió Erin.

—Mentira.

Despacio, Ty le separó los labios con los suyos. Sin exigencias, con mimos. Con caricias separó al labio superior del inferior y se movió entre los dos con una tierna exploración que hizo que unas sacudidas de asombro la recorrieran.

La giró hacia él. Su boca se volvió más insistente hasta que ella abrió la suya y le dio acceso a la dulce calidez de su interior.

Cuando Erin notó su lengua entrar, despacio, dejó escapar un suave grito de sorpresa.

—Sabes a miel —susurró él.

Mientras Erin intentaba pensar con claridad, Ty empezó a tocarle un lateral de su pequeño pecho. No fue un gesto intrusivo ni descarado, pero sí que produjo una extraña sensación en sus terminaciones nerviosas. De pronto Erin se vio girándose hacia esa caricia, queriendo acercarse más, buscando algo más íntimo.

Ella sabía muy poco sobre hombres y sobre momentos de intimidad, pero Ty era un maestro consumado en las artes amatorias. Sabía perfectamente cómo desarmarla y estaba lo bastante ebrio como para que no le importara si era o no ético lanzarse así a por ella.

Poco a poco, Erin lo rodeó por el cuello, invitándolo a hacer algo más que provocarla. Al instante, él tenía las manos bajo sus brazos y los pulgares moviéndose bajo el sujetador, haciéndola arder.

El vestido de Erin tenía cremallera en la espalda. Notó cómo bajaba. Debería haber protestado, haberse resistido, pero para cuando su perezoso cerebro procesó la idea, ya tenía el sujetador desabrochado y dos grandes manos le estaban bajando el vestido hasta la cintura. Qué agradable fue sentir el cálido aire de la noche en su piel desnuda.

Ty la tendió sobre su brazo y, mientras jugueteaba con sus labios, le acariciaba los pechos, endureciéndole los pezones, haciéndola arquearse hacia él y gemir lastimeramente, invadida por el placer.

La miraba bajo la luz que salía de las ventanas.

—Qué maravilla —susurró justo antes de agachar la cabeza y tomarle un pecho en la boca.

Ella gimió y echó la cabeza atrás; tenía el cuerpo en llamas mientras él la exploraba.

—Sí —susurró Ty con tono áspero.

Sin apartarle la boca del pecho, se levantó, la llevó adentro y cerró la puerta con el pie.

Erin no podía pensar. El vino la había privado de cordura; el vino y esa boca embriagadora que le acariciaba los pechos de un modo tan íntimo. Su cuerpo sentía un deseo que no había experimentado nunca y una tensión que iba en aumento y suplicaba liberación.

La habitación estaba oscura. Erin notó una colcha bajo la espalda y el peso de Ty parcialmente sobre su cuerpo mientras la despojaba del vestido y de la ropa interior. Debería protestar, se decía. Era demasiado. ¡Nunca debería haberle permitido llevarla ahí...!

Ty la tocaba como ningún hombre la había tocado nunca. El impacto inicial se transformó en un placer tan intenso que no se vio capaz de detenerlo. Separó las piernas y arqueó la espalda para recibir mejor esas dulces, dulcísimas, caricias.

Le estaba pasando algo, algo increíblemente nuevo, dulce y excitante. Gritó cuando el placer la recorrió como un rayo, arqueándola, derritiéndola y dejándola sin fuerzas ni voluntad para hacer otra cosa que gemir.

Ty se detuvo lo justo para desnudarse y, al instante, ella sintió una piel desnuda y velluda contra la suya y oyó un gemido tan profundo como el que le salió de la garganta.

Estaba tocándola otra vez. Erin gritó y de pronto se oyó suplicándole que no parara, que no parara...

La boca de Ty la devoraba encontrando nuevos lugares que explorar, nuevas formas de intensificar sus sacudidas incontrolables, sus suaves gemidos. La notó temblar según fue elevando la tensión hasta niveles casi dolorosos. Ahora Erin sollozaba, tiraba de él, suplicaba.

Cuando estuvo seguro de que estaba lista para recibirlo, entró en ella. Al principio le costó un poco y la sintió tensarse, pero situó una mano entre los dos y la acarició hasta que ella lo aceptó y se entregó a él con pasión.

Sollozó mientras el poderoso cuerpo de Ty se movía sobre ella, dentro de ella, llenándola.

—¡Ty...!

El grito de Erin estuvo acompañado de un gemido interminable a la vez que le clavaba las uñas en la espalda.

Él gimió también, sacudido por una sensación nueva y asombrosa que superaba cualquier cosa que hubiera experimentado nunca. Se estremeció y tembló una y otra vez mientras la marea de placer lo arrastraba hasta la orilla.

Erin sintió su peso con una mezcla de impacto, horror y deleite. Estaba tan saciada que se sentía como si se hubiera derretido. Nunca había experimentado un placer tan exquisito. Pero ya había cesado y ahora... ¿qué narices iban a hacer?

Él se movió. Seguía dentro de ella, inflamado, mientras movía las caderas con delicadeza de un lado a otro.

Ella le hincó las uñas un poco más y también se movió, gimiendo, tirando de él, rodeándolo con las piernas y animándolo. Lo quería otra vez. Lo quería ya.

Gimió mientras él se movía, y el placer no solo volvió, sino que lo hizo a un nivel que no se había esperado. Gritó mientras se movían con fuerza el uno contra el otro, ambos ansiosos por experimentar de nuevo un placer que resultaba casi doloroso.

Ty la abrazó con fuerza y la embistió una y otra vez hasta que ella empezó a sacudirse y a gemir sin cesar.

Él también gimió hasta quedarse rígido finalmente, sumido en un grado de placer que no había conocido antes.

Después, liberados de la atroz tensión que se había transformado en una apasionada satisfacción, se quedaron dormidos el uno en los brazos del otro.

—Erin.

Ella oyó la voz de Ty contra su oído, profunda, lenta y cargada de culpa. ¿Culpa?

Se movió y notó una extraña sensación de incomodidad. La sábana le resultaba áspera contra su sensible piel. ¡¿Piel?!

Abrió los ojos. Estaba desnuda bajo la sábana. Ty estaba vestido y mirándola, con las manos en los bolsillos y expresión de asombro y angustia en su bronceado rostro.

—¡Ay...! —exclamó ella.

Su cara lo dijo todo. Ty prácticamente pudo leerle la mente. Era virgen. Bueno, ya no, se corrigió él mentalmente mientras recordaba esa cierta dificultad en el primer encuentro. Se había aprovechado de ella. No había sido su intención. Estaba desolado por haber perdido el contrato, agobiado por la constante persecución de la señorita Taylor y había bebido demasiado. Pero nada de eso podía absolverlo de ese pecado.

—Lo siento muchísimo —le dijo con pesar—. No te he traído aquí para esto.

Ella tragó saliva. Lo que veía no era un hombre que acababa de enamorarse y que estaba encantado por esa nueva relación íntima. Lo que veía era culpa y remordimiento.

—He bebido demasiado —dijo ella apretando los dientes.

—Yo también.

Se quedaron mirándose un momento.

—El baño está libre. Iré a sentarme al porche —dijo Ty antes de darse la vuelta y salir de la habitación sin decir más.

Erin se duchó, odiándose, sintiéndose culpable. No estaba tomando la píldora y estaba segurísima de que él había estado demasiado perjudicado por el alcohol como para pensar en usar protección. Pero había opciones, como por ejemplo esa píldora del día después.

No pasaría nada. ¡Claro que no pasaría nada!

Sin embargo, el mayor problema era que acababa de dejarse seducir por su jefe. Y estar enamorada de él no ayudaba nada, porque él no estaba enamorado de ella. Era dolorosamente obvio. ¿Qué iba a pasar ahora?

No era una pregunta con la que se sintiera cómoda. En casa tenía unos problemas terribles. Su padre estaba mal, estaba muriéndose, y tenía que pensar en él. Lo que acababa de pasar era un problema, sí, pero no uno de vida o muerte. Al menos, no de momento.

Se vistió, se peinó para ponerse el pelo un poco en orden, se empolvó la cara y se echó pintalabios. No quería llegar a casa y que su padre se pensara que era una imprudente. No debía enterarse nunca. Le partiría el corazón. Su madre y él la habían criado bajo ciertas creencias. Lo sucedido iba en contra de todas ellas y ni siquiera el alcohol podía justificarlo.

Fue al salón y recogió el bolso y el abrigo. Luego salió al porche evitando la mirada de culpa de Ty.

—¿Seguro que estás bien para conducir? —preguntó ella esperando haber aparentado normalidad.

—Sí. Erin...

Ella levantó una mano.

—Tan solo... llévame a casa, ¿vale? —dijo forzando una sonrisa. Se giró y fue hacia el coche.

El trayecto de vuelta fue rápido y silencioso. Ty paró en la entrada de su casa.

—No hace falta que me acompañes a la puerta —le dijo Erin sonriendo—. Nos vemos el lunes en el trabajo.

Mientras Ty intentaba encontrar las palabras adecuadas para disculparse, ella bajó del coche y llegó al porche. Antes de que él pudiera plantearse apagar el motor e ir tras ella, Erin ya había abierto la puerta, había entrado y había apagado la luz del porche.

Maldijo para sí antes de dar marcha atrás e incorporarse al tráfico de vuelta a casa.

Una vez dentro, Erin soltó el bolso y el abrigo. La casa estaba a oscuras y en silencio. Su padre debía de haberse ido a dormir ya.

Fue a su dormitorio. La puerta estaba abierta. La luz que salía del baño iluminaba su cuerpo tendido en el suelo.

—¡Papá!

Corrió hacia él y le tomó el pulso. Seguía vivo. Sacó el móvil y llamó a Emergencias.

La espera se le hizo eterna. Estaba sentada como una estatua en la entrada de Urgencias junto a una pareja de ancianos y un hombre que no dejaba de andar de un lado para otro.

Pero ella apenas se percató de lo que la rodeaba. Había sido la peor noche de su vida reciente. Se negaba a pensar en Ty y en lo que había pasado. Tenía que pensar en su padre. Ya habría tiempo para recriminaciones y preocupaciones cuando pudiera darse el lujo de pararse a pensar en eso. Ahora mismo lo único que importaba era la salud de su padre.

Por fin una enfermera fue a buscarla y la llevó a una sala donde estaban su padre y un médico que tomaba notas en un ordenador.

El médico, un hombre joven, levantó la mirada.

—¿Señorita Mitchell?

—Sí. ¿Cómo está mi padre? —preguntó mirando a Arthur, que tenía los ojos cerrados.

—Ha sufrido un infarto —dijo el hombre con delicadeza.

Ella palideció.

—¿Un infarto?

—Sí. Aquí tengo sus informes médicos —dijo señalando a la pantalla—. Veo que está recibiendo tratamiento oncológico y que su estado de salud general no es bueno. Tiene dos arterias coronarias completamente obstruidas...

—¿Qué? ¡Nadie me lo había dicho!

El médico esbozó una mueca.

—He llamado a su médico de atención primaria. Su padre no quería que usted se enterase. Se negó a que lo operaran. Dijo que el cáncer ya era bastante carga.

—¿Sobrevivirá? —preguntó desesperada.

—No puedo prometérselo —respondió el médico con delicadeza—. Lo siento. Ha sufrido muchos daños. Le haremos una resonancia magnética y más pruebas y así podremos hacernos una mejor idea de lo que hay. Mi consejo es que se vaya a casa, duerma y vuelva mañana por la mañana. Deje su número de teléfono en el control para que podamos ponernos en contacto si es necesario. Su padre no va a enterarse de que está aquí —añadió con delicadeza— y, de todos modos, estará en la UCI.

Ella respiró hondo.

—Y yo estaba por ahí... —dijo abatida.

—Esto no es algo que pudiera haberse anticipado, así que nada de culpas. Tiene trabajo, ¿verdad? ¿Trabaja fuera de casa?

Ella, con lágrimas en los ojos, asintió.

—Podría haber pasado mientras estaba en el trabajo. No puede estar con él a cada minuto. No se fustigue, ¿de acuerdo?

—De acuerdo. Gracias.

—La llamaré en cuanto sepa algo. Su médico de familia vendrá por la mañana para tomar las decisiones que haya que tomar.

—Vendré pronto.

—Bien. Intente dormir un poco. Eso ayuda.

—Sí.

Erin se acercó a su padre y lo besó en la frente.

—Volveré por la mañana, papá. Tú quédate aquí, ¿vale? Te quiero.

Se giró y se dirigió al control de enfermería.

Capítulo 6

Pero Erin no durmió. Se pasó la noche dando vueltas en la cama, mortificada por lo que había hecho con Ty, por haber dejado a su padre solo en casa. Había sufrido un infarto. ¿Cuánto tiempo habría estado tirado en el suelo hasta que ella llegó? Eso la atormentaba.

Al final se levantó, preparó café y se sirvió una galleta. Era mejor que nada. No le apetecía cocinar.

Se obligó a no pensar en la noche anterior. Ahora tenía que pensar en su padre. Se vistió y fue al hospital.

Arthur estaba en la UCI. No había recuperado la consciencia. Su médico de familia salió a la sala de espera a hablar con ella.

—Ojalá pudiera darte un mejor pronóstico. El cáncer se ha extendido. Tiene metástasis en el hígado y en los pulmones —dijo con una mueca de pesar—. El cáncer de páncreas es mortal. Aun detectándolo al inicio, es complicado de tratar.

A ella se le cayó el alma a los pies.

—Se muere.

El médico asintió.

—Y el infarto lo complica todo más. Si se recupera,

lo mandaría a un cardiocirujano para ver si las obstrucciones se pueden tratar con *stents*. Si no, necesitaría cirugía a corazón abierto y, en su estado, no sobreviviría.

Ella respiró hondo; se sentía como si llevara en los hombros el peso del mundo.

—Entiendo.

—Ya sabes que haré todo lo que pueda por él. Ya he contactado con otros especialistas, entre ellos su oncólogo, pero tienes que saber a lo que se enfrenta.

—Sí. Le agradezco su sinceridad.

—No me gusta darle a la gente estas noticias tan duras —dijo el médico—. Tu padre es uno de mis pacientes favoritos. Pero tu madre y él siempre insistieron en la verdad, no en endulzar las cosas. Tú eres como ellos —añadió con una tierna sonrisa.

Ella sonrió.

—Sí. ¿Cuándo podré verlo?

—Pasa un momento ahora y luego habla con las enfermeras de la UCI para que te informen sobre el horario. Ya sabes que aquí las visitas son limitadas.

Erin asintió. Suspiró.

—Me acuerdo de cuando mamá estuvo aquí.

—Yo también. Qué buena mujer.

—Sí que lo era. Y papá es un buen hombre —dijo abrumada por la tristeza.

—Poco a poco. Primero un pie y luego el otro. Si necesitas ayuda para dormir, avísame y te recetaré algo. Vas a necesitar estar fuerte en los próximos días.

—Pues acepto el ofrecimiento ya mismo —respondió Erin con sinceridad—. Llevo toda la noche despierta.

—Sin problema —dijo el hombre sacando el teléfono.

* * *

Erin aprovechaba las breves visitas para observar el rostro de su padre, tranquilo, quieto, en la cama del hospital. Unas máquinas pitaban y unos líquidos le entraban en las venas mediante goteros. Estaba rodeado de tantos dispositivos que costaba acercarse a la cama.

Le agarraba la mano y le hablaba, pero no recibía respuesta. Ninguna.

El lunes por la mañana llamó al trabajo desde el hospital y le dijo a un compañero por qué no podría ir durante unos días.

Unos minutos después, Annie entró en la sala de espera. No dijo nada. Solo abrazó a su amiga con fuerza y la dejó llorar.

—¿Por qué no me has llamado? —murmuró.

—No he estado muy centrada desde que pasó esto —respondió Erin atragantándose con las lágrimas—. Estaba tirado en el suelo de la habitación cuando llegué a casa el sábado por la noche. Llamé a una ambulancia. Y el resto del tiempo he estado loca de miedo.

—Bueno, ahora estoy aquí —dijo Annie con firmeza y mirando a su amiga—. ¿Has dormido?

Ella asintió.

—El doctor Harris me ha recetado un tranquilizante. ¡Ay, Annie, primero el cáncer y ahora esto! ¡Es demasiado...!

—Lo sé —respondió Annie con delicadeza—. Pasaste por esto conmigo cuando Ty y yo perdimos a nuestros padres.

—Sí, los dos a la vez. Fue horrible para vosotros.

Annie suspiró.

—Pero yo al menos tenía a Ty. Él se ocupó de todo.

Annie observaba la palidez de su amiga. Quería preguntarle por qué Ty estaba tan encerrado en sí mismo desde la cena en el lago, pero habría sido una crueldad. Erin ya tenía bastantes preocupaciones como para que ahora ella sacara un tema que parecía delicado. Ty parecía sentirse culpable por algo. La señora Dobbs, su ama de llaves, había ido a la cabaña a limpiar y había vuelto a casa con gesto tenso y negándose a hablar de ello. Para Annie eso fue toda una señal de alarma. Solía ser una mujer habladora y Annie había mostrado mucha curiosidad por la cena en la cabaña. Llevaba años esperando que Ty se fijase en Erin. Algo debía de haber salido muy mal.

Pero no era momento de fisgonear. Erin necesitaba apoyo y comprensión, no un interrogatorio indiscreto.

—Vamos a la cafetería a tomar una taza de café. No he desayunado.

—Vale —dijo Erin—. Voy a pasar primero por el control de enfermería.

Se tomaron un buen desayuno con café solo mientras Erin recordaba el extraño comportamiento de su padre de los últimos días.

—No sé por qué últimamente parecía culpable por algo. Si ni siquiera ha podido salir para meterse en ningún lío —dijo riéndose—. Mi padre y sus ideas para hacerse rico... En cierto modo es un ingenuo. ¡En serio!

—Recuerdo que una de esas ideas estuvo a punto de mandarlo a la cárcel. Aquella que tuvo de construir en unas tierras...

—Sí, compró cuatro hectáreas en una llanura aluvial sin comprobar nada primero y luego no encontró a ningún constructor que quisiera asociarse con él —suspiró—. Es muy impulsivo. Primero salta y luego mira.

Dio un trago de café y continuó:

—Al menos he conseguido quitarle de la cabeza lo

de las inversiones intradía. Quería hacer un curso que encontró. Me dijo que era algo seguro. Le di un artículo sobre un hombre que lo había intentado y había acabado suicidándose después de perder todo lo que tenía. Le dije que no tendríamos suficiente dinero para compensar las pérdidas y al final me escuchó. Bueno, al menos casi tengo la casa pagada —dijo sonriendo—. Con el dinero del seguro de mi madre pagamos su entierro y casi toda la hipoteca. Dos pagos más y la casa será nuestra.

Annie sacudió la cabeza.

—Yo nunca he tenido que preocuparme por hipotecas. Ty siempre se ha ocupado de las finanzas desde que perdimos a mis padres.

—Es un genio para los negocios.

—No tanto para las mujeres —respondió Annie sacudiendo la cabeza—. ¡Vaya gusto tiene!

—Ya me he fijado.

—Y ahora la dichosa Taylor del trabajo —dijo Annie gruñendo—. Ty dice que a lo mejor tiene que despedirla porque lo está acosando.

—A eso han venido mis citas con él —dijo Erin mintiendo con una sonrisa convincente.

Annie gruñó.

—No puede ser solo una forma de librarse de esa mujer. ¡Dime que no es solo eso!

—Lo siento, pero sí.

—¡Y yo que esperaba que se enamorara de ti!

Erin se encogió de hombros.

—Sería una fantasía preciosa, pero no es realista, Annie. Si fuera a fijarse en mí, ya lo habría hecho.

Le dolió pronunciar esas palabras, pero eran la verdad. Si Ty no se hubiera emborrachado, probablemente no la habría tocado nunca.

—¡A la mierda todas mis esperanzas! —murmuró Annie.

—Algún día encontrará una buena esposa —dijo Erin en un intento de reconfortarla.

—Sí, y algún día los perros de Ty aprenderán a leer y escribir.

—¿Qué tal las clases de piano? —preguntó Erin para desviar el tema. Su amiga acababa de empezar a ir a clases de piano.

Annie refunfuñó.

—Los dedos se me enredan sobre las teclas. No recuerdo qué pedal tengo que usar. Mi profesor aprieta los dientes y sonríe como un esqueleto. ¡Es una agonía! —dijo suspirando—. Pero quiero aprender, así que seguiré intentándolo.

—Esa es la actitud.

—No es justo. Ty toca como un maestro y yo no soy capaz de tocar dos teclas sin fallar.

—Pero eso es solo porque tiene mejor oído para la música que tú. No significa que no puedas aprender.

—Supongo. Bueno, si la perseverancia es la clave, yo soy perseverante.

—Brindo por eso —dijo Erin antes de terminarse el café.

Aquella noche Ty fue al hospital con Annie para hacer compañía a Erin. Ojalá no hubiera ido, porque ella se sentía culpable y él también lo parecía. Annie los miraba con curiosidad mientras estaban sentados en la sala de espera.

—Sois muy amables por hacer esto, pero no hace falta. Sé que tenéis otras cosas que hacer.

—Si fuera nuestro padre, tú estarías aquí —dijo Annie.

—Totalmente de acuerdo —añadió Ty.

Erin suspiró.

—Os agradezco el apoyo —dijo y sacudió la cabeza

al añadir—: Pero no va a salir adelante. El doctor Harris dice que no es muy probable. Y, aunque salga, tendrán que ponerle unos *stents* o someterlo a cirugía a corazón abierto. Si hay luz al final del túnel, es muy tenue y muy lejana.

Ty la observó. Erin llevaba vaqueros y un suéter verde de cuello cerrado y manga corta. Tenía el pelo recogido en una trenza. Él recordó tenerlo entre las manos, largo y sedoso, en la cama de la cabaña. Apretó los dientes intentando no pensar en el placer que Erin le había dado.

Sabía que la conciencia la estaría machacando por lo que había pasado. Él también se sentía mal. Había bebido demasiado y se había aprovechado de ella. Erin era una persona de fe. Seguro que eso lo hacía todo más difícil aún para ella, y además ya tenía suficiente preocupación con su padre en una situación tan desesperada.

Por su parte, él seguía intentando averiguar quién lo había traicionado. Sabía que las cifras de la oferta eran las de Erin. O alguien las había cambiado o alguien le había dicho a la competencia cuáles eran. El hombre que había conseguido el contrato era un desgraciado que empleaba materiales de baja calidad. Ya lo habían procesado en una ocasión, pero al final lo habían absuelto gracias a un ingenioso soborno. El cliente extranjero tendría suerte si el proyecto no acababa por los suelos y enfrentándolos a demandas. Era una bomba de relojería.

No dejaba de pensar en lo que había dicho Jones sobre que Erin se había dejado abierto el cajón con la propuesta final dentro. Además estaba lo de la ropa de alta costura, el coche nuevo de su padre y esa visita que había hecho Arthur a un prestamista que, según se rumoreaba, tenía vínculos con la mafia y comerciaba con dinero en efectivo rápido. ¿Lo sabría

Erin? Seguro que sí. Su padre no tenía secretos con ella. ¿Por eso podía permitirse ropa de alta costura?

Por otro lado, aún conducía ese coche de segunda mano. Bueno, de todos modos, no era asunto suyo. Era apasionada en la cama y había disfrutado con ella más que con ninguna otra mujer en toda su vida. Y aunque no dejaba de recordar cuánto le había costado la primera vez, se preguntaba si de verdad Erin sería tan inocente como creía Annie. No se había resistido y le había dado una respuesta que aún hacía que le ardiera la sangre. ¿Una virgen se habría mostrado tan receptiva?

A lo mejor solo habían sido imaginaciones suyas. Algunas mujeres se tensaban en los momentos de pasión y eso hacía que los primeros encuentros pudieran resultar algo difíciles; lo sabía por experiencia. Eso no significaba que Erin hubiera sido virgen. Y si no lo era, seguro que estaría siguiendo algún método anticonceptivo. La mayoría de las mujeres los seguían incluso aunque se abstuvieran. Eso no le preocupaba. En su vida nunca entrarían niños. Adoraba su libertad. A lo mejor Annie tenía hijos algún día, y a él le parecía bien. Le encantaban los niños siempre que fueran de otros.

—Estás muy pensativo —le dijo Annie mientras Erin volvía a entrar a la UCI con su padre unos minutos.

—Sigo dándole vueltas a lo de la pérdida del contrato —murmuró.

—Ty, olvídalo. No vamos a morirnos de hambre. El rancho se mantiene solo.

—Podría perder el negocio. Mucha gente depende mí para llevar comida a su mesa.

—Lo sé —dijo ella con delicadeza—. Pero habrá otros trabajos.

—No como este. Y si se sigue rumoreando que soy

un chapucero, ¿qué nuevos trabajos vamos a conseguir? —preguntó Ty con gesto tenso—. Averiguaré quién lo ha hecho. Y entonces lo pagará caro, muy caro —añadió con frialdad.

Annie tembló por dentro. Había visto a su hermano vengarse de gente y nunca resultaba agradable. Tenía dinero, poder y mal carácter, y sabía cómo usarlos.

Erin volvió pálida y más preocupada aún.

—¿Algún cambio? —preguntó Annie.

Erin la miró y negó con la cabeza.

Salieron con ella del hospital cuando lograron convencerla de que se fuera a casa.

—Podemos llevarte —propuso Annie.

—Gracias, pero iré en el coche de mi padre.

—¿Tu padre tiene coche? Eso es nuevo —comentó Ty porque no podía decir que había pedido que investigasen a su padre.

—Ya. Es un último modelo y lo pagó al contado —dijo Erin suspirando—. Le pregunté de dónde había sacado el dinero y me dijo que había encontrado la póliza de otro seguro de vida de mi madre que había olvidado que tuvieran. Llamó al agente de seguros y le envió una copia del certificado de defunción. Le enviaron un cheque —añadió cambiándose el bolso de brazo—. Me habría gustado que hubiese liquidado la hipoteca del todo, pero se compró el coche antes de que pudiera mencionárselo.

—Tu padre tiene problemas para gestionar el dinero —comentó Annie con delicadeza.

—Muchos problemas —dijo Erin—. Así que gracias, pero puedo ir en el coche. Siento no poder ir al trabajo en unos días... —añadió mirando a Ty.

—Eso no nos preocupa a nadie —respondió él con tono suave—. Tómate todo el tiempo que necesites y dinos cómo podemos ayudarte.

—Gracias, pero ahora mismo solo necesito ayuda divina —añadió mirando al cielo.

—Llámame —dijo Annie.

—Sí.

—Ve yendo al coche. Yo voy ahora mismo —le dijo Ty a su hermana.

—Vale. Buenas noches, Erin.

—Buenas noches —dijo ella deseando que Ty se fuera también.

Se detuvieron junto al pequeño deportivo gris que se había comprado su padre. Él lo miró.

—Muy bonito.

—A papá le gusta.

Ty se metió las manos en los bolsillos.

—Erin, sobre lo que pasó...

—Fue solo algo inoportuno —dijo ella apretando los dientes y forzando una sonrisa—. En serio. No es la primera vez que bebo demasiado y pierdo los papeles —mintió.

A Ty lo invadió la ira. Había pensado que era virgen. ¿Por qué? Muy pocas mujeres modernas lo eran.

—Ya —dijo con frialdad.

—Así que no te preocupes —le aseguró Erin—. Tengo que irme a casa.

—Espero que tu padre se recupere —dijo él tenso.

—Sí. Y yo. Buenas noches. Dale las gracias a Annie por venir. Y gracias a ti también.

—Trabajas para mí —dijo él con indiferencia—. Era lo mínimo que podía hacer. Buenas noches.

Ty se marchó sin mirar atrás y Erin sintió el corazón rompiéndosele dentro del pecho. No había querido que supiera que era virgen. No era asunto suyo. Y, de todos modos, todo apuntaba a que él se estaba arrepintiendo. Bastante culpable se sentía ella ya.

Pero ahora su principal preocupación era su

padre. Y justo entonces recordó que no había hecho nada con respecto a la píldora del día después que le habría asegurado que no habría nada que lamentar de su encuentro con Ty. Pero, bueno, no era muy probable que fuera a quedarse embarazada por una sola noche, y además, ya era demasiado tarde.

Se fue a casa y se metió en la cama.

—¿Adónde vas? —preguntó Annie cuando Ty le dijo que iba a hacer un viaje al extranjero—. ¿Pero por qué ahora? ¿Qué pasa con los cachorritos?

—Randy se ocupa de todo. El negocio saldrá adelante sin mí unas semanas.

—Ty...

—Solo necesito alejarme de aquí una temporada y pensar un poco en mi vida —dijo antes de detenerse y añadir—: Pero ve contándome cómo va el padre de Annie, ¿vale? Y ayúdala si lo necesita. Aunque no lo creo. Tiene ropa de diseño y su padre acaba de comprarse un coche nuevo al contado. No conozco ninguna aseguradora que pague cuando ha pasado tanto tiempo de una muerte.

—Yo tampoco. ¿No pensarás que su padre ha hecho algo ilegal...?

—O ella.

—¿Erin? ¡Anda ya! ¡La conocemos de toda la vida!

—¿Sí? ¿En serio? —preguntó él con una sonrisa cínica. No había dudado en acostarse con él. ¿Qué decía eso sobre sus escrúpulos?—. No conoces a la gente hasta que no vives con ella.

—Erin es una persona de lo más honrada —protestó Annie.

—Tienes derecho a tener esa opinión, pero yo no puedo olvidar que se dejó el cajón abierto con la oferta dentro antes de que la enviáramos.

—Ty, Erin jamás te traicionaría por dinero. Por favor, no la metas en el mismo saco que a las otras mujeres con las que has estado. No cometas ese error. Es mi mejor amiga. La conozco muy bien aunque tú no lo hagas.

Él estuvo a punto de decir que conocía a Erin mucho mejor que ella, pero decidió no abrir la caja de Pandora.

—A mí me sigue pareciendo todo muy sospechoso. Voy a contratar un detective privado para ver si puede averiguar la verdad. No podemos permitir que unos rumores maliciosos destruyan la empresa que nuestro padre dedicó su vida a construir.

—Tienes razón.

—Me pondré con ello. Mientras tanto, voy a tomarme algo de tiempo libre.

—Lo necesitas. Has sufrido mucha presión últimamente.

—Demasiada —dijo él y sonrió—. No estaré fuera mucho tiempo.

—Te tomo la palabra —respondió Annie sonriendo.

Entretanto, el padre de Erin empezaba a irse. Ella podía verlo durante las breves visitas a la UCI.

—Papá —gimoteó con suavidad mientras le sujetaba una mano en la que tenía la vía que lo nutría desde una bolsa—. Ojalá puedas aguantar. ¡Te echaría tanto de menos!

La mano de su padre se movió un ápice, pero ella pudo sentirlo.

—Creo que puedes oírme —dijo con la voz rota—. Si puedes, que sepas que te quiero mucho. Si tienes que... irte..., mamá estará esperándote —le susurró mientras las lágrimas le caían por las mejillas.

Por increíble que parezca, su padre abrió los ojos un instante y esbozó una pequeña sonrisa antes de que se le volvieran a cerrar. No se abrieron más.

Erin le dijo al médico lo que había pasado y el hombre fue a ver a Arthur. Unos minutos después, mientras ella se mordía una uña, el médico volvió. Erin se levantó con los ojos cargados de esperanza. Pero el médico no sonreía. Fue comprensivo, aunque no pudo darle esperanzas.

—Lo siento muchísimo, Erin —dijo con delicadeza—. A veces la gente parece que va a recuperarse, pero a menudo es una señal de que no queda mucho tiempo. Me alegro de que Arthur haya respondido a tu voz, aunque haya sido un poco. Es algo a lo que aferrarnos. Pero tienes que tener en mente que hemos hecho todo lo humanamente posible por que saliera adelante. Ahora es solo cuestión de tiempo.

Ella respiró hondo. Había parecido una señal de que su padre sobreviviría. En los últimos días había tenido una sensación de vacío, como si fuera a suceder una catástrofe. Y no solo por la grave enfermedad de su padre. Era como... el final de todo en su joven vida. Intentó sacarse esa aprensión de la cabeza, pero no lo logró.

—Supongo que lo sabía, pero he estado aferrándome a la esperanza.

El médico sonrió con tristeza.

—Todo el mundo lo hace. Es de humanos.

Erin asintió.

—Gracias por todo lo que ha hecho.

—Ojalá hubiera podido hacer más.

Ella volvió a su solitaria vigilia en la sala de espera. Menos de treinta minutos después, el médico regresó para decirle, con mucho tacto, que su padre había perdido la batalla.

Le dio las gracias y, unos minutos y muchas lágrimas después, se acercó al control de enfermería para comunicarles que acababa de hablar con la funeraria.

Después se fue a casa, se tomó el tranquilizante que le había prescrito el médico y durmió hasta la mañana siguiente.

No había llamado a Annie, que se presentó en su puerta justo cuando se disponía a hacer café.

Annie no dijo nada. Abrazó a su mejor amiga mientras esta lloraba.

Se sentaron a tomar un café solo mientras hablaban de lo que vendría a continuación.

—Tendrás comida suficiente para alimentarte durante un mes —dijo Annie con un delicado toque de humor—. El grupo de rezo de nuestra iglesia ya ha empezado a cocinar. Esta tarde traerán platos.

Annie formaba parte del grupo, al igual que Erin. Las dos habían cocinado para otras familias que habían perdido a seres queridos. Era algo que se hacía en los pueblos.

—Mañana por la tarde y por la noche se hará el velatorio en la funeraria —dijo Erin—. Lo organizaré cuando repase los detalles con ellos esta mañana. Mi padre tenía una póliza con ellos, así que los gastos del funeral no serán ningún problema. La casa será mía. Tendré que ir a ver al abogado para que me den una carta testamentaria... —se rompió y se secó las lágrimas—. Sabía que pasaría, ¡pero es tan terrible, Annie!

—Recuerdo lo que es pasar por algo así —dijo Annie dándole una palmadita en la mano.

—Lo sé —dijo Erin antes de respirar hondo y dar otro sorbo de café—. Volveré al trabajo el lunes. He llamado a la oficina para decirlo. Ty no estaba.

—Se ha ido a alguna parte, pero no sé adónde. Estaba muy disgustado por haber perdido el proyecto.

—No entiendo cómo ha podido pasar. Nunca se sabe cuánto va a ofrecer otra empresa, pero nuestra oferta era lo más baja que podía ser sin escatimar ni usar materiales de baja calidad. ¡Sé que ninguna otra empresa podría haber presentado una oferta mejor!

—No sé...

—No me atreví a decir que Ben Jones podría ser el responsable —dijo Erin con vehemencia—. Estuvo hurgando en mi cajón, donde tenía la oferta. Dijo que estaba sin cerrar, pero yo estoy segura de haberlo cerrado con llave. Así que, ¿cómo lo abrió? —añadió con frialdad en la mirada—. Nunca me he fiado de él. Va por ahí como si tuviera un dinero que no debería tener dado su salario, pero a Ty no se le puede hablar de él porque se niega a escuchar.

—Era el mejor amigo de mi padre. Ty confía en él.

—Ojalá confiara en mí —dijo Erin suspirando—. ¡Como si yo fuera a traicionarlo por dinero! —añadió mirando a su amiga con mirada atormentada—. Lo amo desde que era una adolescente —confesó—. Me aprecia, pero para él solo soy una amiga. No hay nada más, nunca lo ha habido.

Era mentira, pero no podía contarle a su mejor amiga el desliz que había cometido.

—Sé cómo te sientes —dijo Annie con cariño—. La forma en que miras a Ty lo dice todo. Si no puede verlo es que está ciego.

—No quiere verlo —dijo Erin en voz baja—. No es hombre de formar una familia. Le gusta la variedad. Y yo no soy así.

No lo era. Había tenido un desliz, solo esa vez, pero bastaba para que Ty no se creyera que no iba por ahí acostándose con otros. Seguro que pensaba que era como las mujeres de hoy en día, que buscaban placer y lo hacían sin ningún sentimiento de culpa. El modo en que la había mirado en el hospital le había dolido. No era la mirada de un hombre que amaba a una mujer. Había sido una forma de rechazo, como si la hubiera metido en el mismo saco que a las otras mujeres que habían pasado por su cama. ¡Ojalá no hubiera perdido la cabeza aquella noche!

Mientras se atormentaba, recordó algo. La señora Dobbs, el ama de llaves de Annie, habría ido a limpiar la cabaña. Y no habían cambiado las sábanas...

Tomó aire.

—Me alegro mucho de que volviéramos pronto de la cabaña aquella noche —dijo mirando la taza de café—. Ty parecía tener mucha prisa por volver —y con una mueca añadió—: Creo que tenía planes en la cabaña luego... no sé si me entiendes... —añadió sonriendo como pudo entre lágrimas.

Annie enarcó las cejas. Eso explicaría unas cuantas cosas. Tendría que hablar con la señora Dobbs cuando volviera a casa.

Saber que no había pasado nada entre ellos la entristeció. Si Ty hubiera llegado al extremo de seducir a Erin, podría haber sido porque se hubiera enamorado. Era posible, aunque poco probable. Había tenido años para enamorarse de ella y no había pasado. La trataba como a una segunda hermana. ¡Qué rabia!

—Teniendo en cuenta lo que le pasó a tu padre, normal que te alegraras de volver a casa pronto. Ya debía de haber pasado.

—Eso dijo el médico. Tuvimos suerte de llevarlo al hospital tan rápido. Pero un infarto masivo como ese... Nuestro médico dijo que no había muchas probabilidades de que hubiera sobrevivido. Y que, de haberlo hecho, habría quedado tan afectado que habría sido un infierno. Así que supongo que las cosas pasan porque tienen que pasar.

—Claro que sí. Somos gente de fe. Aceptamos que tenemos los días contados.

—Sí, pero la última vez que hablé con él, abrió los ojos e intentó sonreírme. Pensé que era una muy buena señal, que estaba volviendo, que podría lograrlo —cerró los ojos—. Y luego el médico me dijo que la gente solía mejorar así justo antes de irse.

—Eso le pasó a mi tía. Había sufrido un ataque al corazón y estaba inconsciente. Volvió en sí de repente y nos sonrió. Nos dijo que volvería a casa muy pronto. Murió esa misma noche. La enfermera me dijo que mi tía miró hacia la puerta y dijo «Howard». Luego se fue.

—¿Quién era Howard?

—Su marido, al que había perdido hacía tres años. Lo quería mucho. Creíamos que acabaría muriéndose de pena. Nadie sabía que tenía problemas de corazón hasta que sufrió el infarto —suspiró—. En el fondo es agradable pensar que alguien que te amó vuelve a buscarte cuando te llega el momento de irte.

—Sí —dijo Erin. Respiró hondo—. Me aterroriza tener que enfrentarme a todo esto.

—Yo estaré contigo en todo momento. Es lo que hace la familia.

—¡Ay, Annie! —dijo llorando.

Annie la abrazó y la meció en sus brazos. No había peor momento que ese para que Ty estuviera fuera. Se planteó escribirle un mensaje para que volviera a casa, pero, habiendo visto su estado de ánimo al irse, no creía que fuera a ser de mucha ayuda. Es más, seguro lo empeoraría todo porque no dejaría de pensar en la oferta que habían perdido.

La empresa resistiría en pie a pesar de haber perdido el contrato y al final él acabaría descubriendo quién lo había traicionado. Annie apostaba por Jones. Al igual que Erin, nunca había confiado en ese hombre. Sonreía demasiado.

El velatorio reunió a gente de Jacobsville, Comanche Wells y otras zonas más lejanas. El Condado de Jacobs no era tan grande como para que la gente no se conociera y la mayoría eran parientes lejanos además. El tanatorio estuvo lleno durante las horas que estuvieron allí.

Erin estaba sentada junto al féretro, cerrado por propio deseo de su padre. A menudo había dicho que no quería que un montón de gente lo mirara una vez estuviera muerto. Era un ataúd precioso, de un intenso color caoba, y estaba rodeado de cestas, ramos y coronas de flores.

Muchos amigos y vecinos se acercaron a mostrarle su apoyo, pero hubo una ausencia notable. Ben Jones. La señorita Taylor tampoco fue, aunque eso era de esperar. Y Ty, por su parte, debió de pedirle a su secretaria que enviara flores, porque había un ramo enorme de la empresa independientemente de la cesta gigante que había llegado de parte de Annie y de él.

—Esas son las nuestras —dijo Annie señalando la cesta de preciosas orquídeas amarillas. El velatorio estaba llegando a su fin—, para que tengas algo que puedas llevarte a casa. Y no te preocupes, no vas a necesitar una mesa de luz como la que tengo para la mía. Estas son orquídeas *phalaenopsis*. Aguantarán bien con luz del sol indirecta, un poco de agua pulverizada de vez en cuando y un riego semanal. Pero recuerda que no les gusta tener los pies mojados —añadió sonriendo.

—Son preciosas —dijo Erin abrazando a su amiga—. El amarillo es mi color favorito.

—Ya me he fijado.

—Por tu cumpleaños te voy a regalar macetas de orquídeas —añadió sonriendo.

—Las cuidaré bien —prometió Erin.

Se fijó en otra cesta, más pequeña que la de Annie, con dos exuberantes plantas exóticas y un pequeño helecho. No eran tan caras como las orquídeas, pero sí muy bonitas y de color granate y rosa, que también eran de sus colores favoritos. Miró la tarjeta. Era de Ben Jones y su esposa. ¡Qué sorpresa! Erin no sabía nada de la señora Jones, pero las flores indicaban que la mujer sí sabía algo sobre sus preferencias de colores. Resultaba conmovedor.

Miró el féretro con ojos tristes.

—Ahora ya solo falta pasar el mal trago del entierro mañana. Echaré de menos a papá —dijo con la voz ronca.

—Está con tu madre caminando por el campo —contestó Annie con cariño—. Van de la mano y se están riendo.

Erin la miró.

—Es lo que dijiste de tus padres cuando los perdiste —recordó Erin con una triste sonrisa—. Ayuda. Ayuda mucho verlo así.

Annie se encogió de hombros.

—Me paso horas en webs de ECM.

—¿Cómo dices?

—ECM. Experiencias cercanas a la muerte. Hay muchas webs y en la mayoría dicen lo mismo, que un ser querido vuelve a buscarte cuando te llega la hora y que todas tus mascotas te reciben correteando. Es un gran consuelo.

—Sí —dijo Erin. Abrazó a Annie de nuevo—. Gracias.

—Siento que Ty no pueda venir —dijo Annie con solemnidad—. ¡Ni siquiera sé dónde está! Me mandó un mensaje, pero no responde a los míos. Me estoy planteando llamar a una agencia de detectives para que lo busquen.

—Podrías pedírselo a la señorita Taylor —dijo Erin riéndose sin ganas—. Su padre es detective. Tiene una pequeña agencia en el pueblo.

—Si se parece a su hija, mejor no, gracias —contestó Annie con rotundidad—. Hasta ha empezado a llamar a casa buscando a Ty.

—Bloquéala.

—¿Y qué le diría a Ty? No sé si de verdad la está ignorando o si tiene algo con ella. Es tan reservado que nunca sabes lo que siente por la gente.

—Supongo que sí.

Annie se encogió de hombros.

—Tenía muchas esperanzas puestas en vuestra cena en la cabaña.

—Y yo —dijo Erin disimulando, como si no hubiera pasado nada—. La cena fue superagradable, aunque se saltó el postre —añadió. Era mentira, pero eso solo lo sabían Ty y ella—. Así que a lo mejor lo estaba reservando para otra persona.

Esa mentirijilla podría salvarle la reputación si el ama de llaves de los Mosby cuchicheaba con alguna amiga.

—Pues habría estado feísimo por su parte —dijo Annie con brusquedad.

—Bueno, tú no digas nada, por favor —le suplicó Erin—. Ty sabría quién te lo ha dicho.

—Sí, ya. No diré nada. Qué mierda —añadió con una mueca de disgusto—, habrías sido una cuñada genial.

—Todos tenemos sueños, pero al final acaban muriendo por falta de amor.

—Dímelo a mí —dijo Annie con seriedad.

—Lo siento. No pretendía sacar un asunto tan doloroso.

—No importa —respondió su amiga con una triste sonrisa—. Así es la vida.

—Así es la vida.

El día siguiente fue lluvioso y frío para estar a fina-
les de primavera. Erin y Annie, con chubasquero y un
pañuelo de papel en la mano, estaban sentadas juntas
en primera fila, en el cementerio donde se habían en-
terrado a generaciones de sus familias. Las otras sillas
las ocupaban amigos, vecinos y Maude Ryder, una prima lejana de Erin; era una mujer mayor que tenía un
rancho en el Condado de Carne, Wyoming, a unos kilómetros del rancho donde había vivido una prima de
Annie y Ty antes de mudarse a Texas con su marido.

—Deberías venirte a vivir conmigo —le dijo Maude. Tenía sesenta y pocos años, era alta y esbelta, con
el pelo canoso brillante y unos chispeantes ojos azules—. Tengo gatitos en el granero y crías de todo tipo,
además de algunas de las mejores cabezas de Black
Angus del estado. Y es una casa grande. Demasiado
grande desde que perdí a mi marido. Y si no quieres
venirte a vivir allí, me encantaría tener tu compañía
cuando te apetezca visitarme.

Erin la abrazó.

—A lo mejor acepto la oferta en las vacaciones de
verano —prometió con una sonrisa—. Me vendría
bien pasar algo de tiempo fuera de aquí.

—Vente ya —la animó Maude.

—Ojalá, pero tengo que arreglar algunos asuntos
económicos de papá y validar el testamento. Me llevará tiempo.

—No lo dudes. Tienes mi número. Tú solo escríbeme cuando quieras venir. O escríbeme, sin más
—añadió sonriendo—. Estar ahí aislada hace que me
sienta sola.

—Te escribiré, te lo prometo. ¡Ten cuidado en el viaje de vuelta!

—Eso díselo al piloto del avión que he alquilado —dijo Maude riéndose—. Pero es bueno. Siempre vuelo con él. Cuídate. Siento lo de tu padre. Era algo insensato, pero siempre me cayó bien. Lo apreciaba.

—Sí —dijo Erin.

Las dos se secaron las lágrimas.

El lunes, dos días después, Erin se puso a revisar los papeles de su padre y lo que encontró no solo la asombró, sino que también la espantó. Miraba la pantalla del ordenador con los ojos como platos. ¡No podía creerse lo que estaba viendo!

Capítulo 7

Fue terrible leer el documento que había encontrado en el ordenador de su padre. Mostraba sus transacciones en una web de inversiones intradía. Había perdido miles y miles de dólares. ¿Cómo puñetas había podido echar mano de tanto dinero?

Pensó en el coche nuevo que había pagado al contado por valor de varios miles de dólares. Era imposible que hubiera cobrado otro seguro de vida de su madre después de tantos años. Además, el seguro solo habría cubierto lo justo para los gastos de enterramiento. Con eso no le habría bastado para comprar un coche y gastarse miles de dólares en una web de inversiones intradía.

Mientras le daba vueltas al asunto, totalmente perpleja, alguien llamó a la puerta.

Distraídamente, la abrió, pero volvió al presente de golpe cuando vio a un ayudante del *sheriff* en el porche con un papel en la mano.

—¿Señorita Mitchell? —preguntó él con educación.

—¿Sí...?

El hombre esbozó una mueca.

—Siento muchísimo tener que darle esto —dijo con pesar al darle el papel.

Erin lo leyó sobrecogida.

—No... no puede ser —dijo con la voz entrecortada—. Él no... ¡No pudo haber hecho algo así! —añadió mirando al hombre como suplicándole que le dijera que todo había sido una broma cruel.

—Lo siento, señorita, pero ha venido directamente del juzgado de Jacobsville. Al parecer, el señor Mitchell pidió mucho dinero poniendo la propiedad como garantía y la gente a la que se lo pidió quiere recuperar su dinero ya. El *sheriff* Carson les ha pedido que esperen, pero no ha servido de nada. Voy a serle sincero, la empresa a la que el señor Mitchell pidió el préstamo carga intereses muy altos y quiere recuperar el dinero enseguida.

Erin entendió lo que le estaba diciendo. Se trataba de una empresa que hacía negocios al borde de la legalidad.

Se echó el pelo atrás.

—Ahora mismo iba al trabajo —dijo aturdida—. ¿Cuándo tengo que marcharme?

—Hoy.

—¿Hoy? ¡Pero si acabo de enterrar a mi padre...!

—Llame a una empresa de trasteros y métalo todo ahí hasta que tenga un sitio donde instalarse —sugirió el hombre—. Estoy seguro de que al final no nos pedirán que la pongamos en la calle hoy mismo. Sería muy malo para el negocio —añadió con delicadeza.

Ella respiró hondo y asintió. Le daba vueltas la cabeza.

—Vale. Sí, puedo conseguir un trastero. ¿Debería llamar a un abogado?

—Sí —respondió el hombre sin dudarlo—. Puede que él le consiga algo más de tiempo con la financiera.

—De acuerdo —dijo ella respirando hondo y sonriendo como pudo—. Gracias.

—Lo siento. No me gusta tener que hacer estas cosas.

—Todos tenemos nuestro trabajo.

—Sí, señorita, sí, pero algunos son durísimos.

Erin lo vio marcharse en el coche. Luego entró en casa y llamó al abogado de la familia.

No sirvió de nada. El hombre llamó a la financiera e intentó llegar a un acuerdo, pero fue inútil.

Erin ya lo había imaginado, así que había alquilado un trastero y un servicio de mudanza para la mañana siguiente. Esa noche revisó una cantidad enorme de papeles para reunir lo que pudiera necesitar y los guardó en una caja. Tendría que tenerlos a mano mientras se validaba el testamento.

La gran pregunta era: ¿dónde viviría? Eh, un momento, ¿y el coche de su padre? ¡Por fin un pensamiento alentador! Podía venderlo. El dinero no bastaría para devolver el préstamo, pero al menos le daría un poco de liquidez. Ya había visto que su padre se había gastado hasta el último centavo de la cuenta conjunta e incluso todo lo de la cuenta de ahorros. Lo único que tenía eran el sueldo de la semana y la tarjeta de crédito, a la que por suerte Arthur no había tenido acceso. La de él se la había escondido hacía semanas para que no entrara a comprar en Amazon. La casa estaba repleta de cosas que su padre ni había necesitado ni había usado.

Miró a su alrededor deseando haber tenido tiempo de organizar una subasta. Algunos de los muebles eran antigüedades. Tal vez podría darle a Annie la llave del trastero y pedirle que se encargara de que tasaran y vendieran las piezas más antiguas. Al menos así tendría algo de dinero extra.

Sacó todo lo de su armario y se quedó solo con la ropa que llevaba al trabajo y a la iglesia. El resto, junto con la de su padre, iría a la tienda benéfica del condado. Las cacerolas, las sartenes y los pequeños electrodomésticos irían al trastero. Cuando encontrara una casa de alquiler, los sacaría. Al menos tenía su coche, aunque, pensándolo bien, sería más sencillo deshacerse de ese, que aún estaba pagando, y quedarse con el de su padre, que era nuevo. Menos mal que su padre no había llegado a venderlo, porque, de lo contrario, ahora tendría que ir andando al trabajo.

Aún tenía un trabajo. Y eso era toda una bendición.

Buscó pisos de alquiler en el periódico y se quedó boquiabierta. El más barato que pudo encontrar costaba mil dólares al mes. Y, aparte, tendría que pagar facturas, gasolina y comida. Era alucinante. ¿Cómo habían subido los precios tanto y tan rápido?

Al final encontró un pequeño anuncio en el que se buscaba inquilino para una casa familiar y se advertía que el dueño en cuestión sería muy selectivo en su elección. Erin tenía esperanzas de encajar. Y el apartamento estaba en San Antonio, a unas seis manzanas de su trabajo. ¡Así se ahorraría dinero en gasolina!

Llamó y habló con una mujer que parecía agradable y que, tras hacerle un par de preguntas, le dijo si podía ir a verla al día siguiente por la tarde. Erin le explicó que trabajaba hasta las cinco y le preguntó si podía ir después del trabajo. La mujer accedió.

Cuando colgó, se sentía mucho mejor.

Pero mientras tanto tenía que encontrar un lugar donde alojarse. O a lo mejor no. Podía pasar la noche en la casa y supervisar la mudanza por la mañana. Luego iría al trabajo y después a visitar el apartamento. Si se lo daban, tendría los problemas resueltos. Si no... Bueno, entonces quedaban los moteles. Respiró un poco más aliviada.

El teléfono le sonó justo antes de que se metiera en la cama.

—¿Cómo estás? —le preguntó Annie.

—Bien —respondió intentando sonar animada—. Es solo que tengo muchas cosas que hacer. Voy a tener que escatimar en gastos, así que voy a ir a ver un apartamento en San Antonio, cerca de la oficina. Así me ahorraré gasolina.

—Ay, no, no quiero que te mudes —dijo Annie con tristeza.

—Pero puedo venir a visitarte. Y tú puedes ir a verme a mí.

—Los apartamentos pueden ser peligrosos.

—Sí, pero este está en una casa particular. Mañana por la tarde después del trabajo voy a ir a conocer a la casera, así que cruza los dedos. Tiene muy buena pinta y la mujer también parece agradable, al menos por teléfono.

—Bueno, al menos eso es algo.

—Mientras tanto voy a guardar mis muebles en un trastero. ¿Luego puedes encargarte de que me tasen los muebles antiguos de mi madre y me hagan una oferta?

—¿Qué pasa?

Erin respiró hondo. De ninguna manera le confesaría a su mejor amiga lo mal que estaban las cosas. Por eso se limitó a decir:

—Mi padre nos ha endeudado. Estaba invirtiendo a mis espaldas y perdió mucho dinero, así que voy a tener que vender algunas cosas.

—¿La casa? ¡Ay, no! —se lamentó Annie.

—Es solo una casa. Y ya sabes lo que dicen, no se puede volver a casa y recuperar tiempos pasados. A pesar de los defectos de mi padre, y tenía muchos, la casa no será la misma sin él.

Annie vaciló.

—Supongo que no.

—Mi padre era como un niño pequeño en ciertos

sentidos. Tuvimos varias discusiones fuertes por lo de las inversiones intradía. Creía que lo había convencido de lo fácil que era arruinarte con ellas, pero no me escuchó y no me he enterado hasta ahora que se ha ido.

—Lo siento muchísimo.

—Yo también —respondió suspirando—. Pero la vida sigue. Lo echaré de menos —dijo conteniendo las lágrimas porque ahora era cuando estaba empezando a ser consciente de verdad de su pérdida—. Voy a quedarme con su coche y a vender el mío.

—Es lo más sensato.

—Sí. He estado vaciando armarios y ahora mismo estoy que ya ni veo —dijo riéndose.

—¿Por qué lo estás haciendo ahora en plena noche?

Oh, oh. Corriendo, pensó en una respuesta.

—Si consigo el apartamento, me mudaré lo antes posible, así que tendré que llevarme mis cosas del trabajo.

Annie suspiró.

—Ah, claro. No lo había pensado.

—Ha sido un día duro. Voy a tomarme uno de los tranquilizantes que me recetó el médico y voy a irme a dormir. Hablamos mañana. Ah, Annie, ¡gracias por todo!

—Ya sabes que haría lo que hiciera falta por ti —respondió Annie con cariño—. Somos hermanas en todos los sentidos menos en el carnal.

—Y tanto que sí. Que duermas bien.

—Igualmente. Hasta mañanita.

—Hasta mañana.

Sí que durmió, aunque no mucho rato. Luego se levantó, preparó café y limpió y embaló la cafetera.

Quería estar lista para llevarse los pequeños electro-domésticos si conseguía el apartamento.

Cuando llegó el servicio de mudanza, fue con ellos al trastero que había alquilado. Quedó todo apretuja-do, pero al menos lograron meter los sofás, las sillas y los cabeceros de las camas. Había tenido que dejar los colchones y los canapés porque no había espacio. La cafetera, la gofrera y unas cuantas cacerolas y sar-tenes fueron a parar al maletero del coche de su pa-dre. El trámite para ponerlo a su nombre tendría que esperar un día o dos, pero al menos tenía los papeles del coche en la guantera.

Estando ya en la oficina, la señorita Taylor se le acercó con fingido pesar.

—Todos hemos sentido mucho lo de tu padre.

—Gracias. Todo el mundo ha sido muy amable.

—El señor Jones iba a mandarte una corona gran-de, pero como todos en la oficina habíamos reunido dinero para una corona, le sugerí que te enviara una cesta de plantas para que pudieras tenerlas en casa.

—Eres muy amable —dijo Erin, y lo dijo en se-rio—. Me encantan las plantas.

La señorita Taylor sonrió.

—A mucha gente le encantan, aunque a mí no. Tengo unas alergias terribles.

Erin se rio.

—Mi madre también tenía alergia, pero plantaba cosas por todas partes.

La joven sonrió.

—Bueno, supongo que toca volver al trabajo.

—Gracias otra vez.

Ella se encogió de hombros.

—No hay de qué.

Una hora después, Ben Jones se detuvo junto a su mesa.

—Siento muchísimo lo de tu padre —dijo con gesto adusto—. Era un buen hombre. Un poco insensato a veces, pero un ser humano decente.

—Gracias, señor Jones.

—Y siento lo de las inversiones intradía —añadió Jones apretando los dientes.

Ella parpadeó, atónita.

—¿Cómo dice?

El hombre respiró hondo.

—Coincidíamos en la misma cafetería un par de días al mes. Él iba allí a hacer negocios con una empresa para la que trabajaba a tiempo parcial. Nos conocimos hace unos años. Teníamos mucho en común. Nos hicimos amigos y luego quedábamos para tomarnos un capuchino. Yo acababa de descubrir lo de las inversiones intradía y estaba loco con ellas. Al principio gané mucho dinero, pero pronto vi lo fácil que era perderlo. Por eso lo dejé. Pero él se había metido ya y le gustaba demasiado. Intenté disuadirlo y creía que lo había conseguido —añadió afligido—. Ojalá lo hubiera convencido antes de que perdiera tanto. Jamás debería haberle hecho entusiasmarse tanto con eso.

Fue todo un impacto saber que Jones había iniciado a su padre en ese camino, y más impactante todavía fue que le estuviera confesando que lo sentía. Pero entonces se recordó que incluso los asesinos en serie a veces adoraban a sus perros.

Forzó una sonrisa.

—Al final lo dejó —mintió. «Después de perder todo lo que tenía», añadió en silencio—. Gracias, y dele las gracias también a su mujer por la cesta de plantas. Me encantan.

—Debería haber enviado algo más grande, pero la

señorita Taylor me dijo que la empresa iba a mandar una corona grande y que yo debería enviar algo más personal. A tu madre le encantaban las flores y las plantas —añadió Jones con sonrisa melancólica—. Solía ir a la cafetería con tu padre una vez a la semana. Era una persona encantadora. Así que pensé que, si a ella le gustaban, a ti también te gustarían. Por eso te envié algo que pudieras plantar. Mi mujer se las encargó a una florista de Jacobsville y la mujer sabía cuáles eran tus colores favoritos.

Erin se quedó sorprendida y conmovida.

—Se han tomado muchas molestias. Gracias —añadió con tono suave.

—No ha sido para tanto. Echaré de menos a tu padre. Cada dos jueves. Los capuchinos ya no volverán a ser tan divertidos nunca más.

Jones volvió a su despacho y Erin se quedó ahí, atónita. Nunca había hablado con él, al menos no de esa forma y tanto. No tenía ni idea de que su padre y él se conocieran. Normal que su padre no hubiera dicho nada nunca. Seguro que le había dado miedo que se le escapara que tenía un amigo que sabía de inversiones intradía.

Ty estaba en un rancho de Montana. Había ido a ver un semental de raza cuarto de milla que había ganado varios premios, pero no estaba muy centrado. Cuanto más pensaba en Erin, más se deprimía. Había estado seguro de que había sido su primer hombre. Por eso cuando ella le había dicho tan a la ligera que no era la primera vez que se había emborrachado y acostado con alguien, se había quedado afectadísimo.

Erin había estado loca por él cuando era adolescente. En aquel momento a Ty le había hecho gracia, pero sabía que se le pasaría. Erin era una amiga, nada más. Pero entonces él le había pedido salir y todo había cambiado. Ahora de pronto se encontraba pensando en ella, mucho. Qué curioso sentir un nuevo deseo por una mujer a la que había conocido casi desde siempre.

Había contratado a la agencia de detectives privados del padre de la señorita Taylor para averiguar quién había filtrado la información sobre la oferta. No le gustaba Jenny, pero su padre tenía fama de honrado y meticuloso con su trabajo. Esperaba poder descubrir al culpable. Si era alguno de sus empleados, que se preparara. Ardía de ganas de venganza.

—¿Qué le parece? —le preguntó el ranchero.

Ty volvió al presente de golpe y sonrió.

—Me gusta su conformación. Vamos a hablar de precios.

El ranchero sonrió.

—¡Con mucho gusto!

De camino al almuerzo en el Barbara's Café, Annie pasó por casa de Erin. Al ver el cartel de «En venta» le entraron ganas de llorar. Le sorprendió que Erin lo hubiera puesto tan rápido, pero, claro, era necesario. Aun así, era muy triste. La vida en Jacobsville jamás sería lo mismo sin Erin.

Ty había llamado diciendo que iba a mandar al rancho un caballo cuarto de milla galardonado con varios premios. No había preguntado por Erin, pero a esas alturas Annie ya sabía que a su hermano no le interesaba su amiga. «Una tristeza tras otra».

—Hoy están todos tristes —dijo la señora Dobbs al ver a Annie sentada con apatía en una mecedora del porche.

—Erin se muda a San Antonio.

—¿Por qué?

—Su padre hizo unas inversiones y han perdido todo lo que tenían —dijo suspirando. Miró al ama de llaves y añadió—: Oiga, ¿sabe que Erin volvió a casa pronto de la casa del lago cuando cenó con Ty? Me dijo que él iba a volver a la cabaña —dijo furiosa—. ¿Cree que había quedado allí con otra mujer?

El ama de llaves suspiró.

—Es una buena noticia.

—¿Por qué? —preguntó Annie extrañada.

—Por nada —respondió la mujer con sonrisa inocente—. Pero a la señorita Erin no le pegan las fiestas salvajes. No es la clase de mujer que le gusta a su hermano, y eso juega a favor de ella. Es un mujeriego, señorita Annie. No sentará la cabeza. Al menos, no en muchos años.

—Ya. Había esperado que fuera el principio de algo precioso, pero Erin me dijo que ella también había esperado lo mismo y que él tenía prisa por llevarla a casa. Ni siquiera se tomaron el postre.

—A lo mejor eso es positivo. El señor Ty había estado bebiendo. Nunca se sabe de lo que son capaces los hombres con un poco de alcohol encima. Imagino que no le había dado tiempo a beber demasiado antes de llevar a la señorita Erin a casa.

—Y menos mal, porque el padre de Erin estaba en el suelo inconsciente por el infarto que había sufrido. ¡Imagine que hubieran llegado horas más tarde! A lo mejor lo habría encontrado muerto, y eso Erin nunca se lo habría perdonado a sí misma.

—Es verdad. Pobre hombre —dijo la mujer sacudiendo la cabeza—. Pero ya sabe lo que dicen, ¿no? Cuando te llega la hora, te llega. Da igual dónde estés y qué estés haciendo. Pasa y ya está.

—Eso dicen, sí —convino Annie.

* * *

Erin aparcó en la entrada de la dirección que había anotado. Era una zona bonita de San Antonio, en su mayoría con casas antiguas con porches delanteros y muchos árboles. Tenían cierta separación entre ellas y había aceras pavimentadas. Le encantó en cuanto la vio.

Llamó al timbre y al cabo de un instante una mujer con algo de sobrepeso, unos ojos azules brillantes y el pelo canoso plateado recogido en un moño abrió la puerta. Erin casi se echó a reír al ver que llevaba una cruz de oro idéntica a la suya. Ella solía llevarla por debajo de la ropa, pero ahora se le había salido cuando se le habían caído las llaves y se había agachado a recogerlas.

La mujer miró directamente a la cruz y sonrió.

—Soy la señora Marlowe —dijo extendiendo la mano.

Erin se la estrechó.

—Erin Mitchell. Gracias por dejarme venir tan rápido.

—Bueno, es que estoy en las últimas —le explicó ofreciéndole asiento en el gran y afelpado sofá del salón. Se situó en un sillón y añadió—: Es que perdí a mi marido hace unos meses, ¿sabes?

—Lo siento mucho —dijo Erin con sinceridad—. Yo acabo de perder a mi padre. Créame, sé lo que es.

La señora Marlowe sonrió.

—Gracias. Yo también lo siento mucho por ti. La cuestión es que estoy de deudas hasta el cuello y la validación del testamento está tardando mucho. Necesito el dinero del alquiler para pagar facturas, así que tengo que alquilar las habitaciones pronto. Siento que suene así, tan mercenario, pero es la pura verdad. Te estoy siendo sincera.

—Pues resulta que no me importa nada la sinceridad —dijo Erin riéndose—. Yo también tengo algunos problemas, pero bueno, da igual. ¿Qué le gustaría saber de mí?

—Ya sé casi todo lo que necesito saber —dijo la casera con tono misterioso—. ¿Dónde trabajas?

—En una constructora en Melrose Street —respondió antes de decir el nombre de la empresa—. Me dedico a la estimación de costes.

—Anda, así que eres una de esas cerebritos —dijo la señora Marlowe riéndose.

—Qué va, solo se me dan bien las matemáticas —respondió Erin sonriendo.

—¿Cuánto tiempo llevas trabajando allí?

—Desde que estaba en el instituto. La hermana del dueño es mi mejor amiga.

—Ya, entiendo.

Erin se rio.

—Bueno, eso solo me sirvió para poner un pie dentro. Ty quiere empleados que trabajen bien. No le van los favoritismos y solo contrata basándose en las capacidades de la gente. Tuve que ir a la facultad para aprender a hacer el trabajo que desempeño ahora.

—Qué raro —dijo la casera riéndose—. Tengo la sensación de que hoy en día se contrata a la gente teniendo en cuenta otras prioridades y que se castigan las capacidades.

Erin sacudió la cabeza.

—Eso parece, sí.

—¿Sabes cocinar?

—Sí. Tengo mi cafetera, unas sartenes, unas cacerolas, una gofrera y una Crock-Pot en el maletero.

La señora Marlowe abrió los ojos de par en par.

—Luego se lo explico. Es una historia algo complicada.

—¡Estoy deseando que me la cuentes! —dijo la mujer riéndose—. Bueno... —añadió y pasó a decirle cuánto pedía por el apartamento, que era mucho menos que la hipoteca mensual que había estado pagando por la casa de sus padres.

—Me parece un precio algo bajo.

La señora Marlowe enarcó las cejas.

—A ver, es que con eso me bastaría, y hay tanta gente viviendo en la calle que pensé que podía ofrecerle a un alma cándida un lugar agradable que poder permitirse —dijo y se inclinó hacia delante—. Pero ya he entrevistado a veinte personas y ¡por Dios bendito! ¡Si alguna de ellas estuviera aquí conmigo me daría miedo apagar la luz por la noche!

Erin soltó una carcajada.

—He de decirle que mi jefe entrevistó a varias personas para un puesto vacante y dijo lo mismo.

—Es un mundo peligroso el de ahora. Bueno, ¿quieres el apartamento? —preguntó y sonrió.

—Claro que sí. Y puedo pagarle el primer mes por adelantado. Además, ¿quiere que pague los gastos de servicios?

—No, van incluidos —dijo la mujer con amabilidad—. Si no te importa la pregunta, ¿vas a la iglesia?

Erin asintió sonriendo.

—Mis bisabuelos fundaron nuestra iglesia metodista en Jacobsville, Texas, y mis padres eran maestros en la escuela dominical.

—Mi bisabuela fue uno de los primeros miembros de nuestra iglesia baptista local, pero no pasa nada. ¡Nunca hemos tenido prejuicios contra los metodistas!

Las dos se rieron a carcajadas.

El apartamento era grande y tenía su propio baño. Además, el mobiliario era bonito y la ventana tenía vistas a un bebedero y a un comedero para pájaros.

—¡Tiene un bebedero para pájaros! —exclamó Erin—. Ay, pobrecitos mis pájaros. ¡Espero que la gente que compre la casa de mis padres les dé de comer!

—¿Has tenido que vender tu casa?

Erin se giró con un suspiro.

—Mi padre era algo insensato. Era un hombre encantador, pero poco espabilado. Se metió en inversiones intradía sin conocimiento y lo perdió todo, incluida nuestra casa. Ayer vinieron de la oficina del *sheriff* con una nota de desahucio. Yo no tenía ni idea. Tenía que tenerlo todo fuera esta mañana, y eso he hecho como he podido. Lo tengo en un trastero. Ha sido... un impacto —añadió suspirando.

—¡Ay, Dios mío! —dijo la señora Marlowe sacudiendo la cabeza—. ¡Lo siento muchísimo!

—No pasa nada, porque ahora tengo un apartamento con vistas y se acabaron los pagos de una hipoteca alta y las facturas de servicios. Y además tengo un bebedero para pájaros junto a mi ventana —dijo riéndose.

La señora Marlowe solo sonrió.

—Vamos a llevarnos muy bien. ¡Ay, se me olvidaba! Tengo a Clarence... —añadió preocupada.

—¿Clarence?

—Es mi gato...

—¡Me encantan los gatos! Tuvimos uno hace años, se llamaba Ducky. Murió con veintiún años y nos quedamos tan tristes que no nos atrevimos a encariñarnos con otro.

—Podemos compartir a Clarence. Le encantan las mujeres.

Erin sonrió.

—Gracias por dejar que me quede el apartamento.

—Anoche cuando hablé contigo ya supe que lo iba a hacer. Calo bien a las personas —dijo y le centellearon los ojos—. Fui policía en San Antonio durante doce años.

—Pues ahora sí que me siento segura. Y le prometo que nunca conduciré rápido por las calles —dijo Erin sonriendo.

La señora Marlowe se rio.

Erin se instaló en casa de la señora Marlowe. Compartían las tareas culinarias y se llevaban de maravilla. Por las noches, la mujer se ponía a tejer y veían una serie de dragones que les gustaba a las dos.

Cuando era pequeña su madre la había enseñado a hacer ganchillo, así que una tarde de vuelta a casa pasó por una tienda de artesanía y compró lana y agujas. Esa misma noche las dos tuvieron algo que hacer con las manos mientras veían la tele.

Erin puso el coche de su padre a su nombre y renovó la licencia. Además, la validación del testamento estaba en marcha. El boletín oficial del condado publicó un comunicado para avisar a posibles acreedores de que podían reclamar su dinero y Erin estuvo aterrada y rezando por que su padre no tuviera acumuladas más deudas todavía. Pero el tiempo pasó y no surgió ninguna nueva reclamación. Las deudas existentes quedaron saldadas y los certificados de defunción enviados a las autoridades apropiadas. Ahora ya lloraba menos.

Habían pasado casi dos meses desde el funeral cuando Ty volvió al pueblo. Annie, que había estado viendo la misma serie de pago que veían Erin y la señora Marlowe porque a ella también le encantaban los dragones, estaba en mitad del último episodio cuando su hermano entró por la puerta.

Él se detuvo para acariciar a Rhodes y al pequeño Beauregard antes de entrar en el salón, donde estaba Annie.

—¿Cómo estás? —preguntó ella.

A Ty le centelleaban los ojos como cables echando chispas. Estaba pálido.

—No preguntes.

—¿Tan mal estás?

—Acabo de hablar con la agencia de detectives. Sé quién me traicionó.

—¿Quién? —preguntó Annie preocupada por que pudiera ser el señor Jones, el amigo de su hermano.

—Tu mejor amiga.

—¿Erin? —exclamó antes de apagar la televisión—. ¡Ty, es imposible!

—Tengo declaraciones juradas —dijo él con brusquedad—. Si no fuera porque es tu mejor amiga, pediría que la arrestaran.

—Pero... —Annie no entendía nada. Fue todo un impacto—. ¿Pero por qué iba a vender la casa y el coche y mudarse a un apartamento si ganó dinero traicionándote?

Él se quedó mirándola.

—¿Qué?

Annie respiró hondo.

—Su padre ha muerto.

—Ya, lo leí en un periódico de San Antonio. Le pedí a la oficina que enviara flores.

Ella lo miró.

—Yo envié flores y fui al funeral.

Ty desvió la mirada.

—Bueno —continuó Annie—, el caso es que Erin ha tenido que vender la casa y devolver su coche al concesionario porque su padre lo perdió todo con las inversiones intradía y no le había dicho nada. Hasta saqueó las cuentas del banco de los dos.

Ty sintió un pellizco de pesar al oírlo.

—Pero eso no cambia el hecho de que me traicionara —dijo girándose—. El señor Taylor tampoco se lo podía creer, pero su detective tenía declaraciones juradas de la empresa que presentó la otra oferta. Dijeron que Erin les había pasado nuestra propuesta preliminar antes de que la presentásemos.

Annie seguía mirándolo.

—Sé lo que vas a decir, que es tu amiga y que ella jamás haría algo así —dijo Ty con frialdad—, pero yo sé más de tu amiga que tú. Y hay cosas que es capaz de hacer que tú no sabes. Voy a despedirla mañana. No la denunciaré, aunque podría hacerlo por espionaje industrial.

Ty se marchó y subió los escalones de dos en dos. Se sentía fatal. Le dolía pensar que Erin lo hubiera traicionado hasta ese punto. Pero bueno, se había acostado con él, ¿no? Una mujer de moral intachable no lo habría hecho y traicionado al mismo tiempo. Y además le había reconocido que no era la primera vez que lo hacía. Así que no, Annie no conocía tan bien a su mejor amiga.

Y él no tendría a Erin en su oficina ni un minuto más de lo necesario.

Mientras tanto, el domingo por la mañana, Erin había vomitado el desayuno. Se sintió débil y revuelta el resto del día. Su casera le había dicho que fuera al médico, pero ella estaba segura de que solo sería un virus.

Hasta la mañana siguiente, cuando pasó por una farmacia veinticuatro horas para comprar un test de embarazo. Le daba pánico hacérselo. Habían pasado dos meses desde su imprudente encuentro con Ty. Pero tenía que hacerlo. Si de verdad estaba embarazada, tenía que salir de San Antonio.

Llegó al trabajo unos minutos pronto y fue directa al baño. Se hizo la prueba. La zona que se coloreó era del color que indicaba un embarazo seguro. Lo leyó varias veces, todas ellas con el mismo resultado.

Estaba embarazada. ¿Qué iba a hacer ahora?

Tiró el kit en el fondo del cubo de basura, donde con suerte solo el personal de limpieza se percataría de él. Además, en la empresa había montones de mujeres, tanto casadas como solteras. Nadie sospecharía de ella.

Fue a su mesa y encendió el ordenador, pero al introducir la contraseña, no pasó nada. Volvió a intentarlo. Debía de haber algún fallo técnico. Sin embargo, cinco minutos después, le sonó el intercomunicador y oyó la profunda voz de Ty por primera vez en dos meses.

—Señorita Mitchell, venga a mi despacho, por favor.

—Sí, señor —respondió ella con actitud profesional.

Algo mareada, se levantó y respiró hondo. Sabía que Ty estaba enfadado. Cuando hablaba con un tono tan profundo y más lento, lo que solía venir a continuación era una explosión de cierta magnitud. ¿Qué habría hecho ella para provocar semejante enfado?

El despacho de Ty le pareció más grande que nunca. Él estaba sentado detrás de la mesa, reclinado en la silla, con su poderoso cuerpo enfundado de forma maravillosa en un traje gris y una camisa blanca impoluta con una corbata azul de cachemir. Tenía el pelo recién cortado y estaba sexi y guapo. A Erin le dolió recordar lo tierno que podía ser, lo experto...

Detuvo esos pensamientos de inmediato.

—¿Sí? —preguntó cuando él no sonrió.

—Siéntate.

Ty le indicó que ocupara la silla frente al escritorio y ella se sentó, justo en el borde. Le acercó unos papeles y le dijo que los mirara.

Erin los agarró y, cuando los leyó, rezó por no desmayarse.

—Yo no te he traicionado —dijo en voz baja al devolvérselos. Alzó la barbilla con orgullo.

—¿En serio? —preguntó él sonriendo con frialdad—. Llevas ropa de alta costura y tu padre pagó un coche último modelo al contado. ¿De dónde salió el dinero?

—Mi padre vendió nuestra casa.

—Me he fijado en el cartel de «Se vende». ¿Entonces ya te has gastado todo el dinero?

—Mi padre lo perdió todo con inversiones intradía.

—¿Tu padre se gastó hasta el último centavo después de que consiguierais todo ese dinero a cambio de filtrarle mi oferta a la competencia? —preguntó Ty con aspereza. Levantó los papeles y los sacudió—. ¡Esto es una prueba concluyente de que me traicionaste!

La voz de Ty fue como una fusta.

Él respiró hondo.

—Una prueba concluyente —dijo Erin mirándolo—. He formado parte de tu familia desde que era pequeña. ¿Crees que he podido hacerte algo así?

—¿Por qué no? —preguntó él estrechando la mirada—. Te acostaste conmigo, ¿no? ¿Dónde estaba entonces tu intachable moral?

La única defensa que tenía Erin era decirle que lo amaba. Y que estaba embarazada de él. Pero ninguna de esas dos cosas lo habría conmovido, porque no las habría creído. Su rostro parecía de piedra. Estaba furioso y apenas podía disimularlo.

Erin se levantó muy despacio y se tambaleó un poco porque las náuseas no se le pasaban. Se fijó en que Ty se percató, pero se puso recta e intentó disimular.

—¿Quieres que trabaje las dos semanas de preaviso? —preguntó ella con una serenidad casi inhumana.

A él se le tensó el rostro.

—Puedes irte. Tendrás el cheque esperando en recepción.

—No hace falta —dijo Erin con el orgullo que le quedaba.

—Son normas de la empresa. Yo mismo las puse —dijo Ty. Se levantó—. Espero que no haga falta decir que ya no eres bienvenida en el rancho independientemente de lo que te diga mi hermana —añadió, y sonrió con frialdad al decir—: No querrás que le cuente lo de nuestra escapadita a la cabaña y haga añicos la imagen que tiene de ti, ¿verdad?

—Annie no tendría prejuicios contra mí —dijo con tono débil.

—Preséntate en la puerta de mi casa y compruébalo por ti misma —le contestó Ty con mirada amenazante.

—No lo haré —dijo ella mirándolo fijamente a la cara—. Algún día sabrás la verdad, pero ya será demasiado tarde.

—¿Y qué se supone que significa eso?

—Justo lo que he dicho —respondió Erin entre dientes—. Si fuera al contrario, yo sabría que eres inocente y te defendería hasta la muerte. Hay un motivo para eso, pero sé que no lo entenderías.

Ty frunció el ceño.

—Estás andándote con rodeos, pero no te servirá de nada. Sé que eres culpable. Tengo pruebas. Si no fueras la mejor amiga de Annie, te llevaría ante un tribunal por espionaje industrial.

—Hazlo. Te reto. Hazlo. Y quien sea que redactó ese informe y lo falsificó irá a la cárcel en mi lugar.

—¡Una agencia de detectives respetada no falsifica información! —dijo Ty golpeando la mesa con una mano.

Erin se agarró al respaldo de la silla hasta que se le

pasó el mareo. Al parecer, iba a tener que evitar cualquier clase de impacto. Bueno, al menos a este no tendría que volver a enfrentarse.

—¿Qué te pasa? —preguntó Ty furioso y algo culpable por haberla sobresaltado—. ¿Bebiendo ya a estas horas de la mañana?

Ella se puso recta y respiró hondo.

—Claro. Bebo, me acuesto con alguien y luego voy a la iglesia todos los domingos y canto en el coro —dijo Erin con una expresión de diversión que lo pilló desprevenido.

Se giró y fue hacia la puerta.

—¿Por qué lo has hecho? —preguntó Ty exasperado.

Erin se dio la vuelta y lo miró con tristeza.

—Lo único malo que he hecho ha sido... —con mucho esfuerzo, se reservó el resto—. Adiós, señor Mosby.

Salió y cerró la puerta.

Ty se quedó mirando a la puerta hecho una furia. ¿Por qué Erin no confesaba? La agencia de detectives no podía mentir a un cliente. ¡Perdería todo su negocio!

Llamó a Contabilidad e indicó que le pagaran dos semanas de trabajo y tuvieran el cheque listo en recepción lo antes posible.

Se recostó en la silla y esbozó una mueca de disgusto. No debería haberle echado en cara su apasionado encuentro. Sí, siempre había sido decente y respetable y se había mantenido alejada de las fiestas salvajes y la bebida. Iba a la iglesia todos los domingos. Era una mujer de fe. ¿Cómo había caído tanto y tan rápido? La agencia de detectives decía que le habían pagado miles de dólares por la información sobre la oferta para el proyecto. ¿Dónde estaba ese dinero?

Bueno, su padre lo había perdido todo con las inversiones, así que eso podía ser prueba de que era culpable. En fin, el caso era que ya estaba hecho. Annie le daría la lata por ello, pero él no estaba dispuesto a que Erin se fuera de rositas después de haberlo traicionado. De no ser por la amistad que tenía con su hermana, la habría denunciado. Pero entonces, ¿por qué se sentía tan culpable? ¡Era Erin la que debería sentirse culpable! Y a lo mejor se sentía así. Había estado a punto de desmayarse cuando él había golpeado la mesa; había tenido aspecto de encontrarse mal. Él se sentía mal por eso. Debería haber controlado mejor su mal genio. Pero estaba decepcionado y furioso por haber confiado en ella, y no había podido contenerse. Aun así, la reacción de Erin cuando había golpeado la mesa lo había dejado preocupado. No debería haberlo hecho. Ella acababa de perder a su padre y su casa. Y ahora también el trabajo.

Maldijo para sí. La había despedido estando enferma. Eso lo hacía sentirse aún peor. Se levantó y bajó a Contabilidad. Quería asegurarse de que Erin había recibido el cheque.

Capítulo 8

Erin estaba conmocionada. Se quedó sentada en el coche, mirando el cheque con el sueldo de dos semanas y preguntándose qué puñetas iba a hacer ahora. Tenía un bonito apartamento, pero no tenía trabajo. Estaba embarazada. No podía permitirse quedarse en San Antonio, pero tendría que hacerlo mientras se validaba el testamento. Además, tenía que hacer algo con los muebles.

Quería llamar a Annie, pero eso le acarrearía grandes problemas a su amiga. Ty era despiadado cuando iba a por la gente que lo traicionaba, y ahora creía que ella era una traidora. Daría igual que Annie fuera su mejor amiga desde hacía años. Él no se ablandaría.

Bueno, al menos estaba Perrin Enterprises. En un par de ocasiones habían intentado convencerla de que dejara a Ty y se fuera a trabajar para ellos. No se atrevía a pedirle una recomendación a Ty, pero tal vez pudiera conseguir un empleo ahí sin referencias. El señor Perrin la conocía.

Fue a su oficina y pidió verlo. Solo tuvo que esperar unos minutos antes de que él la recibiera en el despacho con una gran sonrisa.

—Erin Mitchell. Estoy encantado de verte —dijo el hombre al sentarse tras el escritorio. La luz hacía que el pelo blanco se le viera plateado—. ¿Puedo hacerme ilusiones con que has tenido una riña con Ty y quieras venir a trabajar para mí?

Ella soltó una carcajada.

—Dios mío, ¿tanto se nota?

—Me parece que sí. Pero incluso aunque solo fuera por una temporada breve, me encantaría tenerte aquí. ¿Cuándo puedes empezar?

—¿Ahora mismo? —preguntó Erin esperanzada.

Él se quedó atónito, pero entonces sonrió y se levantó.

—¡Ahora mismo me parece excelente! Ven, te asignaré una mesa y unas cuantas tareas.

—¡Gracias!

—No hay de qué. Y no tienes que explicarme por qué estás aquí —añadió Perrin con una risita—. Yo solo rezo por que Ty tarde mucho en entrar en razón.

Erin esperaba lo mismo.

Y así empezó a trabajar para el señor Perrin. Durante tres semanas disfrutó de su nuevo empleo y llevó a cabo la validación del testamento, para lo que tuvo que ser nombrada albacea testamentaria y reunir unos documentos legales necesarios, como certificados de defunción y cartas testamentarias. Fue un proceso agotador y se alegraba de haberle puesto fin.

Ya se había vendido su casa. Lamentaba haberla perdido, pero era de esperar. Había llamado a Barbara, de la cafetería, para que la informara.

—¿Por qué no has llamado a Annie para preguntarle? Es tu mejor amiga. ¿Y por qué ya no vives aquí?

—Porque su hermano y yo hemos discutido —dijo Erin suspirando— y mi padre perdió la casa jugando a hacer inversiones. Lo perdió todo.

—Ay, pobrecita mía —dijo Barbara con ternura—. Lo siento mucho.

—Yo también, pero, bueno, era solo una casa. Los recuerdos son transportables.

—Sí que lo son. Sigues trabajando para la empresa de Ty, ¿no?

—No, y es parte del problema. Hemos tenido diferencias de opiniones y ahora estoy trabajando para Perrin Enterprises.

—¡Pues peor para Ty, él se lo pierde! ¡Y se lo tiene merecido! ¡Ese mujeriego! —añadió enfadada—. Cualquier mujer sensata se mantendría alejada de ese hombre. ¡Menos mal que nunca se ha fijado en ti! A tu pobre madre le habría dado un ataque. Quería a Ty, pero decía que solo era un rompecorazones y que nunca se casaría.

—Puede que sea verdad —dijo Erin en voz baja—. Gracias por la información sobre la casa. ¿Alguna idea de quién la ha comprado?

—La verdad es que no. La ha vendido un agente inmobiliario de fuera del pueblo, pero aún no vive nadie en ella.

—¿Puedes llamarme cuando se mude alguien? Ahora mismo no quiero ir a Jacobsville. Pondría a Annie en un compromiso si Ty se enterara. Ni siquiera me atrevo a llamarla.

Y era verdad. Ni siquiera respondía a los mensajes de Annie. En lugar de palabras, le devolvía emoticonos de corazones.

—Te llamaré —dijo Barbara—. Cuídate.

—Tú también. Gracias.

El embarazo estaba haciéndole aflojar un poco el ritmo, pero al menos estaba pudiendo ocultárselo a su casera. Fue al médico y en una farmacia donde no la conocían compró unas vitaminas que necesitaba y un medicamento que le recetó para las náuseas.

Por suerte tenía un trabajo, se dijo. Podría mantener a su bebé, al que quería desde que había descubierto que estaba embarazada. Jamás podría tener a Ty; él nunca la querría. Pero ella tendría un bebé, un regalo del cielo, alguien a quien amar con toda el alma y que la querría a ella también. Estaba desbordada de felicidad... y no podía decírselo a nadie. Eso era lo más triste.

Era su tercera semana en Perrin Enterprises cuando la requirieron en el despacho del señor Perrin. Esta vez el hombre no estaba sonriendo.

—Erin, ¿por qué saliste de la empresa de Ty? —le preguntó sin rodeos.

—Porque le encargó a un detective privado que encontrara información sobre una licitación que perdió y me acusaron a mí de haberle filtrado nuestra oferta a la empresa que consiguió el contrato. Yo no lo hice —añadió con orgullo comedido—, pero la agencia de detectives ha aportado declaraciones juradas diciendo que sí.

Se detuvo, sonrió con tristeza y continuó:

—Me habría cortado un brazo antes de traicionar a Ty. Lo quiero desde que tenía dieciséis años. Aunque nunca me ha servido de nada. Le gusta la variedad.

Perrin frunció el ceño. Erin no hablaba ni se comportaba como una persona culpable. Y lo que había dicho sobre sus sentimientos por Ty no era falso. Se había rumoreado por las constructoras locales desde que Erin había empezado a trabajar para él.

—Nadie me cree —dijo en voz baja—, sé que todo esto resulta sospechoso, así que si quiere que dimita, lo haré —respiró hondo—. A lo mejor es buena idea marcharme de San Antonio durante un tiempo, hasta que las cosas se calmen. Tal vez cuando Ty tenga tiempo de pensar en esto con sensatez, indague un poco más sobre esa información que le ha dado la agencia. Me dijo que no me denunciaría por espionaje industrial, pero yo debería haber insistido en que lo hiciera. No soy culpable. Su abogado tendría que demostrarlo y no podría hacerlo bajo juramento.

A Perrin le parecía inocente. Sabía mucho de ella porque los padres de él eran de Jacobsville y aún tenía vínculos con ese lugar. No era la clase de persona que traicionaba a la gente a la que le importaba. Aunque tampoco parecía que a Ty le importara Erin porque, de lo contrario, la habría creído. Él la creía.

—No me molesta que sigas aquí —dijo Perrin pensando en cómo se le complicarían las cosas si Ty comentaba por ahí la información que le había dado a él por teléfono esa misma mañana.

—Podría causarle problemas y tal vez perdería clientes. Ty le ha llamado, ¿verdad?

Él asintió.

Ella suspiró.

—Desayuna casi todas las mañanas en la cafetería de Barbara. Ella ha debido de mencionarle dónde estoy trabajando. Bueno, le habría llamado tarde o temprano —dijo Erin con resignación—. Es muy meticuloso cuando quiere ir a por alguien. Llamó a todos los talleres de coches del sur de Texas para informar de un mecánico que le hizo una chapuza en su Jaguar. Probablemente con ello salvó vidas, pero el mecánico no pudo encontrar trabajo en otro sitio. Se fue del estado.

—No creo que le haya servido de mucho —dijo Perrin suspirando—. He visto cómo vuelca Ty su ira en quienes lo traicionan o hacen daño a la gente cercana a él. Da escalofríos.

—Sí. Jamás me imaginé que estaría al otro lado pagando las consecuencias de su mal carácter, y menos por algo que ni siquiera he hecho.

Se levantó.

—Gracias por creerme. Antes me bastaba con mi palabra para defenderme, pero ya no. No con Ty.

—¿Adónde irás?

—Tengo una prima lejana en Wyoming —dijo sonriendo—. Vive en un rancho y me ha invitado a quedarme allí porque ahora está completamente sola. Voy a aceptar su oferta. Nunca había necesitado tanto alejarme de todo.

Perrin se levantó y le estrechó la mano.

—Me ha gustado tenerte aquí. Te daré el salario de un mes. Ty puede meterse todo este asunto por... Bueno, qué más da por dónde —añadió riéndose—. Te deseo lo mejor.

—Y yo a usted, señor Perrin. Me ha encantado trabajar aquí.

—A lo mejor en unos cuantos meses puedes volver a trabajar para mí —dijo él sonriendo.

—A lo mejor en unos cuantos meses. Solo a lo mejor... —respondió Erin riéndose.

Recogió el cheque y entró en el coche. Ty era muy vengativo. Seguiría impidiendo que encontrara trabajo mientras estuviera en Texas. Por eso ahora mismo lo mejor sería salir de ahí.

Sacó el móvil, buscó el número de Maude y le escribió. La respuesta fue inmediata.

Maude: *Ven ya mismo. ¿Necesitas un billete de avión?*

Erin: *No. Tengo suficiente. Pero sí que voy a necesitar un trabajo.*

Maude: *No hay problema. Puedes llevarme la contabilidad aquí. ¡El rancho va a quebrar sin la habilidad de mi marido para los números!*

Erin vaciló. Tenía que decirle la verdad.

Erin: *Hay otra cosa. Estoy un poco... embarazada. Y no quiero que nadie de aquí lo sepa.*
Maude: *¡Ese puñetero Ty Mosby!*

Erin contuvo el aliento. Maude la conocía demasiado bien.

Maude: *¿Él lo sabe?*
Erin: *No, y no se enterará. Jamás. Es mi bebé.*

Hubo una pausa.

Maude: *Pues vas a tener que inventarte un marido.*
Erin: *Justo estaba pensando eso. Sería necesario para que Ty no sacara conclusiones si Annie se entera de lo del embarazo y se lo cuenta.*
Maude: *¿Qué tal un marido militar que no logró salir vivo de Afganistán?*
Erin: *Perfecto. Teníamos el mismo apellido aunque ningún parentesco. Por eso no he tenido que cambiar mi apellido en los documentos legales.*
Maude: *Una auténtica genialidad.*

Erin casi podía oírla reír.

Maude: *Ven mañana mismo. Escríbeme cuando estés en el aeropuerto y mandaré a uno de los chicos a recogerte.*
Erin: *Vale. Gracias, Maude.*
Maude: *Eres mi prima lejana favorita. Además, estoy sola y arruinándome por no tener un contable.*

Erin: *Yo puedo solucionarte los dos problemas. Nos vemos mañana.*

Lo más duro fue decirle a su casera que se marchaba. Quería ser sincera con esa encantadora señora y por eso se lo contó todo, incluyendo lo del bebé.

—Pobrecita mía —dijo la mujer con pesar—. ¿No hay posibilidad de que demuestres que eres inocente?

—La habría si pudiera convencerlo de que me denunciara. El detective que proporcionó esa información falsa podría enfrentarse a una condena en la cárcel. Pero no puedo dejar que Ty se entere de lo del bebé —dijo llevándose una protectora mano a su diminuta barriga—. A saber qué haría —añadió con lágrimas en los ojos—. Está tan enfadado conmigo por lo que cree que hice que podría insistir en que abortara. No puedo arriesgarme. ¡Quiero a mi bebé!

—¿Y qué vas a hacer?

—Inventarme un marido militar y fingir que estoy casada. Es la única manera —dijo suspirando—. Tengo que irme. No puedo arriesgarme a que Ty me vea.

—Te echaré de menos —dijo la mujer echándose a llorar.

—Y yo a ti. Pero encontrarás a otro inquilino —le dijo con cariño—. Hay montones de gente buena en el mundo. ¡Solo tienes que encontrar a una!

—Ya la he encontrado. Pero se muda a Wyoming.

Las dos se rieron.

Después de una emotiva despedida y un largo abrazo, Erin se subió a un taxi que la llevó al aeropuerto. Había vendido el coche para tener algo de dinero disponible y le había dejado las cacerolas, las sartenes, la Crock-Pot, la gofrera y la cafetera a su casera junto con el pago extra de una semana de alquiler para echarle una mano. Qué mundo tan triste, con los precios tan altos y unos ingresos tan bajos. Ojalá la mujer encontrara pronto un buen inquilino.

Se subió al avión sin mirar atrás. Le daba una pena terrible dejar San Antonio, el lugar donde había trabajado desde el instituto. Pero no solo dejaba atrás el trabajo, sino también una historia. Sus padres estaban enterrados en el cementerio de la Iglesia Metodista de Jacobsville junto a sus abuelos y sus bisabuelos. Tenía una larga historia en el Condado de Jacobs. No quería marcharse, pero no tenía elección. Necesitaba alejarse de cualquiera que la conociera, que pudiera decirles a Annie o a Ty cómo se le estaba ensanchando la cintura. Annie sabría al instante por qué y por quién. Y Ty también. Pero si llegaba a Wyoming con una alianza de boda, hablando de su pobre difunto marido y fingiendo estar de duelo por su inexistente pareja, tal vez se correría la voz y llegaría a Texas a través de personas que tenían familia en Catelow. Había varias, incluyendo al *sheriff* del Condado de Carne, Wyoming, que tenían parientes en Jacobsville. Se correría la voz. Incluso los hombres chismorreaban.

Lo único que tenía que hacer Erin era vivir su embarazo sin preocuparse de que el único hombre al que había amado la viera como una traidora. Algún día él se enteraría de la verdad, se dijo. Y pagaría por el dolor que le había causado. Lo pagaría caro.

Maude había mandado a su capataz al aeropuerto a recoger a Erin. Era un hombre alto, de aspecto serio y formal y treinta y tantos años, musculoso sin resultar exagerado, con los ojos oscuros y un bonito rostro de piel olivácea. Una mujer muy guapa que había cerca estaba lanzándole miraditas, pero él no miró en su dirección en ningún momento. Al parecer, Justin Dos Osos era un hombre impasible.

Cuando Erin bajó la rampa del avión, él pareció reconocerla al instante.

—¿Señorita Mitchell? —preguntó con educación ladeándose el sombrero. El pelo que asomaba debajo era negro y tupido. Su rostro se parecía al de las antiguas monedas de plata.

Ella sonrió.

—Sí. ¿Tanto se me nota que no soy de aquí?

Él sacó el móvil y le enseñó una foto suya que le había enviado Maude.

—Ah, vale.

—¿Tiene más equipaje? —preguntó el hombre quitándole con delicadeza la maleta de ruedas.

—Eso me temo, sí. Tenía que traer todo mi armario, así que hay dos maletas...

—No hay problema. Justo esta mañana he derribado a un toro de cuatrocientos kilos —dijo él en broma y sin dejar de caminar.

Erin sonrió. Parecía que Maude elegía bien a sus empleados.

—Qué maravilla —dijo mientras recorrían la autopista en una camioneta nueva equipada con todo, incluso con asientos calefactados. Pero lo dijo mirando por la ventana, no fijándose en la camioneta.

A lo lejos había montañas coronadas de nieve.

—¿En verano hay nieve en las montañas? —exclamó mirando al conductor.

—Ahí, tan arriba, hay nieve todo el año. He visto a turistas aparcados a un lado de la carretera en julio jugando con la nieve.

—No nieva mucho donde yo vivo. Donde vivía —se corrigió con tristeza.

—He oído lo de su padre. Lo siento.

—Y yo. Era muy ingenuo con los asuntos de dinero, pero fue un padre maravilloso.

—Duele mucho perder a los mayores de la familia. Son los portadores de nuestra historia. A menudo nos guardamos preguntas importantes hasta que ya es demasiado tarde para hacérselas.

—Desde luego.

Justin sintió su mirada y se encogió de hombros.

—Mi pueblo son los lakotas. Mi padre está muerto, pero mi madre aún vive en la Reserva Wapiti, en Montana.

—Debéis de tener una historia muy intensa —dijo ella con tono suave.

Él enarcó las cejas. Lo había sorprendido.

—¿Qué quieres decir?

Erin se giró un poco en el asiento.

—Lo que quiero decir es que vuestra cultura sufrió una derrota importante. La mía también. Soy del sur de Texas, pero mis antepasados vinieron aquí desde Georgia después de la Guerra Civil. Los dos venimos de culturas que han sido derrotadas.

Él respiró hondo.

—Nunca me lo había planteado.

—Es algo que no solemos plantearnos. Mi padre estuvo en Okinawa de adolescente, cuando lo reclutaron en el ejército. Decía que se llevaba bien con los japoneses porque tenían esa historia en común. Era trágico por un lado e ineludible por otro.

—He estado en Japón —dijo él sorprendiéndola— y también quería ir a China, sobre todo por el idioma. Quería ver si había alguna similitud entre mi lengua nativa y la suya —y con una risita añadió—: He encontrado una web de clases de chino y me he apuntado. Hay muchas similitudes.

—El chino es una lengua tonal, ¿no? —preguntó

Erin. Una antigua empleada de la empresa era china y le había enseñado algunas palabras.

Él la miró cuando giraron hacia un largo y serpenteante camino de tierra.

—Sí. ¿Lo habla?

—Qué va. Teníamos una contable china. Me enseñó unas palabras —dijo Erin riéndose—. Aunque no sé si algunas podrían decirse estando en compañía mixta. A veces tenía un sentido del humor muy retorcido. Pero era una persona encantadora. Le encantaban las flores.

—Le encantaban las flores —dijo él pensativo—. ¿Y eso es un indicador del carácter de una persona?

—Para mí sí —respondió Erin sonriendo—. Casi toda la gente que planta algo es gente protectora que apoya a los demás y cuida de ellos.

—Es cierto. Mi madre planta hibisco todas las primaveras cuando hace menos frío.

—¿Hibisco? ¡Pero si no puede aguantar en el extremo norte...!

—Bueno, es que las trasplanta a una maceta y las mete en casa antes de la primera helada. Tiene una lámpara de cultivo en una habitación que tiene para ellas —dijo Justin riéndose—. Antes era mi habitación. Ahora, cuando voy de visita, es de las flores y mía.

—Bueno, si las lámparas de cultivo hacen crecer las cosas, entonces ahora entiendo tu altura —dijo Erin riéndose.

Él sacudió la cabeza.

—Por eso será. Ahí está el rancho.

Era imponente. Kilómetros y kilómetros de valla con prados llenos de ganado negro. Había un molino de viento que le hizo sentir nostalgia por Texas ya desde el primer momento. Cuando pararon junto al jardín, pudo ver bien la casa. Era como una cabaña de madera gigante, pero con toques modernos como ventanas dobles. En la zona que debía de ser el salón había una ventana panorámica y tenía un porche enorme con una mecedora, un sofá y macetas con flores.

—Maude y sus flores —dijo ella suspirando.

—Sí. Debería usted ver a los hombres llevando las macetas adentro antes de la primera helada y refunfuñando por el camino.

Antes de que Erin pudiera responder, Maude salió al porche.

—¡Qué alegría verte! —exclamó bajando las escaleras con cuidado.

Mientras, Erin se agarró al asidero interno de la puerta de la camioneta para saltar y sonrió al capataz declinando con amabilidad su ayuda. Él se fijó en su mano izquierda, con la que se estaba agarrando.

—¿Casada?

—Lo estuve —respondió Erin con una mueca y desviando la mirada—. Estuvo en Afganistán...

—Lo siento —dijo él al instante.

—No pasa nada, no lo sabías. Aún me cuesta hablar de ello.

Maude fue corriendo a abrazarla.

—¡Qué alegría que hayas decidido venir! Aquí podrás recuperarte.

Miró al alto hombre y añadió:

—Justin, la lavadora está bailando por el cuarto de la colada y creo que se ha soltado la correa de la secadora...

—Dicho y hecho. Le diré a Tandy que lo arregle ahora mismo —respondió Justin sonriendo antes de despedirse de las dos ladeándose el sombrero y cargar con el equipaje de Erin.

Maude la apartó a un lado para preguntarle:

—¿Le has dicho lo de tu «marido»?

—Ha visto el anillo. Lo compré en San Antonio antes de marcharme.

—¿Cómo vamos a llamar a tu difunto marido?

—¿Benedict Arnold?

Maude le dio un golpecito.

—Anda, no bromees. Tenemos que tener un nombre.

—¿Qué tal «Richard»? En tercero estaba coladita por un chico que se llamaba Richard. Seguro que a él no le importaría. Se mudó a Maine con su familia cuando yo estaba en cuarto.

Maude se rio.

—¿Y por qué no lo llamamos «Dick»?

—Es militar de carrera. Tenemos que llamarlo «Richard». Richard Mitchell.

—Vale, eso sí suena bien. ¿Cómo estás? —añadió Maude algo preocupada—. Lo has pasado muy mal y ni siquiera te has podido recuperar aún de la muerte de tu padre. Demasiado estrés.

—Soy dura cuando tengo que serlo —dijo Erin. Suspiró—, aunque he de admitir que me alegro mucho de estar aquí. Es como otro mundo. Otra vida. Otra oportunidad —añadió en voz baja.

—Sé lo duro que ha sido para ti perder a tu marido teniendo un bebé en camino —dijo Maude justo cuando Justin volvió a la camioneta—, pero aquí estarás bien. Yo cuidaré bien de ti.

—Déjate de rollos, mamá gallina —dijo Erin riéndose—. Puedo cuidarme solita. Soy yo la que va a ocuparse de tus libros.

—Pero si no lee —dijo Justin refunfuñando y mirando a Maude.

—¡Sí que leo! ¡Pero leo libros de verdad, libros de papel, no libros de contabilidad!

—Pobres árboles —murmuró Justin.

—Pobre excapataz que tiene que buscarse un empleo nuevo —contestó Maude.

—No me importaría —dijo él con indiferencia—. Estaba buscando trabajo cuando encontré este, ¿no?

—¡Granuja!

—Mulera.

Maude alzó las manos. Justin sonrió y miró a Erin enarcando una ceja antes de subirse a la camioneta. Cuando se fue, Maude seguía farfullando.

—Parece muy agradable —dijo Erin mientras Maude preparaba la cena y se tomaban un café; el suyo, descafeinado—. Tu capataz.

—Es un buen hombre. Un poco ingenuo con las mujeres —contestó Maude suspirando—. Tuvo una relación que sé que preferiría olvidar. Estuvo incluso prometido. Luego se enteró de que la chica le había dicho a una amiga que, para ella, él era solo una novedad. Estaba pasando el verano con su abuelo aquí, en el Condado de Carne, y le gustaba flirtear con hombres. Dijo que cuando volviera al este, a Princeton a estudiar Sociología, lo que había aprendido de él la haría quedar muy bien delante de sus profesores porque tenía conocimiento de primera mano de cómo veían el mundo los nativos y cómo expresaban su cultura y su religión. Según ella, fue como mirar dentro de una cultura hermética, aunque lo malo era que había tenido que entablar una relación muy estrecha con uno de ellos y había tenido que asegurarse de que no la vieran con él en los sitios donde la conocían.

Maude respiró hondo y añadió:

—¿Te lo puedes creer?

—Imagino que tardó muchos días en recuperarse.

—Dos meses —la corrigió Maude—. Estuvo a punto de cometer una locura. Una de las chicas que nos ayuda a marcar y etiquetar el ganado lo vio con un revólver en la mano, el Colt del calibre 45 y doble

acción que lleva en la cadera cuando los hombres están trabajando en zonas donde hay serpientes. La
chica sabía lo del romance fracasado y fue a buscarlo.
Justin tenía el cañón dentro de la boca cuando ella lo
encontró y se lo quitó. Aún hay un agujero de bala en
el granero.

—¡Gracias a Dios que lo vio a tiempo!

—La bala le rozó el brazo a la chica y hubo que
llevarla a Urgencias. Justin estaba demasiado afectado para conducir, pero insistió en acompañarla junto
a uno de los mozos. Ella dijo que estaba practicando
con una pistola y que se disparó por accidente —dijo
Maude sacudiendo la cabeza—. Y lo fue en realidad.
Llamaron al *sheriff* porque era una herida de bala y
en el hospital tienen que notificarlas, así que Justin
llevó a un lado a Cody Banks y le contó la verdad.
Nunca se presentaron cargos, pero Justin se enfadó
muchísimo por que la chica hubiera arriesgado su
vida para salvar la suya. Le echó un buen sermón,
pero ella se limitó a sonreír y a seguir trabajando a
pesar del vendaje y del dolor.

—En el mundo hay mucha gente desgraciada que
ama a la persona equivocada —dijo Erin con tristeza.

Maude le lanzó una mirada de complicidad antes
de girarse a darles la vuelta a los filetes en la parrilla
y sacar las patatas del horno.

—Es un hombre agradable —añadió Erin en voz
baja—. Me alegro de que a alguien le importara si vivía o moría.

Maude se terminó el café.

—Hablando de la gente equivocada, ¿qué ha pasado que te ha hecho venir aquí tan deprisa? Aparte del
bebé —añadió.

Ella respiró hondo.

—Ty me acusó de traicionarlo dándole información a otra empresa que licitó para un gran proyecto

en San Antonio. No fui yo, pero contrató a una agencia de detectives que le entregó declaraciones de dos personas que juraban que yo les había dado acceso a la oferta de Ty, que perdió.

—¿Pudieron demostrarlo?

—Para nada —dijo Erin con frialdad—. Tendría que haber obligado a Ty a llevarme a los tribunales. Habrían tenido un buen problema cuando intentaran demostrar que esos documentos eran reales.

—Eso mismo pienso yo. Pero estabas trabajando para otra empresa, ¿no?

—Ty llamó a mi jefe y le dijo de lo que me acusaban. El señor Perrin no lo creyó tampoco y me ofreció seguir en mi puesto, pero yo pensé que, si seguía en su empresa, afectaría a su negocio con todos los rumores que corrían sobre que había traicionado a Ty por dinero —sonrió—. ¿No es increíble? El hombre al que quería y por el que habría dado mi vida pensó que lo había traicionado así. Y un hombre al que apenas conozco me creyó y me apoyó —sacudió la cabeza—. Qué rara es la vida.

—Sí que lo es. Pero bueno, estás aquí, en un sitio seguro, y todos cuidaremos de ti. ¿Sabes? La mayoría de mis empleados son vaqueros de segunda generación. Justin lleva aquí desde que era adolescente. Se escapó de su casa. Su padre era terrorífico.

—¿Bebía?

—Mucho peor. Tenía problemas mentales graves. Odiaba el alcohol, pero le encantaba pegar a su hijo. Nunca creyó que Justin fuera hijo suyo y era un bestia con el chico. Así que Justin se cansó de ver a su madre llorar a lágrima viva y llegó hasta aquí buscando trabajo. Mi Sam lo contrató de inmediato. Nunca pudimos tener hijos y Justin llenó ese vacío. Y lo sigue haciendo. Discutimos, pero siempre de broma. Haría lo que fuera por él.

—E imagino que él también por ti —respondió Erin sonriendo—. Me cae bien.

Maude enarcó las cejas.

Erin sacudió la cabeza.

—Me moriré queriendo a Ty Mosby aunque no se lo merezca —dijo llevándose la mano al vientre—. Jamás conocerá a su hijo. No se lo diré.

—Sé que estás dolida, pero cuando lleves unos meses aquí empezarás a encontrarte mejor. Seguro que para cuando llegue la próxima primavera incluso podrás sonreír de verdad.

Erin forzó una sonrisa y Maude volvió a echar un ojo a los filetes.

Justin era como una enciclopedia andante de Wyoming. Conocía todas las plantas autóctonas y se las fue enseñando a Erin durante los largos paseos que daban por el rancho. Mientras, el bebé iba creciendo.

—Nunca hablas de tu marido —dijo un día, así, de pronto.

—Me resulta demasiado doloroso —respondió Erin.

—¿Cómo murió?

Erin vaciló. Maude y ella no habían concretado esa cuestión. Tendría que recordar bien lo que le decía a Justin para luego poder contárselo a Maude a tiempo.

—Iba en un vehículo militar. Y pasaron sobre una... bomba.

—¿Un AEI?

Ella se quedó mirándolo sin comprender nada. ¿Habría dicho algo mal?

—Un artefacto explosivo improvisado. Cuando estuve en Irak en 2010 nos topamos con algunos.

Ella dejó de andar y se giró hacia él.

—¿Irak? —preguntó con delicadeza.

Justin respiró hondo.

—No hablo de eso —dijo con una triste sonrisa—. Nadie que combatió allí habla de ello excepto, tal vez, con otros veteranos. No es tema para oídos civiles.

—Ya —respondió Erin al retomar el paseo—. ¿Estuviste en el ejército?

—Sí, más o menos.

Erin lo miró enarcando las cejas.

Justin sonrió; ese ligero eco de una sonrisa era la marca de su reservada personalidad.

—Lo pillo, no es asunto para oídos civiles —dijo ella bromeando.

—Bien pillado. ¿Cuánto más quieres andar?

—No mucho más lejos. ¿Por qué? ¿Tienes algo importante que hacer?

—Depende.

—¿De qué? —preguntó Erin deteniéndose.

—De si se le olvida lo que me ha pedido que haga.

—¿A Maude?

—No —respondió mirando tras Erin justo cuando se oyeron los cascos de un caballo acercándose—. A ella.

Capítulo 9

La chica a lomos de la lustrosa yegua rojiza no era una belleza, aunque sí que tenía unos rasgos agradables, como una melena rubia clara larga y tupida y unos ojos grises claros. No llevaba maquillaje, y tampoco lo necesitaba. Tenía una piel que podía competir con la de una estrella de televisión.

—Gabby, ya te he advertido sobre esa yegua —dijo Justin mirándola con gesto severo.

La chica esbozó una mueca.

—Ya, pero es que Baddy se ha llevado a Bess, y Johnson a Harley, así que Jessie era el único caballo que quedaba.

—Eres demasiado blanda para un caballo tan impetuoso —continuó Justin, igual de estricto—. Te tirará y volverá al establo.

La chica alzó la barbilla.

—Puedo manejarla.

Justin suspiró.

La chica se giró en la silla.

—Hola —añadió al ver a Erin, y sonrió—. Soy Gabriel Dane, aunque todos me llaman Gabby. ¿No es usted la señora Mitchell? —preguntó con delicadeza—. Nos dijeron que iba a venir a vivir con Maude. Siento lo de su esposo.

Erin se puso una mano en su vientre ligeramente abultado y suspiró.

—Gracias. Yo también lo siento.

Y no era broma. Seguía furiosa con Ty por haberse creído todas esas mentiras sobre ella, pero no podía dejar de quererlo. Para ello necesitaría más fuerza de la que tenía.

—¿Se lo has preguntado? —le dijo la chica a Justin.

Él enarcó una ceja.

—Ya que estás aquí, pregúntaselo tú misma.

Erin los miró a uno y a otro.

—¿Preguntarme qué?

Gabby esbozó una mueca.

—A ver, es que mi padre quiere construir una casa nueva, y yo también, pero no sé si tenemos suficiente dinero para hacerlo. A mi padre no se le da muy bien gestionar el dinero. A mi madre se le daba bien, pero murió hace dos años. Como usted trabajaba para un constructor y Maude dijo que sabía calcular los costes de una obra hasta el último centavo, pues me preguntaba... esperaba...

Erin sonrió.

—Claro que sí. Tú dame información básica sobre los materiales que queréis, un plano de la casa y el nombre de la empresa donde compráis los materiales de construcción y yo me encargo del resto.

—¡Sería guay! —exclamó Gabby, y su mustia carita se iluminó como las alas de una mariposa bajo una brillante luz del sol. Era muy guapa cuando sonreía.

Y, por lo que Erin pudo notar mientras contenía la risa, su apático compañero pareció fijarse también.

—¿Puedes venir mañana a última hora de la mañana? —preguntó Erin—. Es que estoy tan cansada que duermo hasta tarde para compensar.

—¿Debería estar caminando? —preguntó Gabby preocupada.

—Sí, es lo que me ha recomendado el obstetra —respondió, porque estaba viendo a uno en Catelow que le habían recomendado encarecidamente—. Ejercicio y ejercicio para poder tener al bebé de forma natural. Quiere que dé clases de Lamaze cuando esté de unos cinco meses, pero yo no quiero. A esas clases se va con los maridos...

Ojalá Ty la hubiera creído. Ojalá Ty la hubiera amado. Podría haber ido a las clases con él, compartir cada minuto del desarrollo del bebé. Le dolía. Mucho.

—No, no solo pueden ir los maridos —se apresuró a decir Gabby—. Mi hermana mayor, que vive en Maine, me convenció para que la acompañara a las clases porque su marido era militar y estaba en activo. Fue antes de que él dejara el ejército. Ahora trabaja en un banco —añadió, y entonces abrió los ojos de par en par y dijo—: ¿Quiere que la acompañe? No me importaría. Trabajo de secretaria para mi padre, así que tengo un horario flexible. Dice que soy demasiado excéntrica para sacarme del rancho y soltarme al mundo —sonrió—. Puedo resultar casi odiosa.

—Es verdad —convino Justin sonriendo.

—Pero contigo no soy así —protestó Gabby—. ¡Si hasta te tejí un gorro para la nieve!

—Sí, y ojalá hubiera sido de mi talla.

—Vale, ¡pues si yo soy odiosa, tú eres lamentable! Él contuvo una sonrisa.

—Bueno, mañana por la mañana la veo, señora Mitchell —le dijo Gabby a Erin.

—«Erin», no «señora Mitchell».

—Vale, Erin. ¡Nos vemos!

La chica giró a la yegua, que no parecía tener muchas ganas de alejarse más de su establo.

—Te lo dije... —empezó a decir Justin.

—Adiós —dijo Gabby cuando la yegua echó a

galopar en dirección al rancho de su padre como si tuviera la cola en llamas.

Gabby estaba aferrada a la crin y a las riendas, y su larga melena rubia parecía volar en el viento.

—¡Mierda! —exclamó Justin tirando el sombrero al suelo—. ¿Por qué no hace caso nunca? ¡Va a acabar matándose si sigue montando caballos que no sabe controlar!

Esa muestra de pasión de un hombre tan estoico resultó sorprendente y divertida. El carácter de Justin no la asustaba. En cambio, sí se había sobresaltado cuando Ty había golpeado el escritorio con la mano. Aun así, nunca le había tenido miedo de verdad, ni siquiera cuando se ponía furioso. Ty nunca le había levantado la mano a una mujer, y mucho menos a ella. Le dolía mucho pensar en él.

Forzó una sonrisa.

—¿Cuántos años tiene? —le preguntó a Justin mientras él recogía el sombrero y lo sacudía, aún refunfuñando.

—Veintidós, pero como si tuviera trece —murmuró.

—Hoy en día tener veintidós no es ser tan joven.

—Lo es cuando tú tienes treinta y seis —dijo él con una irónica sonrisa—. Venga, volvamos. Tengo que ir con los chicos a ver a los toros sementales. Ya casi es hora de llevarlos al norte a nuevos pastos.

—Por mí genial. Caminar es bueno, pero cansa.

—Solo si estás embarazada.

Erin se rio. Le estaba quedando claro que Gabby sentía algo por Justin y que él estaba reprimiendo cualquier sentimiento hacia ella porque la veía demasiado joven. Ella sabía lo que era eso. Solo esperaba que la pobre Gabby, tan loca de amor, no acabara en un aprieto como en el que estaba ella. Habría sido mejor que Ty nunca le hubiera pedido salir, pero ahora, sabiendo que había una vida diminuta creciendo

en su interior, no podía lamentar que hubiera sucedido. Cuanto más crecía el bebé, más ansiaba ella que
naciera. No sabía el sexo, porque no quería saberlo.
Tejería la ropita en color amarillo, y listo.

Annie acababa de enterarse de que Erin se había
marchado de Texas. Estaba en la cafetería de Barbara
y una persona que estaba de visita procedente de
Wyoming había comentado de pasada que una chica
de Jacobsville que se había casado con un militar estaba viviendo con Maude en el Condado de Carne.
Se quedó tan asombrada que tardó treinta segundos en poder hablar.
—¿Casada? ¿Embarazada? —exclamó casi haciendo que el hombre perdiera el equilibrio cuando lo
agarró de las mangas del abrigo.
—Sí, sí —dijo el hombre conteniendo el aliento—.
Le lleva la contabilidad a Maude. No habla mucho de
su marido. Estuvo en Afganistán —añadió con tono
suave.
—Ya veo —dijo Annie recordando la forma tan de-
sastrosa en la que Erin había salido de la empresa—.
Pero se ha casado y no me lo ha dicho. Se ha quedado
embarazada y no me lo ha dicho —añadió casi llorando.
Era una tarde tranquila en la cafetería. No había
nadie salvo ese agradable Hamilton de Wyoming y
ella. Barbara oyó la conversación y salió de detrás de
la barra.
—Espero no haberla metido en problemas
—dijo—. Comenté que estaba trabajando para un tal
Perrin en San Antonio y luego una chica que trabaja
allí me contó que el idiota de tu hermano —espetó
enfadada— llamó a la empresa con el cuento ese de
que lo había apuñalado por la espalda y Erin se quedó sin trabajo. Pasó hace dos meses, casi tres. Así que

no me extraña que no se haya puesto en contacto contigo. Seguro que se piensa que tú también la odias.

Annie contenía las lágrimas mientras respondía:

—¿Que mi hermano hizo qué?

—Hizo que se quedara sin trabajo —contestó Barbara con brusquedad—. Así que supongo que también avisó a todos los demás constructores para que no corrieran el riesgo de contratarla.

—No me había dicho nada —dijo Annie casi para sí—. Ni una palabra. Pensé que Erin seguía trabajando en San Antonio. Siempre que le escribo me responde únicamente con un emoticono de un corazón. Pensé que estaba enfadada conmigo porque Ty la despidió. ¡Pero casada, embarazada, en Wyoming...!

Barbara respiró hondo.

—Lo siento, aunque no siento haber llamado idiota a tu hermano. Todo Jacobsville menos Ty sabe que Erin está enamorada de él. O lo estaba. Es la última persona que lo traicionaría.

—Ya lo sé —dijo Annie con pesar—. Y me da igual que llames idiota a mi hermano. ¡Porque es idiota!

—¿Entonces tampoco sabíais lo del marido? —preguntó el tal Hamilton—. Tenían el mismo apellido, pero no estaban emparentados. Dicen que habla mucho de él. Aun lleva el anillo de boda —dijo y añadió con una risita—: A uno de los empleados de Maude le gusta mucho, pero ella solo habla de su marido y del bebé. Nacerá cerca de Navidad. ¡Vaya regalo va a tener!

—Y tanto —dijo Annie invadida por la tristeza.

El que debería haber sido el momento de mayor alegría en la vida Erin lo estaba teniendo que compartir con otra gente en lugar de en Jacobsville, con su mejor amiga, con su casi hermana. Y todo por culpa de Ty. A Annie le ardía la cabeza de rabia, pero sonrió a las dos personas que tenía delante y se contuvo.

Aunque no por mucho tiempo.

Ty acababa de volver de pasear a Beauregard cuando ella entró por la puerta.

Él la miró y enarcó las cejas.

—Me parece que has discutido con alguien. ¿Con quién?

—Aún no, ¡pero estoy a punto de hacerlo! Me gustaría hablar contigo en el salón —dijo mirando hacia la señora Dobbs—. Sin testigos.

—Si lo mata, intente hacerlo sobre el linóleo y no sobre la madera. Por las manchas, ya sabe —dijo la mujer con los ojos brillantes de diversión.

—Lo tendré en cuenta —prometió Annie.

Ty suspiró y le dio a la señora Dobbs a Beauregard para que se ocupara de él. Luego siguió a Annie al salón y esperó mientras cerraba la puerta. Con pestillo incluso, porque se oyó.

—Recuerda lo que ha dicho la señora Dobbs sobre las manchas de sangre en el suelo de madera.

Annie lo fulminó con la mirada.

—Hiciste que Erin perdiera el trabajo en la empresa del señor Perrin.

Él cerró los ojos un instante. Llevaba semanas fustigándose por ello. No había pretendido causarle tanto daño, pero había confiado en Erin más que en nadie aparte de su familia y ella lo había traicionado. Había tenido que hacer algo para desahogarse, aunque tal vez había ido demasiado lejos.

—Sí, lo hice —confesó sentándose de golpe en su sillón favorito—. Fue una bajeza, sobre todo cuando ya la había despedido de nuestra empresa.

—Bueno, pues supongo que lo que tú has perdido ha salido ganándolo otro —dijo Annie lentamente.

—¿Qué quieres decir?

Ella sonrió con frialdad. Resultaba agradable administrar el veneno gota a gota.

—Que se ha casado.

Ty palideció al menos un tono.

—¿Casado? —estalló—. ¿Cuándo? ¿Con quién?

—No lo sé porque no habla conmigo, gracias a ti. Pero se ha ido a vivir a Wyoming.

—¿Wyoming? —preguntó poniéndose recto—. ¿Por qué?

—A lo mejor porque allí se siente más segura —dijo Annie y bajó la mirada—. Sobre todo teniendo en cuenta que —añadió con una maliciosa sonrisa— está embarazada.

Si Ty hubiera estado de pie, se habría caído. Unas emociones que no había sentido en años lo atravesaron como balas. Erin se había dejado abrazar por él como si hubiera estado toda la vida esperando a sentir sus brazos. Se había entregado a él en la cabaña. Y él la había criticado por ello, la había ridiculizado cuando ella jamás había hecho nada malo en su vida. La había tratado como si fuera su enemiga después de todos los años que llevaba siendo parte de él, de su familia. ¿Cómo había podido volverse tan loco como para creerse un informe que se podía haber falsificado fácilmente y deshacerse de Erin como si fuera una bolsa de basura? ¿Cómo podía haberle hecho tanto daño, hasta el punto que ella había acabado casándose con otro e incluso marchándose del estado para no tener que verlo?

No podía creerse lo que había hecho. No entendía por qué lo había hecho. Erin nunca le había hecho daño. Siempre lo había apoyado, incluso cuando él se había equivocado y todo el mundo lo había sabido. ¿Por qué había creído a un extraño y no a la única persona que lo habría defendido hasta la muerte? Se sintió como si hubiera salido de una ensoñación y hubiera caído en la dolorosa realidad. Ahora lo veía todo de otra forma, pero era el peor momento posible.

—Casada —dijo con la voz entrecortada—. ¡Embarazada!

Annie, que no estaba disfrutando tanto como había imaginado, se sentó en el borde del sofá.

—Su marido murió en Afganistán —dijo al momento.

Ty levantó la mirada con claro sufrimiento.

—La culpé incluso antes de encargarle a la agencia de detectives que buscara al traidor.

Se levantó con las manos en los bolsillos y fue a la ventana. Las cortinas estaban descorridas.

—No tendría que haberme fiado de la palabra de un único detective. Tendría que haber verificado la información mediante otra agencia.

—¿Y por qué no lo haces? —preguntó Annie con frialdad—. Aunque sea algo tarde y vayas a gastarte dinero, ¿por qué no?

—Estás muy enfadada.

—¡Claro que estoy enfadada! Yo he perdido a mi mejor amiga, ¡pero Erin ha perdido a su padre, su casa, su trabajo y a su marido! ¡Y está embarazada! ¿Te gustaría estar en su lugar? ¡Si no fuera por Maude, seguro que estaría viviendo en el puñetero coche!

Él hizo intención de hablar. Hasta ese momento, hasta ese mismo momento, no se había planteado lo mal que le habían ido las cosas a Erin. Y de haberlo hecho, tal vez incluso habría pensado que ella se lo tenía merecido. Pero lo que Annie había dicho le había calado hondo. Hasta un asesino sentiría lástima por todo lo que estaba sufriendo Erin.

—Y eso no es todo.

—¿Qué más?

—Su padre lo perdió todo. La echaron de su casa y

le dieron un día para irse y meter sus cosas en un trastero.

—¿Qué? —exclamó girándose hacia ella, totalmente impactado—. ¿Quién le ha hecho eso?

—Una financiera poco fiable vinculada con muy mala gente. Su padre vendió la casa por más dinero para intentar recuperar los miles de dólares que había perdido en la web de inversiones intradía. Así pudo permitirse pagar al contado el coche último modelo.

—¿Y la ropa de alta costura de Erin...?

—¿Qué ropa de alta costura? Encontró una tienda de ropa que tenía varias prendas de alta costura de segunda mano. Eran de una chica rica que se había quedado embarazada y ya no se las podía poner. ¡Como eran justo de la talla de Erin, pudo permitirse comprárselas!

Ahora sí que Ty se sintió avergonzadísimo.

—Lo único que agradezco es que trajeras a Erin de vuelta de la cabaña pronto —dijo Annie con frialdad—. Nos dijo que habías quedado con alguien después. La señora Dobbs lava las sábanas de la cabaña, ¿sabes? —concluyó mirándolo fijamente.

Él estaba muy pálido.

—Ya.

No había pensado en eso, pero Erin sí. Lo había protegido incluso de esa posible sospecha. Cerró los ojos. Sintió la culpa en forma de bilis llenándole la boca.

Annie seguía fulminándolo con la mirada.

—No te pregunto por tu vida privada, me da igual. ¡Pero te juro que si sedujiste a Erin, hoy mismo me voy de esta casa! Te amaba tanto que hasta le dolía. ¡Ty! —gritó cuando él la agarró por los brazos con demasiada fuerza.

—¡Perdona! —dijo él aflojando la presión—. ¿Qué has dicho?

Annie respiró hondo.

—Eres la única persona en el Condado de Jacobs que no sabe que Erin lleva enamorada de ti desde que tenía dieciséis años. Habría traicionado a sus propios padres antes que traicionarte a ti —dijo, y añadió sacudiendo la cabeza—: Sigo sin entender por qué no la creíste cuando te dije que era inocente. Es una mujer de palabra. Nunca miente.

Ty la soltó y se dejó caer en el sillón reclinable. Ahora muchas piezas encajaron. Muchas preguntas que nunca había querido formular de pronto obtuvieron respuesta. Erin lo quería. Prácticamente se lo había dicho al entregarse en la cabaña. Él no tuvo que haberle preguntado si era virgen. Lo había esperado todos esos años... para al final acabar siendo traicionada cuando él la acusó de traicionarlo.

—Debería haber escuchado. ¡Debería haber escuchado!

—Sí, deberías. Pero ahora no nos sirve de nada, ¿no? —dijo Annie echándose el pelo hacia atrás—. Voy a ir a San Antonio a almorzar con una vieja amiga. Imagino que llegaré tarde.

—Vale.

Pero en realidad Ty no la oyó. Estaba oyéndose a sí mismo mientras reprendía a Erin, se mofaba de su moral y la amenazaba con denunciarla, con que iba a perder su empleo. Mientras, ella parecía mareada. Casi se había desmayado cuando él la había sobresaltado al dar un golpe en la mesa.

Se quedó sin respiración. ¡Estaba embarazada! ¿Habría estado embarazada ya aquel día? El bebé... ¿era, podía ser, suyo?

Se levantó a por un calendario y entonces se dio cuenta de que no recordaba cuándo había llevado a Erin a la cabaña. Sacó el teléfono y ojeó los mensajes. Recordaba haber escrito a su hermana para pedirle que enviara un *catering* a la cabaña con los platos favoritos de Erin. Anotó la fecha y la guardó en la aplicación de Notas.

Ahora necesitaría un servicio de detectives, uno muy discreto. Sabía dónde encontrarlo y no era en San Antonio, sino en Houston, donde estaba la sede de la Agencia de Detectives Lassiter. Y ya de paso, pensó mientras abría la web de la agencia en el móvil, podrían verificar quién filtró la oferta a la constructora que consiguió el contrato. No estaría mal tener una segunda opinión. Mejor tenerla por si acaso se había equivocado.

Cerró los ojos. Dios, si se había equivocado, no solo acababa de arruinar la vida de Erin, sino la suya también. Ella no volvería a hablarle, no después de lo que le había hecho. Se le cayó el alma a los pies. Además de embarazada, estaba casada. Pero para él la prioridad era el bebé. Tenía que averiguar si era suyo. Descubrir su inocencia era lo segundo más importante. Tenía que saber la verdad y luego ya vería cómo abordar las dos cuestiones.

Ya que el asunto era demasiado importante para tratarlo por teléfono, voló a Houston y se reunió con Dane Lassiter. Ese hombre era una leyenda. Primero había sido policía de Houston y luego un Texas Ranger que había estado a punto de morir en un tiroteo. Después de aquello, incapaz de cumplir con los requerimientos físicos de su trabajo por las lesiones, fundó una agencia de detectives que se convirtió en todo un referente para la profesión.

Incluso ahora, siendo un hombre de mediana edad, Dane Lassiter resultaba imponente. Su esposa trabajaba con él como investigadora, y la hija de ambos también. Su hijo estaba en Colorado investigando un caso propio. Parecía que era cosa de familia.

Y así se lo dijo Ty.

Dane se rio.

—Eso parece, sí —dijo sonriendo—. Bueno, dime, ¿qué puedo hacer por ti?

Ty le dio una carpeta que contenía lo esencial del caso junto con las declaraciones juradas de la empresa que había conseguido el contrato para construir el enorme complejo residencial en San Antonio.

—Sí, recuerdo a esa gente —dijo Dane con frialdad—. La constructora de Harold Bradley. Llevé un caso en el que estaban implicados. Había una mujer joven que trabajaba para otra empresa parecida. Robó la llave de un fichero, hizo una copia y luego sacó la oferta antes de que la presentaran. Se la pasó al contacto y le pagaron veinte de los grandes. Por supuesto, su jefe nunca supo que lo hizo ella. No hasta que se llevó a los culpables a juicio y se los juzgó por un desastre ocurrido como consecuencia de sus trabajos chapuceros. Pero lograron librarse de los cargos. Me encantaría verlos hundirse antes de que muera alguien. Me asombra que sigan consiguiendo contratos. Es imposible que puedan manejar un proyecto de semejante envergadura sin que haya víctimas.

—Erin Mitchell fue acusada de traicionarme —dijo Ty sin decir que había sido él quien la había acusado— y se quedó sin trabajo por ello. Vi todas las pruebas en su contra. Las tienes delante. Pero ahora estoy teniendo dudas y quiero estar seguro de si fue la responsable.

—¿Es la clase de mujer que traicionaría a un hombre por dinero? Doy por hecho que la conoces.

—Nuestras familias han sido amigas desde hace dos generaciones —dijo Ty odiándose—. Erin era la mejor amiga de mi hermana.

—¿Era? —preguntó Dane con delicadeza.

Ty respiró hondo.

—Erin no quiere hablar con ella.

—Ya veo.

Y Dane veía mucho más de lo que Ty podía imaginar. Su formación hacía que le resultara fácil calar a la gente.

—¿Qué quieres que haga?

—Descubrir quién filtró la oferta antes de que yo la enviara. Y —dijo antes de respirar hondo— hay una cosa más.

Dane esperó pacientemente.

Ty miró al suelo.

—Erin está embarazada. Dicen que es de su difunto marido —dijo, y levantando la mirada añadió con el rostro tenso de abatimiento—: Yo creo que es mío.

—¿Y no te lo ha dicho?

—No me lo diría —respondió desviando la mirada—. Fui... muy duro con ella. Si se lo preguntara, se pensaría que lo hago con malas intenciones.

—Pensaría que quieres que aborte.

—Sí —respondió Ty apretando los dientes.

Dane, a quien le había costado encontrar la felicidad conyugal, lo entendió bien. Su propia esposa se había quedado embarazada antes de que se casaran y se lo había ocultado. Cuando finalmente se había enterado, había sido de todo menos amable. Había hecho falta casi una tragedia para que se diera cuenta de lo mucho que ella significaba para él. Esperaba que Ty, ese hombre atormentado, no tuviera que pagar el precio que tuvo que pagar él por su desconfianza.

—Necesitaré fechas.

—No tengo muchas. Solo el día en el que cenamos en mi cabaña. Y luego sé el condado donde está viviendo en Wyoming. El Condado de Carne. El *sheriff* tiene parientes en Jacobsville, donde vivo yo.

—Vale, puedo averiguar el resto. Si está en Wyoming, tendrá un obstetra allí.

—Supongo que el médico no va a hablarle a nadie de ella.

Dane sonrió.

—Hay formas. No importa cuáles sean. Me pondré con ello hoy mismo, pero estamos hasta arriba de casos, así que puede que tarde una o dos semanas en llevar a cabo toda la investigación.

—No hay problema —dijo Ty. Se levantó y le estrechó la mano—. Así tendré más tiempo para evitar enfrentarme a la verdad.

—No te lo vas a creer, pero sé perfectamente cómo te sientes —dijo Dane sonriendo mientras lo acompañaba a la salida—. Te llamaré cuando tenga algo.

Se dieron la mano otra vez.

—Gracias.

La casa del padre de Gabby, para la que Erin estaba haciendo la estimación de costes, la mantuvo felizmente ocupada durante días. Resultaba agradable poder usar sus habilidades aunque fuera de ese modo, aunque también era un triste recordatorio de cómo había acabado su carrera. Decidió olvidarlo y seguir con la tarea.

En dos semanas tuvo lo que Gabby necesitaba.

La chica incluso dio gritos de alegría.

—¡Nos lo podemos permitir! —dijo y la abrazó con ímpetu—. ¡Ay, muchísimas gracias! Jamás habría podido convencer a mi padre sin tener unas cifras reales. Es verdad que el tejado se va a hundir y que hay que reconstruir el pozo y algunos establos necesitan reparación, pero es lo único que le importa a mi padre —dijo gruñendo—. ¡El mejor lugar que hay aquí es el establo donde tiene a nuestros caballos, por Dios!

Erin se rio.

—Debería construir una casa mientras tenga dinero para pedir un préstamo para mejoras del hogar.

—¡Totalmente de acuerdo!

Gabby miró a su alrededor para asegurarse de que no hubiera nadie cerca y se acercó para decirle casi susurrando:

—¿Puedo preguntarte una cosa un poco personal?

—Claro que sí. Dime.

—Es sobre Justin —dijo antes de morderse el labio inferior y seguir mirando a su alrededor, nerviosa—. Lo digo porque pasa mucho rato a tu lado y sonríe más que antes —sus ojos grises brillaban como la plata—. ¿Estás...? —se detuvo y se puso colorada.

—No —respondió Erin con ternura y sonriendo. Entonces se puso seria y le brillaron los ojos—. ¿Y quieres saber por qué? ¡Porque soy idiota! ¡Porque sigo enamorada de la rata miserable y traidora que es el padre del bebé!

Empezó a llorar.

Gabby la abrazó, acunándola.

—Lo siento. Lo siento muchísimo. Sé cómo te sientes.

—Ya lo sé —dijo Erin sollozando—. Yo también lo siento.

—Soy insignificante para él.

Erin le susurró al oído:

—Cree que eres demasiado joven.

A Gabby se le iluminó la cara.

—¿Qué?

Erin se secó las lágrimas y respiró hondo.

—No te has dado cuenta de cómo te mira. En dos palabras: sé paciente.

Gabby parecía estar flotando.

—Ves cosas que otros no vemos.

—Sí. Es una buena habilidad. Qué pena que no me funcionara cuando la necesité. ¡Esa rata miserable...!

—Venga, tranquila, vas a alterar al bebé.

—Tiene que saber la verdad sobre su padre —dijo Erin con obstinación—. ¡Me niego a que mi hijo sea como él cuando crezca!

Gabby soltó una risita.

—Has dicho «hijo».

Erin se encogió de hombros.

—Bueno, Ty tiene una hermana, pero sus abuelos por ambos lados solo tuvieron hijos. Aunque haya un cincuenta por ciento de probabilidades, la balanza se inclina hacia el chico.

—Ty. ¿Así se llamaba tu marido? —preguntó Gabby confusa.

Erin se sorbió la nariz y se secó las lágrimas.

—No. Así se llama el hombre del que llevo enamorada desde que tenía dieciséis años, el que me despidió y me acusó de haberlo traicionado. Así que aquí estoy, embarazada y sola. ¡Ojalá se caiga en una fosa y se lo coman los gusanos!

A Gabby por poco no se le salieron los ojos de las órbitas.

—Pero tu marido...

Erin suspiró.

—No tengo marido. Pero eso es información de alto secreto —añadió sonriendo con tristeza a la chica—. Salí corriendo. Fue lo único que podía hacer.

Gabby asintió.

—Salir corriendo. Estoy planteándomelo —dijo suspirando—. A veces retirarse es lo mejor, sobre todo cuando las cosas parecen imposibles.

—Exacto —dijo Erin, que añadió dándose una palmadita en la tripa—: Lo más probable es que sea un niño, pero me encantaría tener una niñita —terminó con tono suave.

—Querrás lo que te toque —bromeó Gabby.

—Puedes jurarlo. Pero es que si tuviera una niña,

¡nunca se convertiría en un hombre desconfiado y despiadado que despide a gente en quien debería haber confiado! —murmuró Erin.

—Las chicas pueden ser muy cabezotas —señaló Gabby.

—Exacto —dijo una profunda voz desde la puerta—. ¡Como las que montan una yegua que no saben controlar!

Gabby le lanzó a Justin una mirada altanera.

—Hoy monto a Belle. Es toda una muestra de sensatez.

—No, es una muestra de que alguien ya se ha llevado a los otros caballos —respondió Justin antes de mirar a Erin y decir—: Voy a la oficina de correos. ¿Necesitas sellos?

—¿Por qué iba a necesitar sellos? Tengo teléfono.

—Por si quieres escribir a alguien para contarle lo del bebé.

—No quiero escribir a nadie para contarle lo del bebé.

—Qué pena. Un niño tiene dos padres.

—Está mejor sin su padre —contestó Erin ofendida y sin percatarse de que Justin había insinuado que sabía que el padre del niño ni estaba muerto ni era militar.

—No suele ser el caso. Al menos, no por lo general. El mío debería haberse quedado en Dakota del Norte con los Hunkpapa en lugar de casarse con mi madre, que era Oglala Lakota, y venirse a vivir a Montana con los abuelos Crow de ella. Pero, por muy malo que fuera, al menos lo conocí.

—No pienso escribir una carta.

Él se encogió de hombros.

—Tampoco sería mala idea enviar un mensaje de móvil.

—¿No ibas a la oficina de correos? —preguntó Erin fulminándolo con la mirada.

Justin se ladeó el sombrero.

—Ahora mismo —dijo girándose y dejándolas allí.

Gabby se quedó mirándolo con amor. Erin se fijó.

—No hagas eso —le susurró—. Nunca dejes que un hombre sepa lo que sientes. Lo lamentarás.

Gabby esbozó una mueca.

—Ya me imagino, pero es que es tan guapísimo...

—No está mal, no —admitió Erin.

—¿Tienes una foto del padre del bebé? ¿Aunque sea una?

Erin no quería verlo. Bueno, sí quería. Abrió la aplicación de fotos y le enseñó una que se habían hecho en una fiesta el año anterior. Ty llevaba un sobrio traje azul oscuro con una corbata azul de rayas. Estaba mirándola; era la típica mirada que le echaba cuando ella intentaba sacarle una foto.

—Nunca le ha gustado que le hagan fotos. Yo insistí. Su hermana me ayudó.

—Es guapísimo. El bebé será precioso —dijo Gabby con tono de ensoñación.

—Es guapo, sí —dijo Erin—. Yo soy corriente, sin más.

—Cuando hablas de él no —le dijo Gabby con ternura—. Cuando hablas de él resplandeces.

Erin respiró hondo.

—Esa rata asquerosa.

—Ay, ¿puedes poner acento de Jimmy Cagney cuando lo dices? Vi una película antigua en YouTube donde salía diciendo eso. ¡Sonaba muy amenazador!

Erin se rio.

—La buscaré para verla.

—Harás bien. Me voy. ¡Gracias otra vez por las cuentas! Te debo...

—Las amigas no cobran a las amigas —dijo Erin con firmeza—. Que no se te olvide.

—Ya encontraré el modo de agradecértelo. Gracias.

—Estaba preocupadísimo cuando la yegua echó a correr contigo encima —le dijo Erin antes de que se fuera.

A Gabby se le iluminaron los ojos.

—Se preocupa por todos los que conoce, pero a lo mejor se preocupa un poco más por mí. Con eso me conformo. No estoy pidiendo la luna.

—Puede que algún día la consigas.

—Y también puede que algún día viva en una caverna en Marte —contestó y se encogió de hombros—. Mi padre quiere que vuelva a la universidad. A lo mejor lo hago si las cosas no mejoran por aquí —suspiró.

—Paciencia.

—Eso lo tienen los médicos. La gente normal puede volverse loca esperando cosas que nunca acaban pasando. Además, puedo ser igual de paciente en la universidad que aquí. ¡Nos vemos! —dijo antes de parar y girarse—. Y gracias por la charla y por animarme. Lo necesitaba.

Se marchó antes de que Erin tuviera tiempo de responder.

Ty aún no había recibido noticias de Lassiter, pero decidió contarle a su hermana que había contratado a un detective para indagar un poco más.

—¡Ya era hora! —dijo Annie con brusquedad.

Él se metió las manos en los bolsillos.

—A lo mejor no encuentra más de lo que encontraron los primeros.

—Puedes apostarte tu mejor pastor alemán a que sí —contestó Annie antes de dirigirse a la cocina.

En el fondo Ty estaba temiendo el informe de

Lassiter porque tenía la sensación de que, cuando se supiera la verdad, él iba a quedar en muy mal lugar. Aun así, conocer la verdad lo tenía obsesionado.

Acababa de llegar a casa tras salir de la oficina cuando le sonó el teléfono. Por el identificador de llamadas supo que era Lassiter.

—¿Qué has descubierto?

—Lo bastante para causarle problemas muy graves a alguien, en especial a la supuesta agencia de detectives que contrataste —dijo Lassiter con brusquedad—. Sin rodeos, al agente que llevó tu caso lo chantajearon para que falsificara la información y las firmas de las personas implicadas. Lo han arrestado hace dos horas y se enfrenta a una condena de cárcel importante. Su jefe jura que no sabía nada. Eso tendrá que decidirlo un tribunal. Aunque como su hija está directamente implicada y trabaja para ti, será más complicado juzgar el caso.

—Un momento —dijo Ty sentándose en el sillón reclinable—. ¿Su hija? ¡Pero si trabaja para mí!

—Y además tiene el lucrativo pasatiempo de vender información a compradores interesados. Su último jefe, en Dallas, va a presentarse como testigo de la acusación. Está acusada de espionaje industrial. En tu empresa, por cierto. Un contacto me ha dicho que ha admitido haberle sacado del bolso una llave a Erin Mitchell, haber hecho una copia y luego usarla para abrir el cajón y hacer una copia de la oferta. Se la entregó a la empresa que consiguió el proyecto.

A Ty se le heló el corazón.

—Erin no lo hizo —dijo como ausente.

—No. Si quiere denunciar a la tal señorita Taylor por difamación, debería hablar con un abogado.

A Ty se le revolvió el estómago.

—Ella no es así —dijo en voz baja—. Es la persona menos rencorosa que conozco.

—Pues es una pena. Después de lo que ha sufrido, me asombra que no quiera vengarse. Yo, en su lugar, lo haría.

—Ya me ocuparé de eso más tarde, pero ahora, el otro asunto...

—Sí, el bebé. Hemos podido verificar que la señorita Mitchell no se ha casado nunca. Lo de su supuesto marido es una invención. Y en cuanto a lo otro... Sí, el bebé es tuyo sin duda. Un médico en San Antonio ha podido verificar que nunca ha habido otro amante antes que tú, así que no hay duda sobre la paternidad.

A Ty se le empañaron los ojos. Sacudió la cabeza para aclararse la visión.

—No sé cómo darte las gracias.

—No me gusta que otras agencias de detectives hagan chapuzas. Y, si fuera tú, tampoco me gustaría que otros constructores hicieran lo mismo. Por cierto, en cuanto a la empresa que ganó el concurso para construir el complejo en San Antonio... Hace dos días se cayó un muro y mató a cinco obreros. La investigación demostrará que los materiales usados eran de mala calidad. Al constructor le espera un infierno. Conozco a uno de los inversores y le he dejado caer que sospechaba que había unos tejemanejes raros.

—Puede que los haya, sí —dijo Ty riéndose—. Muchas gracias.

—Me encantaría ver a esa empresa fuera del negocio. Por cierto, en el periódico de San Antonio hablan sobre la tragedia, y de forma muy detallada. El propietario del conglomerado empresarial que está pagando la construcción ha expresado su impacto y pesar por haber aceptado la oferta de esa empresa. Imagino que se presentarán cargos y que el señor

Bradley acabará en prisión pronto, aunque sea por las denuncias de las familias de las víctimas. Si puedo hacer algo más, avísame. Voy a mandar los documentos hoy mismo. Los tendrás en tu mesa mañana a primera hora de la mañana.

—Lo estoy deseando —respondió Ty, mintiendo.

Annie, que estaba por ahí pero no había querido interferir, entró en la habitación y dijo:

—¿Bueno, qué?

Él respiró hondo.

—Ella no lo hizo —dijo con innegable dolor en cada palabra—. No me traicionó nunca. Fue Jenny Taylor. Chantajeó al detective de su padre para que falsificara la información que me dieron.

—Recuerdo haberte dicho varias veces que Erin era inocente.

El rostro de Ty estaba paralizado por la angustia.

—Y hay algo más, Annie.

—¿Qué?

La miró con unos ojos vacíos.

—El bebé. No hay ningún marido. El bebé es... mío.

Capítulo 10

Annie se quedó mirando a su hermano.

—Intenté decírtelo. No quería descubrirla, pero me rompía el corazón que la acusaras cuando yo sabía por qué jamás te habría traicionado.

—Me quiere —susurró él bajando la mirada.

—Siempre te ha querido. O, al menos, antes te quería. Después de lo que le has hecho, dudo mucho que siga sintiendo lo mismo.

Ty respiró hondo y se inclinó hacia delante.

—Yo también —dijo sacudiendo la cabeza.

—Entonces sí que pasó algo en la cabaña —dijo Annie con delicadeza.

Él cambió de postura, inquieto.

—Incluso la insulté por eso. Me dijo que no era la primera vez que bebía demasiado y se... acostaba... con un hombre.

—Pues te mintió. Yo sabía que nunca había estado con otro hombre, y mucho menos bebiendo. ¡Por Dios! ¿Es que no recuerdas que una vez te dije que no había estado en un bar en toda su vida?

—Ahora sí —respondió él. Se reclinó en el sillón—. Jenny Taylor estaba persiguiéndome y yo creía que era por enamoramiento, cuando lo que buscaba era despistarme y poner a Erin en la línea de fuego.

—Qué dulzura de chica. ¡Ojalá se resbale con una cáscara de plátano y...!

—Jenny Taylor —dijo Ty pronunciando el nombre como si fuera una maldición—. ¿Por qué no me sorprende? De todos modos, no habría podido saber que chantajearía a un detective para que falsificara un informe. El hombre está en la cárcel, por cierto. Lassiter no tolera a las agencias de detectives que engañan a clientes y lo ha delatado.

—Bien hecho. ¿Y qué pasa con Taylor?

—La han arrestado por espionaje industrial. En Dallas hay otra víctima que testificará porque la sorprendió haciendo lo mismo, pero ella lo engatusó para salir airosa. Esta vez no pasará lo mismo. Me apuesto lo que sea a que en aquella licitación estaba implicada la misma constructora. Por cierto, hace dos días se cayó un muro del proyecto en construcción en San Antonio. Se han perdido cinco vidas, así que van a tener problemas muy graves.

—Pero nada de eso resuelve el problema de Erin.

—Podría enviarle flores —dijo Ty pensativo—. O regalarle el cachorrito que le prometí antes de destruirle la vida.

—Guárdate todo eso para ti —le advirtió Annie—. Si ni siquiera quiere hablar conmigo, ¿cómo crees que va a recibirte a ti?

—¿No quiere hablar contigo? —preguntó extrañado—. ¿Nada?

—Lo he intentado y su única respuesta son emoticonos. Ni una palabra. Y nunca responde al teléfono.

—Pero sí le llegan los mensajes.

—Supongo —dijo Annie sentándose—. A lo mejor si yo te hubiera insistido más, si te hubiera dado la lata con que dudaras de esas pruebas que te dieron...

—Habría dado lo mismo. Para entonces yo ya

había causado demasiado daño —respondió Ty mirando al suelo—. Bueno, voy a probar a escribirle un mensaje.

—Si le escribes, no menciones lo del bebé.

—Claro que no. Se pensaría que o quiero convencerla para que aborte o quiero encontrar el modo de quedarme con el bebé cuando nazca.

—Exacto.

—Jamás pensé que acabaría en una situación así —dijo muy serio—. He intentado evitarlo toda mi vida, con el desfile de mujeres que tenía detrás y sabiendo que lo único que veían en mí eran diamantes y el símbolo del dólar.

—Y al final acabas con un hijo que no va a conocerte porque le diste la espalda a su madre cuando más desesperada estaba. Imagino que serás consciente de que Erin ya estaba embarazada el día que la despediste, ¿no?

Él esbozó una mueca de pesar.

—Se mareó en el despacho y estuvo a punto de caerse. Yo estaba furioso. Di un golpe en la mesa con la mano y la sobresalté. Nunca me he sentido tan mal en mi vida —dijo. Se sentía como si tuviera la garganta llena de agujas, ahogándolo. Se dio un momento para recomponerse—. Dudo que quiera hablar conmigo, pero tengo que intentarlo.

—Ty, piensa por qué quieres hacerlo —dijo Annie con delicadeza—. No te pongas en contacto con ella si no tienes claro lo que sientes. No deberías estar con nadie por lástima, ni siquiera aunque sea mi mejor amiga, pobrecita.

—Lástima —dijo él con frialdad—. Lo que siento es lástima de mí mismo por estar tan ciego. Sabía que sentía algo por mí cuando era adolescente, pero pensaba que ya se le había pasado.

—Lo que pasó fue que aprendió a disimularlo

—dijo Annie sin más—. Sabía que tú no sentías nada por ella.

—Y así era. Entonces —contestó. Respiró hondo—. ¿Qué decía aquella canción del taxi amarillo que solía cantar el abuelo?

—¿*El gran taxi amarillo*? Que no sabes lo que tienes hasta que lo pierdes.

—Luego voy a probar a escribirle. Le seguiré la corriente con lo del marido. Le diré que me he enterado porque en Jacobsville se está comentando que se casó.

—Buena idea. Espero que funcione. Me encantaría recuperar a mi mejor amiga —dijo Annie con frialdad.

—Haré lo que pueda —prometió Ty.

Annie se quedó mirándolo y sacudió la cabeza.

—Que no pudiera ver a mi sobrino o sobrina sería lo peor que le pasaría nunca a esta familia.

No añadió que ya echaba de menos la emoción de vivir el embarazo de Erin, porque, por mucho que su amiga hubiera perdido a Ty, sin duda estaría disfrutando de su embarazo. Siempre le habían encantado los niños. Igual que a ella.

—¿Y si voy allí? —dijo Ty casi para sí mismo.

—Yo no lo haría. Conozco a Maude. Tiene una escopeta del calibre doce. Seguro que no quieres verte frente a esos dos cañones.

—No, supongo que no es buena idea. Aunque, total, tampoco creo que haya tenido ninguna buena idea en los últimos meses. Ni una sola.

Ty se levantó, se metió las manos en los bolsillos y se metió en su estudio.

Annie lo vio marcharse apenada. Ya sabía qué respondería Erin ante cualquier intento de contacto de su hermano. Después de lo que le había hecho pasar a la pobre, Ty tendría suerte si le respondía con algún emoticono. Y podía imaginarse cuál usaría.

* * *

Esa noche Ty reunió valor para enviarle un mensaje a Erin. Al parecer, no lo había bloqueado. Seguro que no se esperaba que fuera a intentar ponerse en contacto con ella.

Se había pasado horas pensando qué decirle para fundir el hielo que se había formado entre los dos. La echaba de menos. Pensaba en ella en el trabajo, en casa y en lugares del pueblo donde habían estado juntos: la iglesia donde habían rezado sus familias; la cafetería de Barbara, donde siempre habían almorzado después de ir a la iglesia; el campo de béisbol donde habían animado a los equipos locales; el río donde habían jugado de niños... Mejor dicho, donde habían jugado Erin y su hermana. Ty era mayor y había estado en el ejército y luego en la universidad. Pero donde más potentes eran los recuerdos era ahí, en esa casa en la que Erin había pasado tanto tiempo a lo largo de los años.

Ese día al salir del trabajo había pasado por la casa de sus padres. Seguía deshabitada, aunque ya habían quitado el cartel de «Se vende». Erin había perdido a su padre, su casa, su trabajo, todo, y había sido culpa de él en su mayoría. No había confiado en ella. Recordaba lo que ella le había dicho la última vez que se habían visto. Le había dicho que lo habría defendido hasta la muerte de haber sido al revés.

Y no era todo. El resto de lo que le había dicho le producía escalofríos. Le había dicho que algún día descubriría la verdad, pero que entonces ya sería demasiado tarde. Unas palabras proféticas.

Agarró el teléfono e intentó explicar todo lo que sentía en unas pocas palabras. Era imposible. Necesitaba verla, hablar con ella, abrazarla. Pensó en la diminuta vida que crecía en su interior y se derritió.

Le encantaban los niños. Nunca se había planteado tener los suyos propios, pero siempre había mimado y consentido a sus ahijados. ¿Cómo sería tener un hijo propio al que achuchar?

Pero eso no pasaría a menos que pudiera lograr que Erin volviera a confiar en él. ¿Sería muy complicado? La había culpado desde el principio. A ella no le gustaba Jones y él lo veneraba. Eso había hecho que empezara a sospechar de ella. Pero Jones era una persona poco accesible, pocas personas sabían cómo era en realidad. No era la clase de persona que haría nunca nada bajo cuerda.

Erin tampoco y, aun así, él no había puesto en duda el informe del detective. La conocía prácticamente de toda la vida, sabía que era una mujer religiosa y pura, y, aun así, no había tenido ningún problema en creer que se había acostado con otros, que era turbia y que lo engañaría.

Se había equivocado en todo. Se había equivocado, era culpable y esa culpa lo corroía. No sabía si habría un modo de compensárselo a Erin, pero quería intentarlo. El camino que tenía por delante era inhóspito y desalentador. Ella solo llevaba unos meses fuera de su vida y el vacío que sentía lo estaba asfixiando. Hasta que no la había perdido no había sido consciente de que se había convertido en parte esencial de su vida.

En fin, tenía que actuar. Escribió unas cuantas palabras.

Me equivoqué. No imaginas cuánto lo siento. ¿Podemos hablar?

Le dio a Enviar y esperó. Y esperó. Y esperó. Por fin, treinta minutos después, recibió dos respuestas. La primera era una cara roja furiosa con una cinta en la boca y unos símbolos que, obviamente, representaban palabrotas. El segundo mensaje lo avisaba de que su número había sido bloqueado y que no podría volver a intentar contactar.

Levantó el móvil y estuvo a punto de tirarlo contra la pared. Pero ¿de qué serviría? Ya se había imaginado cómo reaccionaría Erin y sabía que sería inútil intentarlo de nuevo. A lo mejor Annie podría contactar con ella en un mes o así. A lo mejor con Annie sí hablaría.

Mientras tanto, tenía algo con lo que mantenerse ocupado: prepararse para el juicio contra la señorita Taylor. Iba a disfrutarlo. Iba a disfrutarlo mucho.

El otoño en Wyoming fue magnífico pero breve. Los días pasaron lentamente mientras Erin hacía compañía a Maude, tejía ropita de bebé a la vez que veían la tele por la noche, y daba largos paseos por el rancho, unas veces con Justin y otras con las esposas de los otros empleados.

El día que había recibido el breve mensaje de Ty se lo había contado a Maude.

—Qué cara tiene, ¿no? —había dicho furiosa—. Después de lo que me hizo, quiere saber si podemos hablar.

—Transigiendo se evitan guerras —fue lo único que había dicho Maude, sonriendo con ironía.

—¡Prefiero restregarme desnuda contra una hiedra venenosa antes que hablar con él!

Maude había respirado hondo antes de decir con mirada tierna, recordando:

—Yo también tuve días así con mi difunto marido. Reñíamos, pero era divertido hacer las paces.

—Aquí no se van a hacer las paces.

—¿Entonces qué vas a decirle a tu hijo cuando esté

en primaria y quiera saberlo todo sobre su papá militar para contarlo en una actividad del colegio? Un niño tiene dos padres, Erin. No es justo ocultarlo. Puede que Ty sea un sinvergüenza, pero le encantan los bebés. Mira cómo cuida a los cachorros que vende.

Sí, lo sabía. Ty le había prometido uno. Y eso le trajo recuerdos de todo lo que había perdido: su casa, su trabajo, a su padre, al amor de su vida... Empezó a llorar en silencio.

—Ay, no, no hagas eso —había dicho Maude con cariño antes de abrazarla—. Todo irá bien, ya lo verás.

—Debería estar conmigo —había respondido Erin sollozando—. Debería estar conmigo mientras crece el bebé, cuando nazca, ¡cuando diga su primera palabra...!

—¿Cómo se castiga a un hombre sin revelar su crimen? —había preguntado Maude con tono suave.

Erin tenía los ojos rojos.

—Supongo que no se puede.

—Ocultarle lo del bebé solo te hace daño a ti. Si no lo sabe, desde luego que no le duele.

Erin había mirado a Maude con auténtico terror.

—¿Y si quisiera que abortara?

—¿Ty? ¿Viendo cómo adora a esas criaturitas?

Era verdad. Era tierno con todo, desde cachorros, gatitos y potrillos hasta bebés humanos. Siempre. Cuando los empleados de su rancho necesitaban algo para sus hijos y no podían permitírselo, él corría con los gastos. Era padrino de al menos siete de ellos. Le encantaban las criaturitas y se aseguraba de que la gente que les hiciera daño recibiera un castigo. Severo.

Eso le había arrancado más lágrimas.

—Vale —había dicho Maude arrullándola—, vale. No diré nada más. Pero piénsatelo bien. Muy muy bien.

Erin había respirado hondo para intentar calmarse y se había secado los ojos.

—Me lo pensaré. Ahora mismo solo doy gracias de tener un hogar y un trabajo. No sé si podré devolverte el favor algún día.

—No pienses en eso —había dicho Maude. Suspiró—. Ojalá te hubiera conocido más antes de redactar mi testamento. Se lo he dejado todo a una sobrina nieta que vive en Cheyenne. No querrá vivir aquí. Tiene su propia casa en el centro de la ciudad. Ya le he traspasado la casa. Es muy maja. Tanto como tú, y tampoco tiene a nadie.

—Qué pena.

Maude había asentido.

—Yo perdí a mis padres cuando tenía veintitantos años. Luego llegó Dean. Me casé con él y fuimos muy felices. Entonces, el año antepasado, de pronto, tuvo un ataque al corazón mientras sacaba a un caballo del establo. Fue así de rápido. La ambulancia llegó enseguida, pero el médico me dijo en el hospital que habría dado igual aunque le hubiera pasado en la sala de Urgencias. Le destrozó casi todo el corazón. No habría podido sobrevivir de ningún modo.

—Lo siento muchísimo.

—Yo también, pero a todos nos pasan cosas y todos las superamos de alguna forma —había dicho Maude sonriendo—. Nos hacen más fuertes, ¿sabes?

Erin había asentido.

—Pero también más tristes.

—Eso también es verdad —había contestado Maude ojeando su bordado antes de añadir en voz baja—: Nunca des por sentado que tienes el mañana asegurado. No lo tienes. Nadie lo tiene. El ayer es un recuerdo. El mañana, una esperanza. Lo único que tenemos de verdad es el ahora, este mismo instante.

Ver las cosas así ayuda, sobre todo cuando estás sufriendo.

—Lo recordaré, pero no estoy lista para hacer la paces, ni mucho menos.

—Ese momento llegará —fue la respuesta que le había dado Maude con un intenso destello en los ojos.

Pero por ahora ese momento no había llegado. Cuando el otoño volvió las hojas rojas y doradas y los adornos de Navidad decoraron todo el rancho, Erin se perdió en los recuerdos de otras Navidades, casi todas ellas con la celebración de la Nochebuena en casa de los Mosby, antes y después de que Ty y Annie perdieran a sus padres.

Había sido una época de gran felicidad. En Jacobsville se celebraban un baile de ganaderos y un evento de recaudación de fondos para el refugio animal local además de para otras causas. De vez en cuando Erin había ido con Annie y con Ty. Por aquel entonces él nunca se fijaba en ella. Por norma, Ty no era muy de salir con mujeres, pero en los últimos años no había parado. Annie decía que a su edad, cumplidos ya los treinta, estaba buscando cosas que no había encontrado.

Por desgracia, había encontrado a una mujer con la que creía que quería casarse. Ella lo había engañado, ridiculizado y abandonado y luego había vuelto a su casa en California. Annie y Erin habían hablado de la chica en cuestión al inicio del romance, y las dos habían catalogado a la amiguita de Ty como una vividora en busca de emociones y romances que no contemplaba el típico matrimonio con una casita con valla blanca.

Por primera vez Ty se lo había planteado. Estaba loco por aquella mujer. Erin lo veía y gimoteaba para sí. Acababa de terminar el instituto y Ty seguía viéndola como una cría. Ella lo sabía y se lamentaba en silencio al imaginárselo dejando Jacobsville a cambio de un hogar nuevo en California, donde su aspirante a pareja eterna tenía su casa.

Pero resultó que la chica tenía más dinero incluso que él y que no estaba dispuesta a cargar con un arquitecto vaquero. Incluso dijo que había exagerado su afán por el dinero de Ty, que había sido todo mentira. Esa chica podía haberse comprado un Rolls nuevo cada año solo con sus acciones, tal como Ty descubrió mucho después.

Por desgracia, él la creyó cuando dijo que no era ni lo bastante rico ni lo bastante fascinante para ella.

Después de aquello, se había desmadrado un poco y se ganó fama de mujeriego, lo que significaba que las mujeres más recatadas de Jacobsville, y había unas cuantas, ni se le acercaban. Y es que incluso en tiempos modernos había mujeres que veneraban la idea de ser madre y esposa y lo preferían a ser magnates industriales, por ejemplo. Sobre todo si el marido en cuestión tenía dinero y era presentable en sociedad.

A Erin le hacía gracia imaginarse así a Ty. Pero él era más un renegado que un conservador. Jamás sentaría la cabeza. Y menos después de que lo hubiera traicionado la única mujer a la que siempre había querido tener a su lado.

Le habría encantado vivir con él, pero se conformaba con vivir con el bebé. Era lo más emocionante que le había pasado en la vida. Adoraba haber sentido todos esos cosquilleos en el vientre, y luego, un puñito o un piececito haciendo presión contra él. Por las noches hablaba con el bebé y le cantaba nanas. Soñaba con tenerlo en brazos y acurrucarse a él, darle de comer, ser madre.

Pensó en lo cariñosa y buena que había sido su

madre; una mujer sencilla y dulce que había querido
a su familia más que a nada en el mundo. Había habido malos momentos, cortesía de la ingenuidad de
su padre a la hora de intentar hacerse rico rápido,
pero su madre, con delicadeza, lo había apartado de
esos peligros y lo había devuelto a la normalidad. Su
padre había tenido muchos trabajos. Había ejercido
de manitas más que otra cosa, hasta que se cansó de
ir de acá para allá a horas intempestivas para reparar
cosas. Después, harto de todos los trabajos rutina-
rios, empezó con lo de las inversiones intradía. Acabó
arruinándose la vida y arruinando la de Erin también
al hacerlo sin conocimiento ni asesoramiento.

Al pensar en eso recordó la vez en la que el señor
Jones se había disculpado diciéndole que su padre y
él habían sido amigos y que lamentaba haberle contagiado el interés por las inversiones intradía. En
aquel momento había visto una faceta de su compañero de trabajo que había desconocido. Su padre
nunca le había comentado que el señor Jones y él tomaban café cada dos semanas ni que el hombre hubiera conocido a su madre. Lo cierto era que Erin
había estado demasiado volcada en el trabajo como
para pensar en nada más o hacer preguntas. Si no
hubiera estado tan distraída soñando con Ty desde
que había empezado a trabajar, tal vez habría prestado más atención a lo que estaba pasando en su casa.

Y encima había elogiado a su padre por ofrecerse
a administrar los ahorros y las facturas. Había sido
una estupidez por su parte. Si al menos por una vez
hubiera llamado al banco para verificar el estado de
las cuentas o hubiera prestado atención a los extrac-
tos bancarios; si al menos le hubiera preguntado a
su padre el día que él le había tenido que pedir dinero para el almuerzo; si hubiera consultado el estado
de la hipoteca, cuyos pagos él se había ofrecido a

tramitar y administrar y a lo que ella había accedido. Gimoteó. Ella había contribuido a la miseria de ambos al no haber prestado atención.

Pero es que para Erin cada nuevo día había sido otro día durante el que Ty estaría en la oficina o al teléfono y ella podría mirarlo, escuchar su profunda voz y recrearse en su amor por él aunque no fuera correspondido y la hiciera sufrir.

En ningún momento pensó que estaba desperdiciando su vida al estar esperando un milagro. Ty no la amaba. Nunca la había amado. Y al final se había aprovechado y la había convertido en un simple revolcón más. Bueno, tampoco había ayudado que ella le hubiera hecho pensar que era una libertina. Había arruinado su intachable reputación con esa flagrante mentira para que él no se sintiera mal por haberla seducido. Debió de haberse vuelto loca.

Pero ahora estaba en Wyoming, a salvo y feliz, y tal vez se quedara ahí para siempre. Había conocido a gente del pueblo en la droguería, en la cafetería y en la oficina de correos. Incluso en el médico. Los vecinos la invitaban a su casa y de vez en cuando Maude llegaba con una colcha, una manta o incluso ropita para el bebé hechas a mano.

No estaría tan mal quedarse a vivir en Catelow.

Si no fuera porque echaba de menos a Annie. No admitiría que marcharse de Texas le había roto el corazón; por eso jamás admitiría que también echaba de menos a Ty. Estaba claro que se sentía culpable por haberla acusado de algo que no había hecho. A juzgar por el escueto mensaje, parecía que por fin alguien le había contado la verdad sobre la pérdida del contrato. ¿Cuál sería? Tenía curiosidad por saberlo, aunque no tanta como para ponerse en contacto con Ty o Annie. De eso nada. Solo estaría segura mientras Ty no formara parte de su vida, y eso significaba sacrificar su amistad con Annie, su única amiga. Se le partía el alma.

Faltaban dos semanas para Navidad. Maude y ella estaban preparando galletas cuando un chorro de agua cayó al suelo a los pies de Erin. Gritó.

Maude le dio una palmadita en el hombro y con calma sacó dos toallas de baño, tiró una al suelo, puso la otra en una silla y la sentó.

—Quédate aquí —dijo sacando el móvil para llamar a Emergencias.

La ambulancia fue rápida.

Erin solo había tenido algunas punzaditas en las últimas veinticuatro horas, nada que indicara que el bebé estuviera en camino. Pero cuando llegaron al hospital, el dolor fue como si hubiera metido un dedo mojado en un enchufe. Apretó los dientes para evitar gritar.

Luego le hicieron varias pruebas, incluyendo una ecografía para asegurarse de que el bebé estaba en la posición adecuada, y fue entonces cuando empezaron los problemas.

—A ver —dijo el doctor Tanner con tono suave—, esto es lo que hay. Uno, ni siquiera has dilatado un centímetro. Dos, el bebé viene en mala posición. Quiero hacer una cesárea y hay que hacerla ya.

—Cesárea... —dijo Erin mirándolo horrorizada—. ¡No tengo seguro...! —añadió con la respiración entrecortada.

—Ya hablaremos de eso cuando el bebé esté aquí y bien, ¿de acuerdo? —dijo el médico sonriendo—. No te preocupes. Déjame hacer mi trabajo.

—Vale. Haga lo que tenga... —apretó los dientes para contener un grito porque el dolor era intenso.

—Vamos a prepararte —dijo el médico.

Salió y llamó a una enfermera.

Mientras, Maude estaba con el teléfono de Erin

buscando unos mensajes. El número de Ty estaba bloqueado y oculto, pero el de Annie no.

Envió un mensaje.

Soy Maude. Erin está en el Centro Médico Condado de Carne. Van a hacerle una cesárea. No se lo digas a Ty o Erin me matará cuando salga del quirófano.

La respuesta de Annie tardó segundos en llegar.

Está fuera del país de todos modos. Voy a decirle a nuestro piloto que vaya preparando el avión. ¡Voy para allá lo quiera Erin o no!

Maude se reía mientras respondía:

Bien hecho. Le diré a Justin que te recoja en el aeropuerto. Escríbeme cuando estés aquí.

Annie preguntó:

¿Cómo reconoceré a Justin?

Maude respondió:

Metro noventa, cien kilos, botas grandes, sombrero vaquero grande y blanco. Imposible no reconocerlo.

Recibió un emoticono de risas y de una carita sonriente. Luego no hubo más mensajes.

Maude estuvo hecha un manojo de nervios hasta que el doctor Tanner salió a la sala de espera.

—Está bien —dijo de inmediato y sonrió al ver a Maude reírse y sacudir la cabeza, feliz al liberar tensión—. Estará aproximadamente una hora en reanimación hasta que podamos llevarla a la habitación. ¿Quiere ver al bebé? —añadió con la mirada brillante.

—¡Ay, sí! —respondió Maude levantándose—. ¿Es niño o niña?

—Niño. Un niño robusto de tres kilos sesenta gramos, sano y hambriento. La acompaño a la sala nido.

—¡Qué alivio! —dijo Maude mientras se dirigían allí—. Nos daba miedo que se pusiera de parto cuando estuviera dando uno de esos paseos que le gusta dar. Ojalá hubiera ido a clases de Lamaze como usted le dijo.

—No le gustan a todo el mundo. Lo ha pasado mal los últimos meses. No quería presionarla.

—Lo ha pasado mal... ¡pero está muy sana!

—No estoy autorizado a decírselo, pero estaría bien que le preguntase si tiene algún problema de corazón leve que precise vigilancia —dijo el hombre algo serio—. No es nada peligroso ahora mismo, pero hemos tenido a un cardiólogo en el quirófano por si acaso.

—¡No me ha dicho nada nunca!

—No lo sabía. Hemos hecho una ecografía rutinaria antes de la cirugía.

—Ya —respondió Maude conmocionada. Sintió como si el suelo le temblara bajo los pies. Había problemas de corazón por su lado de la familia. Incluso la madre de Erin había muerto de un infarto—. Puede que haya cierto punto débil que ha pasado de generación en generación...

—Se lo contará cuando esté lista —dijo el doctor Tanner.

Se detuvo en el enorme ventanal y le indicó a una enfermera que se acercara a la única manta azul que había allí.

Maude se rio.

—¡Ay, pero si son todas niñas!

—Menos él —dijo el doctor Tanner suspirando—. Hoy he atendido tres partos y el doctor Hammond dos. Todas las demás han sido niñas.

—Erin dijo que le encantaría tener una niña, pero lo tejió todo en amarillo.

—El amarillo no tiene nada de malo —dijo el hombre riéndose—. Bueno, vuelvo a la sala de partos. Cuídese.

—Igualmente. ¡Y muchas gracias!

El médico se despidió con la mano, pero Maude no lo vio porque ahora mismo tenía los ojos clavados en una carita arrugada y colorada rodeada por una suave manta azul. El niño tenía los ojos abiertos y estaba mirándola. Le recordaba a Ty Mosby. Sonrió al pensarlo.

Capítulo 11

Erin tenía los ojos medio cerrados. Estaba atontada. La enfermera entró, dijo algo que apenas oyó, le dio una palmadita en el hombro y le sonrió. Erin esbozó una mueca y emitió un suave quejido.

—No te preocupes, yo me ocupo —le respondió la enfermera con delicadeza.

Al momento volvió con una jeringuilla que inyectó en la cánula que salía del codo de Erin.

—Esto te quitará el dolor.

—Mi bebé —susurró Erin.

La enfermera sonrió.

—Un niño. Un niño robusto, mejor dicho. Y el único del nido.

—Un niño —dijo Erin sonriendo como pudo. Después se quedó dormida.

Cuando volvió a despertarse, iban a llevarla a una habitación.

—¿Puedo ver a mi bebé cuando me llevéis a la habitación?

—Por supuesto —le aseguró la enfermera—. Y también tienes visita.

—¿Alguno de ellos es un hombre alto? —preguntó, aún grogui.

—Bueno, diría que Justin es más bien un oso... —respondió la mujer en broma.

Erin soltó una suave carcajada.

—¿Maude está aquí también?

—Claro que sí. Solo unos metros más y llegamos.

La llevaron hasta la habitación y, una vez allí, la ayudaron a pasar de la camilla a la cama, con sus sábanas limpias. La arroparon y le conectaron las vías a un portasueros.

—¿Necesitas algo? —preguntó la enfermera cuando terminaron.

—Esta... cosa —murmuró algo avergonzada.

—¿La canoa azul? —dijo la enfermera sonriendo—. Es un catéter externo. Cuando tengas ganas de hacer pis, hazlo de forma natural. Acaba ahí —dijo señalando un bote transparente conectado con un tubo—. Para lo otro, nos llamas y te traemos una cuña. Ni se te ocurra bajarte de la cama. Está cableada —susurró con una sonrisa—. Si plantas un pie en el suelo, se activa una alarma que podría oírse en Cheyenne.

Erin suspiró.

—No me moveré, apenas puedo hacerlo sin gruñir de dolor. En serio.

Se quedó pensativa mientras se miraba los muslos.

—¿Esa cosa funciona?

—Funciona muy bien. Ahora relájate. ¡Anda, mira quién está aquí! —dijo al ver a otra enfermera entrar con un arrullo azul en los brazos.

—¡Oooooooh! —exclamó Erin cuando le pusieron al bebé al lado. Con dolor, logró girarse para poder verlo—. Es tan... precioso —susurró con los ojos empañados.

—¿Tienes algún nombre?

Erin asintió.

—El segundo nombre de mi padre era Callaway. Mi... Bueno, también he pensando en Regan. Así que Callaway Regan Mitchell.

—Lo de Regan imagino que será por tu difunto esposo —dijo la enfermera con naturalidad.

Erin esbozó una triste sonrisa. Era el segundo nombre de Ty.

—Sí.

—Son bonitos los dos.

—Pero lo llamaré «Cal» —dijo Erin con tono suave.

—Me gusta.

—Y a mí. Quiero darle el pecho, pero tengo náuseas y me duele mucho...

—Ya lo hemos pensado. Puedes hablar con el doctor Tanner antes de decidirlo, pero, por si acaso, hemos traído un biberón. Toma.

Erin dio las gracias y lo acercó a la diminuta boca.

—Qué pequeño es. ¡Nunca pensé que los bebés fueran tan diminutos!

—Bueno, ya crecerá —dijo la enfermera riéndose—. Yo tengo tres. Todos adolescentes —añadió sacudiendo la cabeza—. Echo de menos cuando eran recién nacidos. ¡Entonces eran portátiles!

Erin se rio con ella.

Estaba perdida en el deleite de la maternidad cuando la puerta se abrió tímidamente y Maude asomó la cabeza.

Erin se rio y dijo:

—Le estoy dando el biberón. ¡Podéis pasar todos!

Se esperaba ver a la gente del rancho, pero, cuando la puerta se abrió más, una de las personas que entró corriendo fue Annie.

Erin se echó a llorar.

—¡Ay, Annie! —sollozó.

Annie la abrazó con delicadeza evitando rozar al bebé para no molestarlo mientras comía.

—No me lo habías contado —susurró—. ¡Siento lo de tu marido, siento no haber estado a tu lado, siento...!

—No lo sientas. No pasa nada —contestó Erin intentando abrazar a Annie, aunque sin lograrlo, porque le dolía levantar el brazo. Se conformó con darle una palmadita en la mano—. ¿No es precioso?

—Preciosísimo —dijo Annie riéndose y secándose las lágrimas—. La enfermera dice que pesa algo más de tres kilos. ¿Ya has elegido nombre?

—Sí. Callaway, por mi padre —respondió rezando por que la enfermera, que había oído el segundo nombre del bebé, no lo mencionara. A Annie no podría engañarla.

—Callaway. Es bonito.

—¿Cómo te has enterado?

Maude se acercó y levantó una mano.

—Lo siento.

—Pero no tenías el número de Annie y no está en la guía —dijo Erin confusa.

—Ya, pero tenía tu móvil y ahí sí que está —respondió Maude sonriendo. Se sacó el móvil del bolsillo—. Me he asegurado de cargártelo —añadió al dejárselo en la cama.

—Yo tengo un cargador de sobra en el bolso. Te lo dejaré aquí —dijo Annie yendo a buscarlo. Lo conectó al enchufe de pared y lo enganchó alrededor de uno de los pequeños postes que había en la zona elevada de la cama—. Menos mal que me gustan los cables largos. ¿Llegas bien?

—Sí. Tengo una bolsita para móvil en mi bolso, aunque no sé dónde está...

Maude lo encontró en la taquilla que había junto a la cama.

—Aquí está. Y tiene un cordel. ¡Qué bien!

Maude la enganchó a un lado de la cama y la fijó bien. Luego metió el móvil dentro.

—De aquí no se mueve —dijo con una risita.

—Gracias a las dos —dijo Erin, que no dejaba de mirar a su hijo, embelesada.

Justin estaba junto a la puerta, fascinado por el bebé.

—Creo que nunca he visto uno tan de cerca —dijo con los ojos brillantes—. ¡Mira que es guapo el diablillo!

—Gracias —dijo Erin—. ¿Conoces a Annie?

Él se ladeó el sombrero.

—La he conocido en el aeropuerto. Tiene un sentido del humor muy socarrón —añadió con una sonrisita.

—El suyo es más socarrón todavía —contestó Annie.

—Se han llevado bien menos cuando ella le ha echado encima un *ginger-ale* —dijo Maude. Levantó la mano cuando Erin hizo ademán de preguntar—. Un accidente sin importancia. No hace falta sacarlo a relucir otra vez.

—Desde luego —señaló Annie.

Justin se limitó a asentir y dijo gruñendo:

—Bueno, necesito café y dudo que vaya a conseguirlo aquí dentro. ¿Vienes, Maude?

—Sí, tenemos el tiempo justo para un café. Luego los tres deberíamos volver al rancho.

—¿Los tres? —preguntó Erin.

—No pienso separarme de ti, no preguntes —dijo Annie—. Además, he mandado al piloto de vuelta a Jacobsville, así que solo podría volver a casa andando.

—Chorradas —dijo Erin—. Tienes acciones en dos aerolíneas. Cómprate un billete.

—Estoy arruinada y he roto todas mis tarjetas de crédito. Además, no sé cocinar.

—Sí que sabes.

—Maude va a darme alimento y alojamiento hasta que decida volver a casa.

A Erin le entraron ganas de preguntar por Ty, pero se mordió la lengua.

—Luego venimos —dijo Maude captando la tensión. Instó a Justin a salir delante de ella y cerró la puerta.

Annie se sentó en la cama. No dejaba de mirar al bebé.

—Es increíble lo precioso que es —dijo antes de añadir con tristeza—: Sé que será duro estar aquí sin el padre del bebé. Sentí mucho oír lo de tu marido —añadió con una mueca de pesar—. Erin, ¿cómo pudiste casarte sin decírmelo?

—Fue todo bastante apresurado —respondió ella entre dientes, mintiendo—. Lo conocí en San Antonio, pero volvió a Wyoming de permiso. Salimos durante una semana y me pidió que viniera aquí a conocer a su hermana, pero, antes de que eso pudiera pasar, lo avisaron con urgencia y lo mandaron de vuelta a Afganistán. Así que nos casamos muy muy deprisa —lo dijo así, como para dejar claro que había necesitado casarse.

—¿Cuándo te enteraste de lo del bebé?

Erin suspiró.

—Enseguida. Estaba trabajando para el señor Perrin. Era un buen empleo... —dijo con gesto tenso.

—Sé lo que pasó. Si te sirve de algo, Ty está hecho polvo. Contrató a un detective privado fuera de Houston que descubrió que nuestra señorita Taylor le había hecho lo mismo a otra constructora en Dallas. Su antiguo jefe va a testificar en su contra junto con Ty cuando llegue el juicio.

—Los documentos... —empezó a decir Erin muy despacio.

—La señorita Taylor engatusó a uno de los agentes de la agencia de detectives de su padre para que los falsificara y te culpara a ti de la filtración. Es denunciable, por si quieres hacerlo. Aunque tiene tantos problemas que seguro que acaba en la cárcel. Lo siento por su padre. Es un hombre honrado y ahora la reputación de su agencia está por los suelos. Resulta que a ese mismo agente lo engatusó también para que se la jugara a la constructora de Dallas.

—Pobre hombre —dijo Erin suspirando—. Siempre me pareció que esa chica sonreía demasiado.

—A mí también —respondió Annie, que no dejaba de mirar al bebé con ternura y cariño—. Me fascina.

—Y a mí. ¿Te acuerdas de cuando éramos adolescentes y pensábamos en casarnos y tener bebés? Hasta teníamos nuestros ajuares. El mío está en ese trastero de Jacobsville —dijo Erin con una mueca de disgusto—. Hice que me pasaran las tarifas por la tarjeta de crédito para no arriesgarme a perder ninguna de mis cosas.

—Has tenido una racha terrible. Lo siento mucho —dijo Annie con delicadeza.

—No es culpa tuya.

—Espero que no te importe que haya venido. Maude me envió un mensaje y estaba preocupada. Yo también. He venido en cuanto me he enterado.

—Me alegra mucho verte. Nunca quise que te vieras metida en la refriega.

—No te fiabas de que no fuera a contarlo —dijo Annie con media sonrisa—, pero habría dado igual. Todos en Jacobsville sabían que te casaste y que te quedaste embarazada y viuda. Bueno, menos yo y... —carraspeó—. La gente nos dejó al margen después de que le contaras a Barbara que estabas trabajando para el señor Perrin y mi hermano se enterara e hiciera que te quedaras sin trabajo —dijo esbozando una mueca de disgusto—. ¡Lo siento muchísimo!

—No es culpa tuya —dijo Erin en voz baja—. Eres mi mejor amiga y me alegra mucho que estés aquí. No dejo de pensar que me he equivocado —añadió conteniendo las lágrimas—. Debería haberte llamado o escrito. Solo tenía a Maude y a Justin.

—Son los dos muy buena gente —dijo Annie sonriendo.

—Sí.

Cuando Erin vio que el bebé se terminó el biberón, dijo:

—¡Ay! Ahora habrá que sacarle los gases. ¿Cómo voy a hacerlo si no puedo ni sentarme? Ya sé —añadió tras quedarse pensativa un segundo. Giró al bebé con delicadeza y le frotó entre los omóplatos hasta que eructó. Las dos se rieron con el sonido.

—Ha regurgitado. Espera.

Annie salió de la habitación y volvió con una auxiliar, que resolvió el problema de inmediato.

—¿Necesita eructar?

Erin sonrió.

—La necesidad es la madre del ingenio. Lo he girado y le he frotado la espalda.

—¡Excelente! —dijo la auxiliar levantando el pulgar.

—Tienes que descansar —dijo la enfermera al entrar y ver su cara de agotamiento—. Y tengo que darte medicación —añadió antes de pedirle a la auxiliar que se llevara al bebé de vuelta al nido, aunque primero esperó a que su madre le diera un beso—. Ya lo sé, quieres tenerlo todo el tiempo a tu lado, pero has pasado por una cirugía y ahora tienes que descansar. Dentro de unos días te encontrarás mucho mejor —le aseguró.

—Vale —dijo Erin. Suspiró y los ojos se le iluminaron de alegría—. Es mágico.

—Los bebés son mágicos —dijo la enfermera suspirando—. Me encanta trabajar en Maternidad porque así puedo achucharlos —añadió con una risita—. Si estoy aquí por las noches y tengo algún momento libre, voy al nido y acuno a los que están llorando hasta que se duermen.

—Qué bonito.

—Sí que lo es.

—Erin, me voy a ir a casa con Maude y con Justin, a menos que quieras que me quede. No me importa, ¿eh? En serio —dijo Annie.

Erin suspiró.

—Gracias, pero es verdad que necesito descansar. No he dormido bien las últimas semanas.

—No me extraña —dijo la enfermera dándole un vasito con unas pastillas y un vaso de agua helada—. Tómatelas. Notarás mucha diferencia en unos días.

Erin sonrió.

—Gracias.

Annie veía algo raro. Algo le pasaba a su amiga, y no era solo por el postoperatorio. Tendría que indagar un poco. Sabía que Maude cuidaría de Erin, sin duda, pero ella tenía las espaldas bien cubiertas y ese niño era su sobrino. Podía ayudarla sin que Erin se enterase de que lo sabía.

Sacó el teléfono y le enseñó a Erin unas fotos que le había hecho con el bebé.

—Tiene una cámara buenísima —dijo Erin sonriendo—. ¿Me las envías?

—Claro. Ahora mismo —y así hizo—. Bueno, me voy a casa con Maude para dejarte tranquila —añadió recogiendo sus cosas—, pero volveré a primera hora de la mañana. Descansa —dijo con firmeza.

Erin sonrió.

—Sí, mamá gallina —respondió, y tras quedarse mirando el bello rostro de su amiga enmarcado por esa larga melena rubia y rizada añadió—: Me alegro de que no me hicieras caso y hayas venido de todas formas.

—¿Te creías que iba a perderme el nacimiento de... —iba a decir «de mi único sobrino», pero reaccionó deprisa y con naturalidad concluyó—: del hijo de mi mejor amiga?

Erin no se dio cuenta.

—No sería lo mismo sin ti.

—Siento lo de tu marido —dijo Annie con tristeza fingida—. Sé que para ti será muy duro haber tenido al bebé sin él.

Erin pensó en Ty y tuvo que contenerse para no echarse a llorar. Nunca vería a su hijo, no sabría que tenía un hijo. Se lo merecía, pensó furiosa a la vez que imaginaba qué cara habría puesto Ty al verlo si las cosas hubieran sido normales. Si no hubiera vivido aquella mala experiencia que le había hecho rechazar el matrimonio. Si la hubiera amado como ella lo había querido a él. Si la hubiera cortejado, si hubiera querido casarse con ella y luego hubiera llegado el bebé.

Pero de nada servía pensar en lo que no pudo ser. Tenía que ser fuerte por el bebé. Era una desgracia que le hubieran detectado un problema cardíaco durante el embarazo que requería tratamiento. Estaba bien, según decían todos los médicos, pero... le preocupaba el futuro del bebé. Era un recién nacido y Maude era mayor. Si les pasaba algo a las dos... entonces... Entonces el niño tendría a Annie.

Sí. Tendría a Annie.

Notó una mano que la sacó de sus pensamientos.

—Ya me voy. No te quedes dándole vueltas a la cabeza, ¿vale? —dijo Annie con una sonrisa—. Todo irá bien.

—¿Tú crees?

—Sí —respondió dándole una palmadita en la mano—. Hasta mañana. Que duermas bien.

—Lo intentaré. Gracias —dijo Erin con un suspiro.

—Tú lo habrías hecho por mí —contestó su mejor amiga.

—Totalmente —le aseguro Erin.

Gracias a Dios que Maude había intervenido, pensó Annie mientras los tres iban apretujados en el asiento delantero de la camioneta de Justin de camino a casa.

—No respondía a mis mensajes —dijo con tristeza—. Lo intenté muchas veces. Si no hubiera sido por ti, no me habría enterado nunca.

—Me dio la sensación de que era un buen momento para intervenir —respondió Maude, y vaciló antes de añadir—: Pasa algo. El médico me ha insinuado algo, pero me ha dicho que tiene que ser Erin la que me lo cuente. Le está dando medicación y en el quirófano han tenido a un cardiólogo.

—¡Ay, Dios mío! Su madre murió de un infarto al corazón.

—Toda mi gente ha muerto así. Es algo genético. Escucha, Annie, si me pasa algo, esta pobre niña va a estar sola en el mundo. Hace un tiempo le dejé mi casa en herencia a una sobrina nieta que vive en Cheyenne. Me aseguró por escrito que jamás vendería el rancho y que mantendría a Justin como capataz; que ella nunca viviría aquí y Justin no tendría que marcharse nunca. Pero Erin se quedará sin casa y sin trabajo.

—Yo me ocuparé de todo cuando llegue el momento. No te preocupes —dijo Annie sonriendo a la mujer—. En serio, en muchas ocasiones he estado a punto de pedirle al piloto que me traiga, pero siempre me acobardaba. Como no respondía a mis mensajes, me daba miedo que fuera a darme con la puerta en las narices. Pero tú has hecho magia.

—Totalmente. Tiene el sombrero picudo guardado en el armario —dijo Justin sin la más mínima expresión.

—¿Por qué no te callas? —contestó Maude—. Bastante la has liado ya. ¡Si hasta nuestra invitada acabó echándote encima un *ginger-ale*...!

Annie se rio.

—Lo confundí con mi hermano —dijo ella en su defensa.

—No hay nadie peor que Tyson —dijo Maude poniendo los ojos en blanco.

—Ahora mismo no es tan malo —respondió Annie suspirando—. Nunca lo había visto así. Me preocupa.

—¿Es por lo del juicio?

—Por lo de Erin. Intentó escribirle.

—Ya me di cuenta. Lo bloqueó.

—Está hecho polvo. Aunque se lo merece. Debería haber escuchado. Le dije que ella jamás lo traicionaría, pero él se precipitó.

—Como de costumbre —dijo Maude riéndose.

—Ya no actúa así. Sabe lo mal que la ha tratado y quiere arreglarlo, pero le dije que mantuviera las distancias.

—¿Sí? ¿Y por qué?

—Ya sabes lo que Erin siente por él, Maude.

—Claro.

—Pero no creo que él sepa de verdad lo que siente por ella. No quiero que le dé falsas esperanzas a Erin. Es mejor quedarse atrás y dejar que las cosas se asienten.

Maude asintió.

—Pensándolo bien, es lo más sensato.

—Sí. Callaway es un nombre bonito, ¿verdad?

—Sí. Y también Regan... —dijo Maude, y se cayó de pronto.

Annie la miró.

—Ya lo sabía. Conozco bien a mi mejor amiga. Lleva enamorada de él desde que tenía dieciséis años. No era creíble que hubiera dejado que otro hombre la tocara.

—No. Pero no puedes permitir que se entere —insistió Maude.

—No lo haré.

—Ni que se entere él —recalcó Maude.

—Ni él —dijo Annie mintiendo—. Ya lo sé.

—Vale. Nunca es bueno interferir en los asuntos de los demás —añadió, y miró a Justin—. Y menos en asuntos de amor no correspondido, porque a veces la gente huye del amor.

—Y bien que hacen —dijo Justin con aspereza.

Annie los escuchaba sin entender lo que decían.

—Me han dicho que le gusta la universidad —dijo Maude con tono distendido.

—Así tendrá muchos chicos jóvenes entre los que elegir.

—Sí, ya ha encontrado uno. Cuidado, Justin —dijo Maude cuando él dio un pequeño volantazo.

—¿Quién es?

—Un alumno de Medicina. Es de Sudamérica y es brillante. La ayuda con las prácticas de laboratorio. Estamos hablando de Gabby, la hija de nuestro vecino —le explicó Maude a Annie—. Está estudiando Veterinaria y ya se ha sacado algunas de las asignaturas principales. Su nuevo amigo está haciendo muchas de esas asignaturas antes de pasarse a Anatomía y otras necesarias que tiene que estudiar.

—Un cerebrito —dijo Annie riéndose—. Ty era así. Se licenció entre los diez primeros de la clase.

—Yo sé contar hasta veinte si uso los dedos de las manos y de los pies —interpuso Justin.

—Estás chiflado —dijo Annie riéndose.

—Pero primero tengo que quitarme los calcetines.

—Pues entonces, si quieres hacer cuentas, mejor hazlas en el porche —dijo Maude.

Annie se rio.

Ty acababa de llegar a casa tras un largo viaje de negocios y Annie no estaba.

La señora Dobbs se limitó a encogerse de hombros cuando le preguntó por su hermana.

—Ni idea —dijo mintiendo—. Me dejó un mensaje diciendo que se iba a Nueva York de compras. Es todo lo que sé. Pero hay algo de lo que tiene que ocuparse aquí —añadió murmurando para sí mientras lo conducía al despacho que tenía en casa.

—¿Qué?

—¡Eso!

Ty se acercó al escritorio. La moqueta estaba hecha jirones detrás de la silla de piel y parte de la silla estaba mordisqueada y desperdigada por el suelo. Una de las patas de la mesa también tenía marcas de mordiscos y casi todo el rodapié parecía madera triturada.

—¡Ay, Dios, otra vez no! —gruñó Ty.

Se giró y vio a Beauregard, el cachorro de pastor alemán, correr hacia él para saludarlo, sacudiendo la cola, ladrando y feliz. El perro se sentó a sus pies, porque estaba entrenado para no saltar sobre la gente, y lo miró con puro amor mientras jadeaba con esa lengua rosa colgando por un lado de la boca.

—Eres terrible —dijo Ty fingiendo estar furioso.

Después se agachó, levantó al perrito y lo abrazó mientras le acariciaba la cabeza con la barbilla.

—Me vas a arruinar. ¡Es la tercera vez este mes!

—Intento que no entre aquí, pero cuando estoy

limpiando es imposible —dijo la señora Dobbs en su propia defensa—. Además, está muy triste cuando usted no está aquí. Conmigo no le vale. Solo me quiere cuando tengo comida para él.

—Beau —dijo él suspirando y dejándolo en el suelo—, demasiado amor no es sano.

—No lo es —dijo la señora Dobbs—, pero tampoco es sana demasiada ausencia.

—Soy empresario. Tengo que ir donde está el negocio —contestó Ty con el ceño fruncido.

—¡Ja! ¡Jovencito, usted lo único que hace es huir de sus problemas!

—Voy a despedirla —la amenazó Ty.

—¡Me iré yo! —lo amenazó ella.

Ty respiró hondo.

—Vale, bandera blanca.

La mujer asintió enérgicamente.

—Pues ahora que lo hemos arreglado, en la cocina tengo tarta de manzana con helado y café bien cargado.

—No me diga más —respondió Ty sonriendo antes de seguirla—. Mandaré aquí a algunos de los obreros para que arreglen lo que ha hecho Beau. Sí, hablo de ti —le dijo al perrito, que seguía moviendo la cola y corriendo a su lado—. ¿Quién te ha dicho que podías destrozar mi despacho, eh?

—Si alguna vez le responde, entonces sí que me iré —dijo la señora Dobbs.

—Es listo.

—Demasiado listo. Ha aprendido a abrir la nevera.

—¡Madre mía! ¿Él también? ¡Rhodes hizo eso hasta que la entrenadora logró domarlo! —dijo Ty metiéndose las manos en los bolsillos—. Bueno, la llamaré para que venga a trabajar con él. ¡Y más me vale hacerlo antes del día de Navidad!

—¡Más le vale, sí! ¡Si mi pavo de Navidad acaba en la boca de ese niño peludo, prepárese!

Ty se rio.

—Ahora mismo la llamo.

—¡Hará bien!

Ty estaba revisando unas cuentas en el despacho de casa cuando le sonó el móvil. Un árbol de Navidad centelleaba con luces de colores y los leños de gas desprendían unas cálidas llamas.

Descolgó distraídamente y contestó.

—Soy yo —dijo Annie.

—¿Dónde puñetas estás? Creía que estabas de compras en Nueva York.

—Estoy en Wyoming.

A él le dio un vuelco el corazón.

—¿Por qué? ¿Es que Erin se ha ablandado y te ha dejado ir a verla?

—No —respondió Annie con pesar—. Seguía sin responder al teléfono. Maude buscó mi número en el móvil de Erin y me llamó justo después de que llegara la ambulancia.

Ty se levantó de la silla con tanta fuerza que por poco no la volcó.

—¡Erin! ¿Le ha pasado algo a Erin!

—Cálmate —dijo Annie, complacida al ver el temor de Ty por su mejor amiga—. No pasa nada.

—¿Cómo no va a pasar nada si tuvo que llevársela una ambulancia? ¿Es grave?

—No. Pesa tres kilos sesenta gramos y mide cincuenta centímetros.

Él respiró hondo.

—¡Ha tenido al bebé!

—Sí —dijo ella, y su voz denotó una sonrisa—. Pero surgió una complicación y tuvieron que hacerle una cesárea.

—Por Dios. ¿Está bien?

—Sí. Se pondrá bien, aunque tardará algo en recuperarse. Es una cirugía mayor, ya sabes.

—¿Y el bebé? —preguntó Ty con tono suave.

Annie quería gritarle por lo que le había hecho a su mejor amiga, pero no era el momento.

—Es un niño —dijo con cariño—. Erin lo ha llamado Callaway, por su padre.

—Callaway —repitió él conmovido—. Es un buen nombre.

—Eso he pensado yo. Es un niño precioso —dijo Annie maravillada—. No sabía que los niños pudieran despertar tantas emociones. No quería marcharme del hospital.

—Callaway —repitió Ty con una voz más tierna de la que su hermana le había oído nunca.

—¿Cómo está Beau? —preguntó Annie vacilante.

—¿Quieres decir que cómo ha entrado en mi despacho? —preguntó Ty cambiando de tono de pronto.

—Lo siento. Tenía que rellenar un cheque y lo hice en el escritorio, pero se me olvidó cerrar la puerta. Mira, cuando te vayas, tendrás que llevarlo a una guardería o llevártelo contigo. Hace esas cosas porque te echa de menos. Se venga así.

Él se rio.

—Ya me he fijado. Pensaré en algo. Mientras tanto, el viernes vendrán algunos de los obreros a reparar los daños.

—Es la segunda vez este mes.

—Lo arreglaré. ¿Cuánto vas a quedarte en Wyoming?

—Unos días.

—¿Dónde está? ¿En qué hospital?

—En Catelow solo hay uno. ¿Qué quieres hacer? Si le envías flores y se entera de que son tuyas, o las tirará a la basura o se las dará a otra persona.

Esas palabras lo removieron.

—Me lo merecería. Pero sí, supongo que no es buena idea.

—Ahora no, de momento. Dale tiempo —le aconsejó su hermana con delicadeza.

—¿Qué le has dicho?

—Nada. Le estoy siguiendo la corriente con lo del pobre marido difunto.

—¿Qué apellido le va a poner al bebé?

Annie se quedó mirando el teléfono unos segundos. Por Dios, ¡qué cortitos eran los hombres!

—Pues el de su «difunto» marido, que es Mitchell, igual que el suyo. Ella dice que tienen el mismo apellido, pero que no estaban emparentados.

—No me atrevo a decirle que lo sabemos. Me dejaría de hablar otra vez.

—Ya. Bueno, al menos llévale unas flores.

—Le enviaré un gran ramo, pero sin tu nombre en la tarjeta.

—Ya me lo imaginaba. Ten cuidado. Hablamos pronto.

—Vale. Te quiero.

—Y yo a ti.

Ty colgó. Después llamó al piloto de su *jet* y reservó horario.

Capítulo 12

Estaba nevando cuando Ty llegó a Catelow. No le había dicho a nadie adónde iba ni lo que tenía pensado hacer. Estaba oscuro y justo estaba finalizando el horario de visitas en el hospital. Había trazado muy bien sus planes.

Se·colaría en el hospital y miraría en el nido. Seguro que podía entremezclarse con las visitas que se marcharan en ese momento y pasaría más desapercibido.

El plan podría haberle funcionado si al salir del ascensor en el segundo piso no se hubiera topado de cara con su hermana.

—¡Ay, no! —gruñó ella.

Él la llevó a un lado.

—Solo quiero verlo —dijo con delicadeza. Su gesto era de absoluta pena—. Nada más. No me acercaré a Erin. ¿Está bien?

—Hoy está teniendo muchos dolores. Los analgésicos la tienen adormilada, así que no he hablado mucho con ella. Solo he estado a su lado.

—Bien —dijo él. Respiró hondo—. No podía quedarme sentado en casa —añadió en voz baja.

—Cuando vuelvas, todos los rodapiés estarán hechos literalmente polvo.

—No. Lo he metido en su cercado.

—¿Qué cercado? Nunca ha estado en un cercado. Te niegas a usar jaulas —dijo Annie en tono acusatorio.

—Su entrenadora le está enseñando. Te caería bien. Es diminuta, pero lo controla bien —dijo con una risita—. Acaba de salir del instituto y es inteligente, mordaz y fantástica adiestrando perros. Se llama Perri.

—Ya me cae bien. Pero Beau seguirá echándote de menos cuando salgas. ¿Qué te apuestas a que la señora Dobbs lo suelta en defensa propia?

—Probablemente —reconoció Ty con una mueca de disgusto.

Annie miró a su alrededor.

—Justin y Maude están en la cafetería. Vamos por aquí.

Lo condujo por el pasillo hasta el nido. Una de las auxiliares que había estado entrando y saliendo de la habitación de Erin todo el día estaba allí. Reconoció a Annie y sonrió. Al momento sacó de una cuna a un bebé envuelto en una manta.

—¡Mi sobrino! —dijo Annie riéndose y mirando—. ¡Gracias, Tina! Mira, te presento a mi primo. Es de Cheyenne —improvisó—. Se llama Chester —dijo eligiendo un nombre algo insólito. Sonrió—. Lo he llamado para darle la noticia y ha volado hasta aquí para ver al bebé.

Ty estaba tan maravillado mientras observaba esa carita tan parecida a la suya que ni cuestionó el nombre que le había elegido Annie. Sonrió al niño y alargó el brazo para tocarle la manita. De pronto el bebé le agarró un dedo y se lo apretó, abrió los ojos y lo miró.

—Dios mío —susurró Ty reverentemente.

—¿Quieres que te lo ponga en los brazos? —preguntó

la auxiliar al ver su fascinación con el diminuto bebé.
Ese hombre no tenía pinta de llamarse Chester, pero, en
fin.

—Sí, por favor.

La chica le puso al bebé en los brazos, con cuidado
e indicándole cómo sujetarlo.

Para Ty fue como estar en el cielo. Jamás había
imaginado que se pudiera sentir algo así con un bebé
en brazos, que pudiera surgir una conexión tan ins-
tantánea entre su hijo y él. Se sintió sobrepasado de
felicidad y se le empañaron los ojos.

Annie se acercó.

—¿A que es adorable?

—Callaway —susurró él sonriendo al niño.

Annie jamás había visto a su hermano sonreír así.
Antes de tener tiempo de pensar si lo que iba a hacer
era acertado o no, sacó el móvil y, sin dejar de sonreír,
hizo un par de fotos.

Pero un momento después miró a su alrededor.
Cada vez había menos gente.

—Primo, tienes que volver a Cheyenne. Mañana
tienes esa reunión con el director del banco.

—¿Qué? —Ty no estaba escuchando.

—Tenemos que irnos. Tienes un vuelo largo de
vuelta a casa.

—No está tan lejos —dijo la auxiliar riéndose.

—No, no tanto, pero tiene que preparar unas
cuentas para la reunión de mañana.

—Ya... —dijo la chica asintiendo.

Ty soltó al niño a regañadientes.

—Es una maravilla —dijo, y se quedó corto.

—Sí que lo es. Mi primer sobrino —dijo Annie suspirando—. Gracias por dejarnos verlo.

—De nada —respondió la chica sonriéndoles—.
Buen viaje de vuelta.

—Cuida bien de Cal por nosotros.

—¡No lo dudéis!

—Tienes que irte antes de que Maude te vea —dijo Annie casi llevándolo a rastras hasta el ascensor.

—Has dicho que están en la cafetería —le recordó Ty—. Quiero ver a Erin. Solo verla —añadió con suavidad.

Annie respiró hondo, furiosa.

—¡Se va a enfadar muchísimo si te ve!

—Ve a mirar y comprueba que no esté despierta. Por favor, Annie —le dijo Ty con una mirada que podría haber derretido hielo.

Annie no pudo resistirse.

—Vale, ¡pero tenemos que darnos prisa!

Llegaron a la habitación de Erin y Annie se asomó a la puerta. La medicación había hecho efecto. Estaba profundamente dormida.

—Solo un minuto —susurró él antes de entrar a pesar de los gestos de desesperación de su hermana indicándole que no lo hiciera.

Se dirigió a la cama y miró a la mujer a la que había tratado tan mal. Sintió la culpa como un hierro candente en la mente. La había fallado de muchas formas. Ella llevaba años amándolo y él no se había fijado. Le había dado un hijo después de todo lo que le había hecho. Le había dado una buena lección de humildad.

Con mucha suavidad, bajó su gran mano y le acarició el pelo.

—Algún día te lo compensaré —susurró al agacharse y besarla en la frente con ternura—. ¡Te lo juro, Erin! Te... —intentó decirlo, pero no pudo. Aunque sentía cada sílaba de esas dos palabras, no podía articularlas—. Recupérate. No te preocupes por nada.

La oyó respirar con suavidad y moverse de pronto, como si lo hubiera oído. Pero no lo había oído. Seguía dormida.

—Mi chica preciosa —dijo con un nudo en la garganta—. Te perdí antes de encontrarte. ¿Por qué no sabía lo que sentía? Joder, lo siento tanto, Erin. Desde que te alejé de mí, mi vida es como un cuadro que ha perdido todo el color. Debería haber confiado en ti. Ahora solo puedo esperar que algún día me perdones. Recupérate y cuídate.

Había muchas más cosas que quería decir y no podía expresar con palabras.

Y ahí estaba Annie, haciéndole gestos como una loca para que saliera.

Ty miró a Erin una última vez. Qué pálida y qué fatigada estaba. Él la había puesto en esa situación. Se sentía tan culpable que no podía soportarlo. «Algún día tendré otra oportunidad», se prometió. «Lucharé por tenerla».

Fue hacia la puerta.

—¿Qué?

—Acabo de decirles a Justin y a Maude que fueran saliendo porque yo tenía que ir al baño —dijo Annie apresuradamente—. Danos cinco minutos y luego te vas.

—Vale. Tiene un aspecto terrible —añadió Ty mientras iban hacia el ascensor.

—Acaban de hacerle una cesárea. Incluso con el tipo de incisión horizontal que hacen hoy en día, no deja de ser una cirugía. Pronto estará bien, pero llevará tiempo. Me ha contado que el embarazo en sí ha sido bueno. Ha dado muchos paseos largos por el rancho con Justin y eso la ha mantenido fuerte.

—¿Justin? —preguntó él con el rostro tenso.

—El capataz de Maude.

—¿Está casado?

—No.

La tensión del rostro se intensificó.

Pero Annie se negaba a darle ninguna explicación

más. Estaba furiosa con él por cómo había tratado a Erin y le daba igual que fuera su hermano.

—Te veo en casa dentro de unos días.

—Claro. Cuídala. Necesite lo que necesite.

—Ya lo sé.

Él asintió. Parecía hundido y desolado.

Y como la sangre tiraba, Annie no pudo evitar acercarse y abrazarlo.

—Algún día las cosas se solucionarán.

Ty le devolvió el abrazo.

—Algún día todos estaremos muertos —murmuró él.

—Déjate de tonterías —dijo ella apartándose—. A veces pasan cosas, pero las superamos.

—Dile a Erin que mañana va a llegar algo que le has comprado. Lo mandaré al rancho —añadió Ty desviando la mirada—. No le digas que es de mi parte.

Annie sintió su dolor y se ablandó al verlo así.

—Vale.

Él sonrió como pudo.

—Gracias. Me voy a casa a regañar a Beau.

—Hazle caso a Rhodes. También se siente solo.

Ty asintió.

—Ten cuidado.

—Y tú.

Annie le dio un beso y salió por la puerta del hospital. Ty la vio subirse a la camioneta. Solo cuando el vehículo hubo salido del aparcamiento, él salió afuera. Se bajó el Stetson sobre los ojos. Estaba nevando. El coche de alquiler estaba cerca. El *jet* lo esperaba en el aeropuerto.

Ojalá tuviera una foto de su hijo. Había estado demasiado conmocionado como para sacar una. Escribió a su hermana preguntándole si ella tenía alguna. Recibió un emoticono sonriente y al momento llegó la foto. Era de Erin, tan sonriente y resplandeciente como siempre, con el bebé en brazos y mirándolo mientras le acariciaba una mejilla. Era la foto más preciosa que había visto en su vida. Erin y su hijo. La guardó y la puso como imagen de pantalla de bloqueo. Y entonces vio la otra foto que le había mandado Annie; una de él con su hijo. El corazón se le subió a la garganta. Esa la puso como fondo de pantalla.

Respondió a su hermana para darle las gracias y Annie le respondió junto al emoticono de las carcajadas:

De nada. No vayas enseñándolas por ahí.

El le prometió que no lo haría.

En cuanto llegó a casa, fue a buscar a la señora Dobbs, que estaba cerrando todo antes de irse a dormir.

Le enseñó las fotos.

—¡Ay, qué precioso! —exclamó la mujer—. ¿Cuánto habrá pesado?

—Tres kilos sesenta gramos —dijo él repitiendo lo que le había dicho Annie—. Y ha medido 50 centímetros.

La señora Dobbs lo miró enarcando una ceja.

—Sabrá usted que no soy tonta, ¿no?

Él esbozó una mueca.

—Ya, he cometido algunos errores.

—Este... —dijo la mujer señalando la foto— no ha sido uno de ellos.

Ella sonrió y Ty soltó una risita.

—Pero, a efectos prácticos, la señorita Erin es viuda.

Ty se puso serio y dijo en voz baja:

—Sí. De momento.

El ama de llaves asintió. Tarde o temprano, habría que ajustar cuentas. Sabía que su jefe haría lo que fuera por tener a ese niño. Y, del mismo modo, estaba

segura de que la señorita Erin no cedería. La venganza no era algo agradable y el señor Ty iba a descubrirlo por las malas.

Al día siguiente Annie le dio a Erin una caja de una
joyería.

—Es solo un detallito, así que no te hagas muchas
ilusiones, ¿eh?

—Lo prometo. Pero no hacía falta...

Abrió la caja y se quedó mirando lo que había dentro. Era un anillo de cóctel. Un rubí enorme y precioso con radiantes diamantes alrededor en un engaste
de oro amarillo. Siempre le habían encantado los
rubíes, pero nunca había tenido uno. ¡Debía de ser de
tres quilates por lo menos!

—Es solo una baratija —dijo Annie.

—¡Es increíble! —gritó Erin—. ¿Cómo has podido?

—No te pongas así. Sabes muy bien que podría
comprarte un montón y que para mí es calderilla.
¿No te gusta?

—Me encanta. Llevo años queriendo uno, pero no
puedo, ¡no puedo aceptarlo!

—Chorradas. Claro que puedes. Soy tu mejor amiga. No hay razón para que no pueda regalarte un
anillo. Y ahora pruébatelo y deja de refunfuñar.

Erin no pudo más que reírse.

—Vale.

Se puso el anillo, pero solo le valía en el anular, no
en el meñique.

—No pasa nada —dijo Annie—. Muchas mujeres
los llevan en otros dedos, incluso en el pulgar.

—¡Pero es carísimo! ¡Y preciosísimo!

—Me alegro de que te guste —respondió Annie
pensando en cuánto le agradaría a su hermano saber
el recibimiento que había tenido su regalo.

Había querido regalarle a Erin algo muy preciado que simbolizara cuánto significaba para él el nacimiento de su hijo, el hijo de los dos. Y ese era el único modo de hacerlo, le había dicho a Annie por teléfono, angustiado. Sabía lo mucho que le gustaban los rubíes a Erin. Ese era de un diseñador que conocía y había estado seguro de que le encantaría. Pero ella tenía que pensar que era un regalo de Annie. Solo así lo aceptaría.

—Me encanta, pero no deberías haberlo hecho —dijo Erin abrazando a su amiga por el hombro y rodeando al bebé.

—Claro que debía. Trae, se lo daré a Maude para que te lo guarde hasta que vuelvas a casa.

—Sí, gracias.

Annie volvió a meterlo en la caja justo antes de que Maude entrara, sin Justin.

—Ha ido a la tienda —les dijo Maude—. ¿Te gusta el anillo? Annie me lo ha enseñado esta mañana. ¡Es precioso!

—Me encanta —respondió Erin—. ¡No me lo pienso quitar nunca! Pero yo nunca voy a poder regalarte algo del mismo valor —añadió dirigiéndose a Annie con una risita.

—Hazme un gorro de ganchillo y te querré eternamente. Se me hielan las orejas, ¡incluso en Texas!

—Lo añadiré a mi lista de tareas en cuanto llegue a casa —prometió Erin.

Erin nunca se había sentido tan feliz. El bebé le llenaba la vida. Aún tenía dolores por la cirugía, pero le estaba dando de mamar. Al principio le había costado; no tenía suficiente leche y había tenido que darle también biberón. Pero entre una nueva medicación y su obstinación y tesón, pronto lo solucionaría.

—Anoche tuve un sueño rarísimo —le dijo a Annie mientras le estaba sacando los gases al bebé.

—¿Sí? —preguntó Annie con inocencia.

—Sí. Estaba aquí, dormida, pero había alguien. Un hombre, y me estaba hablando. Debía de ser mi padre —añadió riéndose—, cuidándome. Le habría encantado Cal.

—Sí —dijo Annie sin atreverse a mencionar que el sueño había sido real, que Ty había estado en la habitación. Pero no serviría de nada. Ahora no.

—Me da mucha pena que mis padres no estén vivos para conocer a su primer nieto —susurró Erin conteniendo las lágrimas—. Es tristísimo.

No añadió que le daba más pena todavía que Ty nunca conociera a su hijo, que nunca supiera que tenía uno.

—Venga, tranquila —dijo Annie acariciándole la espalda con ternura y después la mano—. ¡Tienes un bebé que es una ricura! ¡Es muy emocionante!

Erin se rio.

—Sí. Tener un hijo es muy distinto de lo que me imaginaba.

—Ojalá yo tuviera uno —dijo Annie.

—No hay problema. Podemos compartir a Cal —respondió Erin sonriendo.

—Te tomo la palabra —dijo Annie, y luego vaciló—. No me apetece nada irme, pero tengo que volver a casa. Mañana vienen unos obreros y Ty tiene una reunión en Montana, así que tengo que estar en casa cuando lleguen.

A Erin le dio un vuelco el corazón al oír el nombre de Ty. No le hizo ninguna gracia reaccionar así, pero no lo pudo evitar. Ese hombre la había traicionado y ni siquiera así era capaz de odiarlo. ¡Y mira que lo había intentado!

—¿Obreros? —preguntó extrañada.

—Beauregard —dijo Annie suspirando.

—¿Beauregard...?

—Es que Ty ha estado viajando mucho últimamente y Beauregard lo echa mucho de menos. De momento se ha cargado parte de la moqueta, el rodapié y un buen trozo de la silla de piel del despacho de Ty, además de una pata del escritorio.

—¡Madre mía!

—Echa de menos a Ty. Es una venganza.

—¿No hacía Rhodes lo mismo cuando Ty estaba en la universidad?

—Exactamente lo mismo —respondió Annie sacudiendo la cabeza—. Cuando pienso en la cantidad de destrozos que pueden hacer esos bebés peludos, me sorprende que Ty siga teniendo más.

—Le encantan los cachorros —dijo Erin conmovida por dentro—. Sobre todo Beau después de que lo maltrataran así. ¡Ojalá el hombre que le pegó no salga nunca de la cárcel! —añadió con gesto tenso.

—Habrá una audiencia para la libertad condicional. Ty tiene pensado acudir con fotos de lo que le hizo a Beau.

—¡Ese hombre se lo tiene merecido!

—Justo eso pensé yo. Bueno, cuando me vaya, ya no me mandarás solo emoticones de corazones, ¿no?

Erin se sonrojó.

—Claro que no. ¡Me ha hecho tanta alegría verte!

—No más de la que me ha hecho a mí —contestó Annie con cariño—. Ha sido duro no poder ni hablar contigo por mensaje.

—Lo siento muchísimo. Es que... no quería saber nada de tu hermano.

—Lo entiendo. Lo has pasado fatal y casi todo ha sido por su culpa.

—No confió en mí —dijo Erin con tristeza—. Aunque tampoco sé por qué me esperaba que lo hiciera. La confianza se basa en el amor.

—Ty ha sufrido mucho con las mujeres. Ya lo sabes.

—Ha sufrido mucho —dijo Erin con una risa amarga—. Sí, claro. Don Ligón. ¿Y por qué no? Está soltero, es guapo y es rico. ¿Qué mujer no aprovecharía la oportunidad de ser su mujer del mes?

—Eso que dices está un poco feo.

Erin se encogió de hombros y esbozó una mueca; seguía dolida.

—Supongo. Es que estoy resentida.

—Se te pasará con el tiempo —dijo Annie cruzando los dedos mentalmente.

Erin miró a su hijo.

—Se está perdiendo tanto... —dijo en un momento de debilidad y sonriendo con tristeza—. Bueno, él y también mi difunto marido, claro —se apresuró a añadir—. Nunca conocerá a su hijo.

Annie no se atrevió a mencionar que sabía lo del marido inventado y que Ty ya había estado en el hospital para conocer a su hijo.

—Es muy triste —dijo siguiéndole la corriente. Se levantó—. Bueno, el *jet* me está esperando en el aeropuerto. Tengo que irme —añadió al agacharse para besar a Erin y al bebé—. Maude y Justin cuidarán de ti, pero escríbeme a menudo, ¿vale? Yo te escribiré a ti.

—No le digas a Ty que has estado aquí —le suplicó Erin.

—¿Crees que traicionaría a mi mejor amiga en todo el mundo? —preguntó Annie con solemnidad, mintiendo entre dientes.

—Claro que no. Perdona.

—No pasa nada.

—Escríbeme cuando estés en casa para saber que has llegado bien —dijo Erin cuando Annie ya estaba en la puerta.

—Claro. Cuídate.

—Tú también.

Annie sonrió.

—Os quiero —añadió lanzándoles un beso.

—Y nosotros a ti.

La puerta se cerró. Erin se quedó mirándola unos minutos, vacía por la marcha de su mejor amiga. Pero entonces el bebé se movió y centró la atención en él, maravillada.

Annie volvió a casa con montones de fotos de Erin y del pequeño Cal que compartió con su taciturno hermano.

—Es increíble, ¿verdad? —dijo Ty mirando las fotos del niño con una expresión llena de amor—. ¿Erin está bien?

—Sí. Tiene una nueva medicación para el dolor. Me ha tocado discutir con ella, pero al final se la he pagado.

—Ya me imagino —dijo él suspirando mientras seguía mirando las fotos. De pronto le cambió la cara.

—Ese es Justin —dijo Annie antes de que él pudiera preguntar—. El capataz de Maude.

Ty estaba mirando al hombre con el ancho Stetson. Era guapo. Alto, musculoso y con el pelo y los ojos oscuros.

—Parece un matón —murmuró Ty—. ¿Maude lo investigó antes de contratarlo?

—No es un matón y, además, quien lo contrató fue el marido de Maude. Justin fue policía de una reserva india. No es un matón.

—Ah —dijo él mirando la foto aún más.

Annie soltó una risita. Los celos de Ty eran tan obvios que resultaba gracioso.

Ty le devolvió el teléfono.

—Haces buenas fotos.

—Gracias.

—¿Entonces Erin está bien? —insistió.

—Que sí. Aún con dolores, pero mucho mejor.

Ty captó un cierto trasfondo en la voz de su hermana. La miró. Annie no expresaba nada con su gesto, pero él la conocía. Sabía que le preocupaba algo.

—¿En serio está bien?

Annie enarcó las cejas fingiendo sorpresa. No serviría de nada que Ty supiera lo que sospechaba, y menos en el estado en que se encontraba Erin. Si él se plantaba en Wyoming destrozado e intentando obligarla a ir a especialistas, ella se empecinaría y se negaría en rotundo. No era el momento de decírselo. Al menos, no hasta que pudiera convencer a Maude de que convenciera a Erin para que fuera a un cardiólogo y le dijera qué era exactamente lo que le pasaba. No había necesidad de involucrar a Ty hasta tener datos reales y no sospechas.

—Pareces preocupada —insistió él.

—¡Claro que estoy preocupada! ¡La han operado! Acaba de tener un bebé y está débil y agotada.

—Vale, lo entiendo —dijo Ty relajándose con un suspiro. Se recostó en la silla del despacho, aún mordisqueada, y miró a Beauregard, que estaba tumbado en el suelo, sobre sus botas.

—Se pondrá bien enseguida. Lo sé porque Maude ha hablado con el obstetra —añadió—. Eso sí era verdad.

—¿Crees que volverá a Texas? —preguntó Ty en voz baja.

—Ty, ahora tiene su hogar en Wyoming, con Maude —respondió Annie con delicadeza—. ¿Por qué iba a querer volver ahora?

—Porque es mi hijo —respondió él mirándola con furia.

—Vale. Pues ve allí y dile que lo sabes —le sugirió Annie extendiendo una mano con la palma hacia arriba—. E insístele en que vuelva a Jacobsville,

¡donde todo el mundo sabe de lo que la acusaste y lo que le hiciste luego!

Él esbozó una mueca de disgusto y miró a otro lado.

—Cávate tu propia tumba, querido —añadió Annie con gélida satisfacción.

—Ya sé lo que hice —contestó él entre dientes. Se levantó antes de apartar a Beauregard. Lo tomó en brazos y se lo echó a un hombro para acariciarlo. El cachorro estaba medio dormido. Ni se movió.

—Estás malcriando a ese cachorro. Nadie va a poder comprarlo porque está demasiado unido a ti.

Ty se giró y sonrió.

—Ya me he dado cuenta.

Annie miró a su hermano. Se le derretía el corazón.

—Nunca tuviste intención de venderlo después de recuperarlo, ¿verdad?

Él negó con la cabeza.

—Tuvo unos inicios muy duros. Si lo vendo, nunca estaría seguro de que la persona que lo tuviera no fuera a hacerle lo mismo que le hizo ese asqueroso reptil —añadió con gesto de ira—. Cualquiera que pegue a un cachorro es capaz de pegar a un niño —concluyó con frialdad.

—Estoy de acuerdo —respondió ella con voz suave—. No he dicho que me parezca mal que quieras quedártelo.

Ty sonrió.

—Sigue siendo un bebé —dijo sin tener en cuenta el hecho de que Beauregard ya era del tamaño de un niño de cinco años.

—Un bebé muy grande.

Ty soltó una risita.

—Rhodes pesa más de cuarenta kilos. Creo que este canijo peludo lo superará. Es más grande que Rhodes a su edad.

Dejó al cachorro en la mullida camita que tenía en el despacho y lo vio dar vueltas sobre ella hasta que finalmente se tumbó y volvió a dormirse.

—Es un encanto.

—Es un perro pastor. Que resulte encantador es un buen rasgo. No crío perros para que sean guardaespaldas, aunque por su aspecto sí que puedan disuadir a la mayoría de criminales. Los perros agresivos son peligrosos cuando hay niños, y yo vendo perros a familias.

—Beau no mataría ni a una mosca.

—No, a menos que alguien nos atacara. Y Rhodes igual. ¿Te acuerdas de aquel vaquero que despedí y entró aquí amenazando con pegarme?

—Y antes de que pudieras prepararte para darle un puñetazo, Rhodes lo mordió —dijo Annie esbozando una mueca.

Ty sonrió.

—Tardó tiempo en poder sentarse. Y hasta intentó denunciarme y hacer que se llevaran a Rhodes por peligro público.

—Sí, y luego Cash Grier tuvo una charla muy amable con él sobre los peligros de provocar a una dulce mascota en su casa.

Ty se rio.

—A veces nuestro jefe de policía es muy elocuente.

—También ayudó que tiene uno de nuestros cachorros en su casa, con su mujer y sus dos niños.

—Y con su cuñado, que se lleva al perro a pescar.

—Me acuerdo de cuando Cash se casó con Tippy —dijo Annie suspirando—. Nadie pensaba que fuera a casarse nunca. Era un tipo duro.

—Sí, me acuerdo. Oye, ¿no hay forma de lograr que Erin vuelva a Texas? —preguntó Ty en voz baja.

—Nos llevaría tiempo. Maude se porta muy bien con ella.

—Ya lo sé —respondió triste y resignado—. Es que me encantaría poder conocer bien a mi hijo.

—Es demasiado pronto.

Ty se quedó mirando al suelo.

—Hace meses que se marchó.

—Que se marchó después de haber perdido a su padre, su casa, su trabajo... dos trabajos, mejor dicho —dijo Annie fulminándolo con la mirada.

—Sé lo que hice —dijo él con gesto de arrepentimiento—. No tienes que restregármelo.

—Ese temperamento Mosby va a acabar contigo.

—Supongo que sí. ¿Le has contado lo que pasó, lo de la señorita Taylor?

Annie asintió.

—¿Y qué te dijo?

Ella se encogió de hombros.

—Que siempre le pareció que Jenny sonreía demasiado.

Ty se quedó pensativo un momento.

—Supongo que sí.

Annie se acercó y lo abrazó.

—Ten paciencia. Algún día volverá. Mientras tanto, es mejor que te relajes y dejes que la vida siga su curso. Si Erin tiene que volver a casa, volverá. Algo pasará.

Fueron unas palabras proféticas.

Justo al día siguiente, Maude fue al granero a ver a un ternero enfermo y cayó muerta en la puerta.

Capítulo 13

Justin corría como un loco. Maude estaba tirada en la puerta del granero. Él llevaba el teléfono en la mano y estaba llamando a Emergencias mientras corría.

Dio la dirección. Cuando la teleoperadora le preguntó qué clase de emergencia era, él se agachó junto a Maude y le tomó el pulso. No tenía. Estaba azul. Y fría. No sabía cuánto tiempo llevaría ahí tirada. Los mozos y él habían salido a reunir el ganado para acercarlo más al rancho porque se esperaba una fuerte nevada.

—No lo sé —respondió entre dientes—. Acabo de encontrarla. Está azul y muy fría. He visto muertos en el ejército. No hay esperanza. Será mejor que llames al juez de instrucción, Jill —añadió. Conocía a la mujer porque trabajaba como camarera a tiempo parcial en la cafetería de Catelow.

—Lo siento muchísimo, Justin. Enviaré a Dan Burton.

—Gracias.

Justin colgó. Respiró hondo.

—Lo siento, Maude —dijo con voz suave—. Esto no tendría que haber pasado así. ¡Yo debería haber estado aquí!

Le pareció oírla reír. Pudo imaginarla riéndose con su mal genio, como siempre.

—Buen viaje, amiga mía —le dijo dándole una palmadita en la mano enguantada e inmóvil.

El juez de instrucción la examinó y dijo que parecía un infarto masivo.

—Tendremos que hacer una autopsia para asegurarnos, pero lo tengo bastante claro. Solo es para demostrárselo a los demás. ¿Adónde la llevamos?

—A Landon —dijo Justin refiriéndose a la funeraria que siempre se había ocupado de la familia de Maude—. ¡Joder! Esta mañana estaba bromeando con nosotros mientras cabalgábamos y ahora esto.

—Bueno, ha sido rápido, y eso es una bendición. Es como habría querido marcharse. Igual que su marido —dijo el hombre antes de añadir con una triste sonrisa—: Espero que ahora los dos estén a caballo por el cielo buscando ganado descarriado.

—Eso no lo dudes —dijo Justin.

—¿Y qué va a pasar con el rancho? ¿Lo venderán sus herederos?

—No, claro que no. Tiene una sobrina nieta, además de una prima pequeña que acaba de tener un bebé y está aquí, en el hospital. La sobrina es la heredera. Vive en Cheyenne. Está todo hablado. Yo me quedo como gerente del rancho. La sobrina no quiere venderlo porque forma parte de la historia familiar, pero no quiere vivir aquí. Es chica de ciudad.

—A mí las ciudades ni en bandeja. Demasiada gente.

Justin se rio.

—Eso mismo pienso yo. Me gusta tener mucho espacio.

—Bueno, vuelvo al trabajo —dijo Dan Burton, que

además era dentista y tenía la consulta en el pueblo. Miró hacia la furgoneta, donde sus ayudantes habían metido a Maude—. Me destroza que se haya ido.

—Sí. Era una gran mujer. Dura como una roca pero también compasiva. La echaremos mucho de menos.

—Será mejor que llamemos al padre de Gabby Dane para que se lo diga él.

—Sí —dijo Justin con una mueca de pesar—. Gabby se va a quedar destrozada. Era como una nieta para Maude.

—¿Y quién se lo va a decir a la joven que está en el hospital?

Justin puso los ojos en blanco.

—Desde luego, yo no. Tiene problemas de salud —dijo mientras sacaba el teléfono—. Voy a llamar a su amiga de Texas para ver si puede venir a hacer ella el trabajo sucio.

—Podrías pedirle a su médico que se lo diga.

Justin negó con la cabeza.

—Maude la quería. No es forma de tratar a una mujer en su estado.

Buscó el contacto que le había dado Maude y marcó.

Annie acababa de terminar de almorzar. La señora Dobbs y ella estaban hablando de lo que podían enviarle a Erin para el bebé justo cuando sonó el teléfono.

No era un tono de llamada que tuviera asignado, así que supuso que sería un timo o una llamada automática para alguna campaña política. Pero al ver el número en la pantalla, descolgó.

—¿Qué ha pasado? —preguntó. No sabía quién era, pero ya se sabía de memoria el prefijo de la zona donde vivía Maude.

—Soy Justin.

Él se quedó vacilante.

—A Maude le ha pasado algo —dijo Annie—. Dímelo, Justin.

Justin respiró hondo.

—La he encontrado en el rato del almuerzo —dijo con pesar—. Estaba fría. El juez de instrucción dice que ha debido de ser muy rápido y que no habrá sentido nada.

—Pobre Maude —exclamó Annie con un suspiro.

Solo hacía un día que había vuelto a casa. Maude había estado bien. Qué rápido podía cambiar todo.

—¿Vas a venir?

—Claro. En cuanto nuestro piloto prepare el *jet* —dijo Annie, y se detuvo antes de añadir—: ¿Alguien se lo ha dicho a Erin?

Hubo otra pausa.

—He pensado que yo no era el indicado. Y creo que tampoco lo es el médico. Va a afectarla mucho.

—Vale —dijo Annie con delicadeza—. Lo entiendo. ¿Puedes recogerme en el aeropuerto?

—Claro. Llámame diez minutos antes de que aterricéis.

—Sí. gracias.

Justin colgó.

—¿Qué pasa? —preguntó la señora Dobbs.

—Maude ha muerto.

—¿Y ahora qué va a pasar? Si la señorita Erin está recién operada, no va a poder hacer mucho.

—Ya lo sé. Se supone que mañana le dan el alta. No sé cómo manejar esto —confesó mirando al ama de llaves—. Si se lo digo a Ty, irá allí como un loco exigiéndole que se venga con nosotros, y ella va a negarse en rotundo.

—También es su bebé.

—Pero se supone que Ty no sabe nada.

—Ya.

Annie entrelazó las manos. Vaciló.

—Ty tiene que ir a Inglaterra por negocios. Eso lo tendrá fuera del país al menos dos o tres semanas —dijo asintiendo despacio.

—¡Qué maravillosa coincidencia! —exclamó la señora Dobbs.

—Nos viene de perlas —dijo Annie sonriendo—. Le diré que voy a ir a ver a Erin porque mañana le dan el alta. Eso sí que es verdad. ¡Pero no voy a decirle nada más!

—Señorita Annie, nació para ser agente secreto —dijo el ama de llaves riéndose.

—Solo me falta una gabardina —murmuró Annie—. Voy a hablar con él ahora mismo.

Ty salía en ese momento para ir a almorzar con el señor Jones. Se detuvo al ver a Annie en la puerta.

—Ve yendo, ahora te alcanzo —le dijo Ty a su amigo con una sonrisa.

—Claro. Hola, Annie.

—Señor Jones —respondió ella sonriendo.

—¿Qué haces aquí?

—Mañana me voy a Wyoming para acompañar a Maude y Justin cuando Erin salga del hospital. ¿Qué crees que podría llevarle? —preguntó con inocencia.

Él frunció el ceño.

—¿Qué tal una silla para el coche o una de esas cunas con un móvil encima? Algo que no se pueda permitir —añadió en voz baja.

—Una silla para el coche, sí. Le diré a Justin que me lleve al pueblo a ver alguna cuando dejemos a Erin y al bebé instalados. Maude ya le ha comprado una cuna —añadió sin dejar de pensar en que Maude no estaría allí para recibirlos—. Lo de la silla para el coche es buena idea. Las sillas buenas son caras.

—Ojalá pudiera ir —dijo él con tono suave.

—Tienes esa cosa en Inglaterra —respondió Annie con tono de lo más inocente—. ¿Cuándo te marchas?

Ty suspiró.

—Esta noche. Cuanto antes termine ese asunto, mejor.

—Pobre señora Dobbs, que se va a quedar aquí sola con Beauregard y su apetito por los muebles.

Él se rio.

—Se las apañará.

—Te echa mucho de menos.

—No estaré fuera mucho tiempo —dijo, y Annie casi se quedó sin respiración—. Bueno, no tanto. Dos o tres semanas.

«Menos mal», pensó Annie. Así ella tendría tiempo de decidir cómo ayudar a Erin. Ahora, con la nueva situación que se había presentado en Catelow, Erin no querría quedarse ni aprovecharse de la hospitalidad de la sobrina nieta de Maude, porque ya no era empleada del rancho. Maude le había dejado llevar la contabilidad, pero a Annie le habían dicho que ya tenía un contable que se ocupaba de eso. El hombre se había marchado de forma temporal para que Maude tuviera un trabajo que ofrecerle a Erin.

Había sido un gesto muy amable, pero Erin se enteraría de la verdad y su orgullo no le permitiría quedarse. ¿Qué iba a hacer? Necesitaría un lugar donde alojarse, un trabajo y dinero para mantenerse. ¿Cómo iba a trabajar? No estaba bien de salud. Si lo que había dicho el médico era verdad, a Erin podían aguardarle cosas peores.

—¿Qué pasa? —preguntó Ty al ver la expresión de su hermana.

—¿Qué? —dijo ella aturdida—. Ah, perdona. Estaba pensando en sillas para coche...

Él soltó una risita.

—Bueno, que tengas buen viaje. Me voy a casa a hacer las maletas.

—Yo ya tengo el equipaje hecho —dijo Ty con aire de suficiencia—. Lo llevo en el maletero. Lo único que tengo que hacer es ir al aeropuerto. Dile a Jake que recoja el coche mañana por la mañana.

—Sí.

—Buen viaje.

—Igualmente.

—Fotos —dijo Ty con firmeza.

—Haré muchas —prometió Annie sonriendo.

—Vale. Nos vemos cuando vuelva.

—Claro.

A última hora de la mañana siguiente Annie bajó del *jet* en Catelow. Justin, muy serio, estaba esperándola en la entrada del aeropuerto.

—¿Cómo está Erin? —preguntó Annie.

—No está bien —respondió él ayudándola con el equipaje—. Ya sabes cómo son los pueblos pequeños. Los chismorreos vuelan. Alguien le ha dicho lo de Maude.

—¡Ay, no! —gruñó Annie.

—Así que será mejor que te lleve directa al hospital. Necesitará apoyo. Aunque ya sabes que la sobrina de Maude no va a echarla de casa. Es muy maja. Vendrá para el funeral.

—He oído hablar de ella. Quiero intentar convencerla de que deje a Erin llevar la contabilidad un mes o dos y yo le pagaré el sueldo sin que se entere.

—Bien. ¿Alguna vez has pensado en dedicarte al crimen profesionalmente? Se te da de maravilla manipular la verdad.

—No empieces —lo amenazó—. ¡Sé de dónde sacar más *ginger-ale*!

Justin se rio.

Cuando Annie entró en la habitación del hospital, Erin se echó a llorar.

Annie soltó el bolso y el abrigo y la abrazó con ternura.

—Lo siento muchísimo —dijo en voz baja—. No quería que te enteraras hasta que llegara yo, pero se me olvidó cómo son los pueblos pequeños. Y eso que lo sé porque vivo en uno. No pensé que fueras a enterarte tan rápido.

—Era como una segunda madre —dijo Erin llorando—. ¡No me lo puedo creer! ¡Estaba tan sana!

—Las enfermedades coronarias no son siempre predecibles —dijo Annie intentando calmarla—. Pero ya estoy aquí. Todo irá bien. Hablaremos con la sobrina nieta y veremos qué hacemos ahora, ¿vale? Ya sabes que no te va a dejar en la calle —añadió intentando tranquilizarla.

Erin respiró hondo. Se recostó y se secó las lágrimas.

—Ya lo sé. Es que me ha entrado el pánico. ¡Ha sido tan repentino!

—Así es la vida —dijo Annie con tristeza.

—No puedo quedarme en el rancho. Una de las enfermeras me ha dicho que tienen un contable que tuvo la amabilidad de dejar el trabajo para que Maude tuviera un empleo que ofrecerme. Lleva la contabilidad de varios ranchos, así que no va a morirse de hambre, pero le estoy quitando el trabajo de todos modos.

—Y no le importa —dijo Annie con firmeza—. De lo contrario, no lo haría. En Catelow hay buena gente, igual que en Jacobsville. Y ahora deja de preocuparte y concéntrate en recuperarte. Todo saldrá bien. Ya lo verás.

—¿En serio lo crees? —preguntó Erin con sus ojos

grisáceos abiertos de par en par, enrojecidos y empapados.

—Sí.

Erin respiró hondo.

—No suelo ser tan debilucha, pero es que no me he recuperado de la cirugía, ¡no puedo mantenernos al bebé y a mí si tengo que salir a buscar un trabajo en otro sitio y encontrar un piso y un coche...!

—Déjalo ya. Yo te ayudaré. Tú harías lo mismo por mí. Se trata de echarte una mano, no de echarte limosna —añadió con una risita.

Erin se relajó.

—Vale. Acepto que me eches una mano.

—Justin va a ocuparse de los preparativos para el funeral y la sobrina nieta llega mañana. Se alojará con nosotros en el rancho.

—¿Tú te quedas?

—Idiota, ¿crees que te abandonaría en un momento así? —dijo, y al ver la cara de desconfianza y agobio de su amiga, añadió—: Ty está en Londres por negocios. Estará allí cerca de tres semanas.

—Gracias.

—Quiero a mi hermano, pero sé que puede ser insoportable. Si supiera lo que está pasando, vendría aquí a pesar de todo e intentaría intimidarte para que volvieras a Texas. Por eso no sabe nada.

Y era verdad. Ty era una complicación, justo lo último que Annie necesitaba ahora mismo.

—Pues es un alivio.

—Justin vendrá luego a recogernos para llevarte al rancho. Gabby llega mañana. Justin ha llamado a su padre y su padre la ha llamado a ella. Quería mucho a Maude.

—Es un encanto. Aunque para Justin es invisible, ¿sabes? Se ha ido a la universidad para alejarse de esa situación tan desesperante. Más o menos como yo

—añadió con tristeza—. Es duro estar loca por un hombre que no sabe ni que existes.

—Algún día... —empezó a decir Annie.

Erin la miró con un gesto de tanto dolor que Annie se detuvo a mitad de frase.

—Las falsas esperanzas no sirven de nada. Seguro que Gabby también lo sabe. Hay que seguir adelante, paso a paso.

—Hacemos lo que hay que hacer.

—Día a día —dijo Erin sonriendo—. ¿Quieres ver a Cal?

—¡Sí!

Erin se rio y avisó al control de enfermería.

El rancho no había cambiado, pero resultaba muy triste estar sentada en el salón junto al precioso árbol de Navidad iluminado y no oír a Maude canturreando mientras preparaba café, cocinaba o hacía cosas por el salón.

—Qué callado está todo.

Nan Demaris, la sobrina nieta de Maude, asintió. Tenía el pelo oscuro, los ojos azules y un porte elegante, resultado de años estudiando en una escuela privada para señoritas de la alta sociedad y luego en una universidad europea. Su familia, emparentada con el difunto marido de Maude, era rica. Dinero de cuna. Era simpática, pero a Erin la hacía sentirse incómoda.

Y también a Justin, que se buscó montones de excusas para no acercarse a la casa.

Nan vio a Erin mirándola y sonrió.

—No soy un ogro —dijo con tono suave y una sonrisa—. No voy a ponerte en la calle, ¡y menos cuando tienes a ese adorable elfito y puedo aprovechar para achucharlo!

Erin soltó una carcajada.

—¿Es la sensación que te he dado? —preguntó Erin con timidez—. Perdona. Es que siento que me estoy aprovechando solo por estar aquí.

—Espero que no vuelvas a decir eso. Le llevaste la contabilidad a Maude y lo hiciste mucho mejor que su contable habitual. Te has ganado tu lugar en este sitio.

—¿No vas a vender el rancho?

Nan negó con la cabeza.

—Es muy rentable y Justin hace un trabajo fantástico como capataz. En el testamento está estipulado que siga siéndolo, aunque yo lo habría mantenido de todas formas. Es buenísimo en su trabajo. Mi difunto tío abuelo perdió mucho dinero porque era muy sentimental en lo referente al ganado. Justin no lo es. Compra y vende sin que haya sentimientos de por medio. Por eso ahora estamos ganando dinero —dijo y sonrió con tristeza—. Maude también era así. Se enamoró de unos toros y se empecinó en no venderlos. Justin dejó que se lo pensara bien hasta que al final ella llegó a la misma conclusión. Saber dirigir a la gente sin pisotearla es todo un arte. Oye, Annie, tú tienes un hermano, ¿no?

—Sí.

—Lo conocí en una fiesta hace unos meses. Es... —dijo extendiendo las manos.

—Sí —contestó Annie riéndose al captar lo que iba a decir.

—Le encantan las mujeres, pero no se centra en ninguna. Le gusta tener muchas.

Annie enarcó las cejas.

Nan se encogió de hombros.

—Estuve con un hombre así cuando estaba cerca de los veinte. Lo seguí por toda Europa segura de que podría hacer que se enamorara de mí —dijo sonriendo con picardía—. ¿No es increíble lo tontas que nos volvemos las mujeres cuando nos controlan las hormonas? Solo hizo falta una mujer muy sofisticada, mucho más sofisticada que yo en aquellos tiempos, para demostrarme lo tonta que era yo. Hice las maletas y volví a casa.

—Mi hermano tiene ciertos problemas con las mujeres.

—Tiene muchos. Pobre de la mujer que se crea que lo conoce bien y se haga ilusiones con casarse con él —dijo Nan sacudiendo la cabeza—. Jamás lo cambiará. Imagino que tuvo una mala experiencia en el pasado, ¿no? —añadió dirigiéndose a Annie y sin percatarse de que Erin estaba desviando la mirada en un intento de ocultar su trágica expresión.

—Muy mala. Lo hizo avinagrarse con todo el género femenino.

—Yo soy muy parecida. Si alguna vez me caso, será por motivos prácticos, no sentimentales. Me encantan los niños —añadió con suavidad—, pero he visto muchos matrimonios romperse al tener hijos. Hay hombres a los que no se puede domesticar.

—Es una triste realidad y todos somos víctimas de algún tipo de guerra —dijo Annie riéndose a posta para no que se le notaran las cicatrices.

—Bueno, volvamos al tema —dijo Nan dirigiéndose a Erin—. Espero que te quedes un tiempo. Me he acostumbrado a que este lugar resulte rentable. Y, además, me encantaría venir de vez en cuando para darle un achuchón a ese precioso hombrecito —añadió con una risita.

Erin suspiró aliviada.

—Me salvas la vida. Muchísimas gracias. Aunque quiero volver a Texas, tal vez en primavera, me ayudaría mucho poder quedarme aquí mientras me recupero. Cuando vuelva, tengo que poder trabajar fuera de casa.

—No hay nada que agradecer —dijo Nan con naturalidad—. Nos estaremos ayudando la una a la otra.

Esa tarde a última hora llegó Gabby. Fue directa a Erin y la abrazó una y otra vez.

—Siento muchísimo no haber estado aquí —dijo hundida.

—Eres un encanto —respondió Erin—. Estábamos muy bien y de pronto Maude... Nadie sabía que tenía un problema de corazón. Fue todo muy rápido. Nunca supo lo que le pasó.

—Al menos es un alivio —dijo Gabby, apoyándose en los talones de las botas. Estaba arrodillada a los pies de Erin—. ¿Quién es? —añadió con malicia.

Erin no pudo evitarlo y se echó a reír.

Gabby se sonrojó.

—Perdón.

Annie entraba en el salón con una taza de café. Se detuvo al ver la cara de diversión de Erin y la de vergüenza de Gabby.

—¿Qué pasa?

—Yo, siendo una idiota otra vez —murmuró Gabby levantándose. Miró a Annie—. ¿Eres la amiga de Erin de Texas?

Annie sonrió.

—Sí. Soy Annie.

—Soy Gabby. ¡Tu hermano es un canalla! —dijo y se sonrojó aún más—. ¡Perdón!

—No te disculpes. Es un canalla —dijo Annie riéndose—. Pero seguro que al final lo redimimos —añadió antes de preguntarle a Erin—. ¿Dónde está Justin?

—Dejándose hechizar por la cobra de la familia —murmuró Gabby metiéndose las manos en los bolsillos de los vaqueros.

Las dos mujeres se rieron.

—Perdón otra vez —gimoteó Gabby—. Soy un desastre.

—Pero muy simpática —dijo Erin sonriendo.

—Mucho —convino Annie.

—Bueno, ¿dónde está ese bebé tan alucinante del que me ha hablado mi padre? —preguntó la chica, encantada.

—Ya te lo traigo —dijo Annie indicándole a Erin que no se levantara—. Los puntos siguen tirándole —le explicó a Gabby con una sonrisa—, o como se llame a los puntos en la medicina moderna. Ahora mismo vuelvo.

—Qué maja es tu amiga —le dijo Gabby a Erin.

—Majísima. Somos amigas desde el colegio.

—Esa chica es guapa y es rica... —dijo Gabby mirando por la ventana.

—Y Justin la trata como si fuera un mueble, pero tú disimula mientras ella esté aquí —la advirtió Erin con delicadeza—. Que él no se dé cuenta. No dará buen resultado.

—Supongo que no —contestó Gabby con una mueca. Respiró hondo al girarse hacia Erin de nuevo—. Si pudiera encontrar a un buen hombre que me quisiera para siempre...

—¿No lo habías encontrado ya?

Gabby sonrió.

—Es gay. Es un encanto. Quedamos mucho porque al chico que le gusta a él le gustan las mujeres.

—¿Es que no hay nadie feliz en el mundo? —gruñó Erin.

—Lo dudo mucho —dijo una profunda voz desde la puerta.

Gabby miró a otro lado cuando Justin entró con Nan. Ella no se percató, pero él la miró fijamente, y no fue una mirada de indiferencia.

—¿Has vuelto a casa para el funeral? —le preguntó

a Gabby con brusquedad—. ¿No te echará de menos el universitario?

Gabby se giró y lo miró.

—Probablemente. ¿A ti qué te pasa? —preguntó secamente.

Las mujeres que había delante los miraban con un brillo de diversión.

Gabby pasó a fijarse en Annie, que entraba en el salón con el bebé en el arrullo.

—Ooooooh —exclamó asomándose a la manta—. Es precioso. Igual que su mamá —añadió mirando a Erin, que sonrió.

—¿A que es un muñeco? —dijo Nan en voz baja acercándose para mirarlo también.

—Duerme toda la noche —dijo Annie—. He oído que la mayoría de los bebés no duermen del tirón.

—Eso dice el obstetra —comentó Erin suspirando—. Supongo que tengo muchísima suerte.

—Mi padre dice que yo no dejé de llorar hasta que tuve tres años y que entonces me amenazó con mandarme interna a un colegio y me callé —dijo Gabby riéndose.

—¿Tu padre vive? —preguntó Nan—. Qué suerte tienes. Yo perdí a mi padre en un accidente de coche y mi madre murió de cáncer hace años.

—Yo también he perdido a mis padres —dijo Annie.

—Y yo —añadió Erin con tristeza.

—¿Todas? —exclamó Gabby—. ¡Lo siento mucho! Las mujeres le sonrieron.

—Supongo que tengo mucha suerte —admitió intentando no mirar demasiado mal a Justin y a la preciosa chica de la alta sociedad que acababa de llegar de la ciudad.

Erin se fijó en cómo miraba Justin a Gabby. Era increíble lo celoso que estaba. Y Gabby no parecía darse cuenta. Quería decírselo, pero seguro que era mala idea. Si Gabby se hacía muchas ilusiones, Justin a lo mejor la rechazaba pensando que era lo mejor para ella.

Lo mejor que podía hacer era tener paciencia.

Poco después Justin se marchó y Nan se fue a dormir. Estaba cansada; llevaba dos días reuniéndose con sus abogados para intentar dejar arreglado el asunto del testamento de Maude. Tenía que volver a Cheyenne. Iba a celebrar dos fiestas para unos invitados de fuera de la ciudad y no podía quedarse más allí.

Oírlo fue música celestial para Gabby. Y así, con una sonrisa de satisfacción, volvió a casa después de que Justin se marchara.

—¿Te has fijado en que Justin está celoso del amigo de la universidad de Gabby? —dijo Annie riéndose mientras Erin le daba el pecho a Cal.

—Sí —respondió ella cambiando de postura al bebé—, pero no deberíamos decírselo.

—Estoy de acuerdo. Justin está ciego —añadió sacudiendo la cabeza.

—No. Ve cosas que ella aún no ve porque es muy joven. Ella solo ha conocido Catelow, pero el mundo es muy grande y Justin ha visto mucho. Ella no. A lo mejor Justin piensa que Gabby no se conformará con quedarse aquí. Muchas mujeres jóvenes quieren viajar, tener una profesión, disfrutar de su libertad.

—Yo no —dijo Annie con la mirada perdida—. Yo quería quedarme en Jacobsville cuando terminé la universidad. Casarme. Tener hijos. Pero no me funcionó —terminó bajando la mirada.

—Pues únete al club —dijo Erin suspirando—. Tenemos muchos sueños que no se hacen realidad. Lo siento por Gabby. Es un encanto.

—Y muy celosa —dijo Annie riéndose.

—Bueno, es que Nan es guapísima y sofisticada y ha viajado mucho. Imagino que Gabby siente un poco de inferioridad comparándose con ella.

—Probablemente. Pero no ve el panorama general. Justin tiene orígenes humildes. Es parte de este lugar, de este estilo de vida. Es aquí donde estará tal vez hasta que muera. Ha visto algo de mundo y, al parecer, no le ha gustado —se recostó en la silla—. Pero Gabby está empezando a descubrir lo que es la libertad, sus talentos, y no parece dispuesta a echar raíces.

—En otras palabras, que está encaprichada, no enamorada, y que Justin está esperando la ocasión para saber lo que de verdad quiere Gabby.

—Exacto —dijo Annie riéndose—. ¿No crees que es positivo que los hombres no sean tan perspicaces como nosotras?

—Y deberíamos dar gracias por ello.

Capítulo 14

Ty acababa de aterrizar en Heathrow. Estaba agotado entre los retrasos y los innumerables e inevitables obstáculos de los viajes internacionales. Tuvo que ir esquivando a personas que no prestaban la más mínima atención a por dónde pisaban, por no hablar de lo que le costó dar con el conductor que había quedado en recogerlo.

Apretó los dientes. Había accedido a ir a Londres, pero donde quería estar era en Wyoming, con Erin y su hijo. El niño lo tenía fascinado. Durante el viaje se le había pasado el tiempo sin darse cuenta mientras veía los montones de fotos que le había mandado Annie.

Iba a ser un niño alto. Tenía el pelo oscuro, como Erin y como él. Y los ojos azules claros. Tenía los dedos largos. Era perfecto. Nunca había querido tener hijos. Ni siquiera se había planteado que pudiera tenerlos algún día. Bueno, años atrás sí, cuando estaba prometido con la mujer que había hecho que acabara huyendo del compromiso, pero últimamente no.

Ahora, en cambio, no pensaba en otra cosa. Estaba desesperado por formar parte de la vida de su hijo, por pertenecer a la familia que formaban Erin y el niño. Pero había cometido muchas estupideces y ahora las estaba pagando. Erin no le permitiría acercarse a ella.

Y se lo merecía. Había sido cruel, frío e insensible. Tal como había dicho Erin, cuando la había echado de su oficina aquel día acusándola de haberlo apuñalado por la espalda, la había culpado sin pruebas.

Erin lo habría defendido hasta la muerte sin tener ninguna prueba.

De pronto la había encontrado interesante, aunque lo había justificado diciéndose que le venía bien salir con ella para quitarse de encima a Jenny Taylor. Y cuando habían ido a la cabaña y ella se había entregado por completo, incondicionalmente, él se había lanzado de cabeza sin cuestionar la clase de regalo que Erin le había hecho aquella noche.

Pero al momento le había entrado el miedo. ¿Qué quería Erin? ¿Estaba jugando con él? Ella no tenía nada y él era rico. Ya se habían aprovechado de él en ese sentido. ¿Erin iría detrás por lo que podía darle?

Sus sospechas habían ido en aumento hasta que ella había llegado al punto de decirle que en el pasado ya había estado con otros hombres después de beber demasiado. Eso lo había enfurecido y le había hecho dudar de ella. La había visto llevar ropa de alta costura... que había resultado ser de segunda mano. Le había parecido culpable cuando Jones la había advertido de que se había dejado abierto el cajón donde guardaba la oferta. Luego su padre se había comprado un coche nuevo. Seguro que podía perdonarlo por haber sospechado después de tantas cosas.

Pero también recordó lo que ella le había dicho una y otra vez sobre que jamás habría dudado de él. Claro que no habría dudado de él nunca. Lo amaba.

Él no la había amado y por eso había dudado de ella. Por eso la había acusado. Erin había estado presente la mayor parte de su vida, era la mejor amiga de su hermana. Primero, cuando era pequeña, la había visto como un fastidio, luego como una pieza más del mobiliario, y finalmente, como una empleada sobre la que no sabía muy bien qué pensar. Trabajaba para él, pero Ty le había prestado poca atención, excepto cuando ella había ayudado a su familia, sobre todo cuando Annie y él habían perdido a sus padres. Erin había sido su roca.

Luego, cuando la madre de ella había muerto, habían hecho todo lo que habían podido por ayudarla. Y también después, cuando había muerto su padre. Pero Ty había perdido el contrato del gran proyecto en San Antonio. Se había emborrachado, la había seducido y casi al mismo tiempo las sospechas lo habían devorado.

En ningún momento se había sentido culpable por haberse aprovechado de ella. Estaba acostumbrado a que las mujeres cayeran rendidas a sus pies. Pero Erin no era esa clase de mujer. Ella no avanzaba con los tiempos. Era religiosa. Tenía principios, tenía moral. Era una chica íntegra, igual que su hermana.

Así que ¿por qué, en lugar de culparla y hacerla sentir culpable por lo sucedido, no se había planteado que ella se hubiera inventado lo de sus deslices en el pasado? Recordó la sangre en las sábanas. No había pensado que eso pudiera ser una prueba de su inocencia. A veces coincidía que una mujer empezara el periodo justo al final de un encuentro. Pero Erin no era así. Y él ni siquiera lo había tenido en cuenta.

Luego esa culpabilidad lo había vuelto cruel. No solo la había despedido, sino que, al enterarse de que estaba trabajando para otra empresa, se había asegurado de que su nuevo jefe supiera de qué la había acusado. Y eso le había costado el empleo.

En aquel momento Erin ya estaba embarazada, su padre había muerto, y había perdido el hogar que había tenido siempre. Estaba embarazada y él la había sobresaltado en el despacho y había hecho que la sacaran del edificio. Había hecho que se fuera de Texas.

¿Había sido necesario? ¿O había estado intentando aplacar su sentimiento de culpa asegurándose de no tener que ver lo que había provocado? ¿Había echado a Erin de la ciudad para asegurarse de no verla, de no sentir su mirada acusadora? ¿Lo había hecho para reconciliarse con sus propios sentimientos sin tener que preocuparse por los de ella?

El bebé, ver al bebé, había hecho que estallaran en su interior todas las emociones que llevaba años conteniendo. Ahora solo podía pensar en Erin y en el bebé; en su hijo, en su niñito. Ansiaba estar con ellos. Los echaba en falta. Era como si le faltara un brazo. Peor aún.

Y a menos que encontrara una buena razón, Erin se quedaría en Wyoming. Jamás podría acercarse ni a ella ni a su hijo cuando estuviera despierta.

Gruñó por dentro. Bueno, haría su trabajo en Londres y luego volvería a casa y empezaría a pensar en formas de recuperarla. De ninguna manera iba a renunciar a ella. Ni a ella ni a Callaway. Encontraría el modo de llevar a su familia a casa.

La funeraria había estado hasta arriba, no habían quedado asientos libres. Maude había sido muy querida en Catelow y el Condado de Carne, y había ido mucha gente a presentarle sus respetos.

Ahora, mientras andaba por la casa con cuidado de no hacer ruido, sola con el bebé y Annie, Erin acusaba más la pérdida. Además, estaba preocupada por lo que haría ahora.

Mientras Cal dormía, Annie la llevó a la cocina y preparó dos tazas de descafeinado.

Ella, espantada, miró a su amiga.

—Odias el descafeinado. Y sabes que yo también. ¡Pero has hecho descafeinado...!

—Maude me lo contó —dijo Annie en voz baja al sentarse a la mesa con su amiga.

—¡Pero yo no se lo conté a Maude!

—Los pueblos pequeños, ya sabes. Chismorreos. La gente que trabaja en los hospitales no es inmune a ellos —dijo Annie mintiendo al no querer delatar al obstetra, que se lo había contado a Maude—. Bueno, ¿qué te pasa?

Erin vaciló un momento, luego esbozó una mueca y dio un trago de café.

—Tengo una válvula disfuncional —murmuró.

Annie enarcó las cejas.

—¿Qué válvula?

—¿Qué...?

—Sí, porque si es el síndrome de Barlow o un prolapso de la válvula mitral, no te pasará nada —añadió Annie sonriendo—. Yo también lo tengo.

Erin abrió la boca sorprendida.

—¡Pero había un cardiólogo en el quirófano!

—Solo por precaución. No es tan grave, en serio. A veces se agrava y requiere cirugía, pero no es una condición poco común. De todos modos, no es mala idea que vayas al cardiólogo de vez en cuando. Pero no te pasará nada. Nada.

Erin se recostó en la silla y empezó a llorar.

—¡Estaba asustadísima! Sí, eso me dijeron, prolapso de la válvula mitral.

—¿Te ha visto ya el cardiólogo?

—No. Me tramitaron una cita, pero no me ve hasta dentro de dos meses. Está muy ocupado.

—¿Y no se te ocurrió pensar que si hubiera sido peligroso te habrían dado una cita enseguida?

Erin suspiró y sonrió.

—¡Por Dios! Ni siquiera lo pensé. ¡Ni lo pensé!

—Bueno, el caso es que estarás aquí mucho tiempo. Sin duda, lo suficiente para criar a ese adorable jovencito que duerme en la habitación de invitados.

Erin se rio y dio un trago de café.

—Un problema solucionado. Ahora otro —dijo Annie dejando la taza en la mesa—. ¿En serio quieres quedarte en Wyoming para siempre?

El rostro de Erin era un poema. Bajó la mirada a la mesa.

—Echo de menos nuestra casa. ¡Pero no puedo volver…!

—Se publicó un artículo en el periódico. Salió en primera plana, no solo en San Antonio, sino también en Jacobsville. Tengo una copia en la maleta. Ty concedió una entrevista. Contó lo sucedido y se culpó por lo que te había pasado. Incluso se disculpó por haberse equivocado y haberte acusado.

Erin miró a Annie con curiosidad.

—Ty no se disculpa.

—Ya lo sé. Pero se disculpó.

—Ah —dijo Erin dando vueltas a la taza—. ¿Lo obligaste?

Annie negó con la cabeza.

—A ese cabezota no se le puede obligar a nada. La culpa ha estado devorándolo desde que Lassiter le dio el informe sobre lo que pasó en realidad.

—¿Lassiter? ¿Dane Lassiter? —preguntó Erin extrañada.

Annie enarcó las cejas.

—Sí.

—Mi padre tenía un amigo en Houston que lo conocía. Tiene muy buena reputación por su honestidad y por su eficiencia. Dicen que es el mejor del país.

—Tiene toda mi admiración. Ty no me quiso hacer caso, pero al señor Lassiter sí que lo escuchó.

Erin dio un trago de café y dijo:

—Me sorprende que buscara una segunda opinión. Estaba segurísimo de que lo había traicionado yo —añadió con tristeza.

—Y yo estaba segurísima de que no —dijo Annie con firmeza.

Erin respiró hondo y rodeó la taza de café.

—Como lo amaba, jamás lo habría creído capaz de algo así. Pero así fue como supe lo que sentía de verdad por mí —añadió con una risa vacía—. Si quieres a una persona, la conoces. Crees en ella. Aquel día, cuando me despidió, le dije que algún día sabría la verdad, pero que ya sería demasiado tarde —levantó la mirada—. Y lo es.

Annie se quedó mirándola, sonriendo.

—¡Lo es! —insistió Erin.

Annie dio un trago de café.

—No sabes cuánto me gustaría poder odiarlo —dijo Erin con auténtica malicia.

—Y tú no sabes cuánto le gustaría a él que no lo hicieras. Ha estado destrozado. Y sigue estándolo.

—¡Bien!

—El mundo sería perfecto si pudiéramos dejar de querer a alguien cuando quisiéramos —dijo Annie con un tono muy suave—. Nos habría ahorrado mucho sufrimiento a las dos.

Erin recordó lo que había sufrido su pobre amiga con su gran amor y con el que había estado a punto de quitarle la vida. Dos hombres distintos. Uno nunca la había amado. Otro había fingido amarla porque era rica.

—Supongo que las dos los hemos pasado mal.

—Ty ha cambiado últimamente. No voy a pedirte que lo creas, pero es la verdad. No ha sido el mismo desde que te marchaste. Y cuando se enteró de lo de tu marido y de lo del bebé, se puso como loco.

Erin no soportó ese pequeño brinco que le dio el corazón. Las manos, alrededor de la taza, se le encogieron lo justo para evitar que se le cayera.

—¿Ah, sí?

—Se quedó pálido y luego se culpó por eso también. Pensó que te habías precipitado al casarte porque lo odiabas.

Erin desvió la mirada. No se atrevía a contarle la verdad a su amiga.

—No fue así —dijo al cabo de un minuto.

—¿Por qué no vienes a casa conmigo? —preguntó Annie con delicadeza—. Ty estará fuera un tiempo. Voy a estar sola. Puedes buscar casa y trabajo...

—No puedo estar en el mismo lugar donde esté él —dijo Erin interrumpiéndola.

—¿Por qué no? Ty trabaja en San Antonio. No lo verías casi nunca. Además, sale mucho a las obras y viaja mucho. De no ser porque trabajabas para él, podrías haber pasado semanas sin verlo nunca.

Erin debía admitir que eso era cierto. Se terminó el café.

—Supongo —dijo finalmente, pero añadió con una mueca de pesar—: Aunque ahora no puedo trabajar. No estoy recuperada para desempeñar un trabajo a tiempo completo. Tendría que buscar una niñera...

Annie alzó las manos.

—La señora Dobbs y yo nos ofrecemos voluntarias.

—Deberías preguntárselo a ella primero —dijo Erin sin poder evitar reírse.

—Ya se lo he preguntado. Incluso Barbara se ha ofrecido. Por no hablar de Tippy Grier, que adora a los bebés.

—¡Vaya!

—Tienes más amigos de lo que crees. No dejes que

Ty te lo estropee. Me aseguraré de mantenerlo alejado. Por favor, ven a casa. Soy una egoísta. No tengo a
nadie con quien hablar desde que te marchaste. Además, va a ser Navidad. Puedes pasarla conmigo. El
árbol está puesto y hay regalos debajo para Callaway
y para ti...

—¿Ya? —exclamó Erin.

Annie sonrió.

—Soy una optimista incorregible. Vamos, di que
sí. Antes de que vuelva Ty, habrás salido de mi casa,
estarás trabajando y tendrás un apartamento. Yo me
encargo de todo. ¿Por favor?

Erin se estaba ablandando. Quería volver a casa.
Quería un entorno familiar. Quería... ¡No, no quería
a Ty!

Se puso seria.

—El perdón es algo maravilloso —le recordó su
amiga con ternura—. Es lo que hace que acaben las
guerras.

—Puedo perdonarlo, pero no quiero verlo —dijo
Erin con aspereza.

—Y no lo verás. Si viene a casa antes de lo esperado, improvisaremos algo. ¿Vale?

—Deja que lo consulte con la almohada.

Annie sonrió.

—¡Hecho!

Las pertenencias de Erin no ascendían a mucho;
estaban metidas en dos maletas.

Un taciturno Justin los llevaba al aeropuerto.

—Este lugar no será lo mismo sin el retoño —murmuró mirando al bebé, en brazos de Erin.

La camioneta no tenía asiento trasero, así que Cal
no iba sujeto a ninguna sillita, pero sí bien protegido
por los brazos de su madre. Además, Justin era un

conductor muy prudente y el pequeño aeropuerto estaba a solo cinco minutos de la casa de Maude.

—Puedes ir a visitarnos —le dijo Annie—. La casa es enorme. Tenemos habitaciones de invitados.

—A lo mejor acepto la oferta. En primavera tal vez.

—En primavera se reúne al ganado —señaló Annie.

Él arrugó la nariz.

—Pues en verano a lo mejor.

—Es la recogida de los toros. Y las tormentas.

—En otoño.

—Destete, etiquetado y cría.

Justin la miró.

—Invierno.

—Arreglar equipos, arar para las siembras de primavera, ocuparse de las madres primerizas y vigilarlas constantemente.

—Listilla.

—Lo sé todo sobre ranchos y ganado. En el Condado de Jacobs prácticamente solo hay ranchos y buena gente.

—Igual que en Catelow.

—Yo vendré a visitarte —prometió Erin—. Cuando Cal sea un poco mayor.

—Me aseguraré de que venga —añadió Annie.

—Supongo que es mejor que nada —dijo Justin riéndose.

—Desde luego —dijo Annie.

Justin las acompañó al *jet* privado.

—Despídete de Gabby de mi parte y dile que le escribiré —le dijo Erin—. No tenía pensado marcharme antes de que ella volviera para las vacaciones de Navidad.

—No va a venir —respondió Justin con brusquedad—. Ha encontrado un trabajo en la zona donde está la facultad. Para estar cerca de su nuevo novio.

Erin tuvo que contenerse para no hacer un comentario de lo más estúpido y, sobre todo, para no decir la verdad sobre el amigo de Gabby.

—La universidad es cara. Necesitará el dinero, sobre todo después de que convenciera a su padre para que construyera la casa nueva. No tendrá mucha liquidez.

—Sí, supongo —dijo él. Despeinó a Erin con cariño—. Pórtate bien.

—Haré lo que pueda. Tú también.

Justin sonrió a Annie.

—Yo no pienso portarme bien, así que no me pidas que lo haga —le dijo Annie con firmeza—. Y si sigues sonriendo, te advierto que en el avión tengo *ginger-ale*.

Él alzó ambas manos.

—Ya soy lo bastante dulce.

Los tres se rieron.

A medida que el *jet* privado ascendía con un zumbido, Erin vio el paisaje de Catelow achicarse cada vez más.

—Echaré de menos este lugar —le dijo a Annie.

—Echarías más de menos Jacobsville si te quedaras aquí —contestó Annie con suavidad—. Eres tejana. No puedes trasplantarte con facilidad.

—Supongo. Solo espero estar haciendo lo correcto —dijo casi para sí mientras acurrucaba al bebé, que dormía.

—Créeme, lo estás haciendo. Estás haciendo lo mejor sin duda.

Erin se recostó en el asiento y cerró los ojos. No estaba tan segura, pero tampoco se sentía bien quedándose en Catelow y arrebatándole el trabajo a otra persona con lo mal que estaba la economía. Además, la casa sin Maude ya no parecía un hogar. Jamás sería lo mismo.

Maude había sido muy buena con ella. Erin se lo había dicho en una ocasión y la mujer había sonreído y le había respondió:

—Sigue la cadena de favores.

Y lo haría. Algún día, en el futuro, ayudaría a alguien que lo estuviera pasando mal. Transmitiría esa gran amabilidad. Ojalá Maude estuviera a salvo y feliz con su marido, paseando por campos de flores silvestres donde pastaba el ganado. Pensar así hacía que la pena doliera menos.

Capítulo 15

La señora Dobbs estaba loca con Callaway; tanto que Annie y Erin tenían que discutir con ella para poder acercarse al niño. Por supuesto, ahí Erin llevaba ventaja porque era la que le daba el pecho.

—No es justo —murmuró Dobbs.

—Alguna vez toma biberón —dijo Erin sonriendo.

—Eso es verdad, querida —contestó la mujer con otra sonrisa—. Ya tiene mejor aspecto.

—Sí que lo tiene —dijo Annie, tumbada en el sofá con un periódico entre las manos.

—¿Por qué no lo lee en Internet y deja de mancharme el sofá con tinta? —murmuró Dobbs.

—Si dejo de leer periódicos físicos, ¿con qué va a forrar usted los armarios? —preguntó Annie con toda la razón.

—¡Compraré algo de flores!

—En esta hoja hay flores. Mire —dijo mostrándole al ama de llaves un dibujo de un lirio en blanco y negro en la página de la iglesia.

La señora Dobbs resopló y salió de la habitación.

Annie y Erin soltaron una risita.

—Tiene razón, ¿sabes? Se te ve mejor —comentó Annie.

Y era verdad. En solo unos días, la melena de Erin

estaba más suave, su cuerpo estaba ganando fuerza y muy poco peso, y estaba guapa. Guapísima.

—Me encuentro mejor. Pero tengo que encontrar un trabajo pronto.

—Ya, aunque no encontrarás mucho durante las fiestas. La semana que viene es Navidad.

—¡Por Dios! Nos pasamos el año impacientes, esperando que llegue, y entonces llega y se pasa volando —dijo Erin mirando el árbol—. Está precioso.

—Me encanta decorarlo. Nunca pensé...

—¡Cuidado! —gritó una voz desde la biblioteca.

Beauregard entró como una flecha en el salón, con una energía desbordada y la lengua colgando.

—¿Cómo están los rodapiés? —preguntó Annie.

—Hechos trizas, gracias —dijo la señora Dobbs con resignación—. ¡Y se ha comido parte del cuero del sillón!

—Ty puede permitirse las reparaciones. Ya sabéis, Beau ha tenido una niñez problemática. O *cachorrez* o como se diga. Yo qué sé.

Erin, riéndose, cambió a Cal de postura y bajó una mano para acariciar al cachorro, que se frotó contra sus dedos.

—Es un encanto. ¿Cómo pudo alguien hacerle daño a un bebé precioso?

—En el mundo hay gente muy mala —dijo Annie suspirando.

—¡Ay, Dios, y están por todas partes! —dijo la señora Dobbs con voz de angustia.

Estaba mirando hacia la puerta principal, que tenía paneles de vidrio a ambos lados.

—¿Qué está mirando...? —empezó a decir Annie.

Justo en ese momento se abrió la puerta y un Ty agotado e irascible gruñó:

—¿Por qué narices está la puerta cerrada con llave? ¡Probad a sacar las llaves con todo esto en las manos! —dijo zarandeando la maleta, el portatrajes y una bolsa enorme de una tienda de juguetes.

Se hizo un silencio que decía mucho.

Ty miró al salón. Ahí estaban su hermana, horrorizada, y Erin, dándole el pecho a Callaway y con más gesto de horror incluso que Annie.

Soltó los bártulos e ignoró el grito de consternación de Dobbs cuando la mujer se agachó a recoger todo ese desastre.

Entró al salón con la mirada clavada en Erin, en el precioso retablo que representaba mientras daba el pecho al hijo de ambos. El pequeño de cabello negro estaba mamando con una manita posada encima de su madre y envuelto en un arrullo amarillo.

—¿Por eso querías que me quedase en Londres a pasar la Navidad? —le preguntó a su hermana fulminándola con la mirada.

—Fue solo una idea —dijo Annie con voz chillona mientras miraba angustiada a Erin.

Pero Erin estaba mirando a Ty. Alzó la barbilla.

—Annie me ofreció una habitación mientras busco trabajo...

—Eres más que bienvenida aquí —dijo Ty en voz baja y mirándola con ternura—. Tienes mejor aspecto.

—¿Mejor? —preguntó ella confundida.

—Mejor que en el hospital.

Se quedó atónita y mirándolo mientras Cal mamaba.

Ty sonrió al niño con cariño.

—Y él también tiene más pelo.

Beau se sentó y lo miró gimoteando.

—No te pongas celoso —murmuró Ty agachándose para levantarlo y achucharlo.

—Ha vuelto a comerse el despacho —murmuró Dobbs.

—No pasa nada. Lo que se coma se puede arreglar —dijo Ty sin más.

—¿Cómo sabes qué aspecto teníamos en el hospital? —insistió Erin.

Ty se encogió de hombros.

—Quería asegurarme de que estabais bien —respondió con una tierna sonrisa—. Y también quería ver al niño. Eres parte de nuestra familia, Erin. No merezco tenerte en ella después de todo lo que te he hecho, pero este sitio es tuyo tanto como nuestro.

Ty la había dejado eclipsada. Erin quería volcar su furia en él, gritar, acusarlo, hacerle el mismo daño que él le había hecho a ella. Pero lo único que pudo hacer fue quedarse mirándolo. ¿Había ido al hospital? ¿Por qué?

—Espero que vayas a quedarte en Jacobsville —añadió sentándose en su sillón reclinable con Beau en el regazo—. Puedes quedarte un cachorro. Le hará compañía al bebé.

Erin buscaba algo que decirle, pero fracasó miserablemente.

—¿Por qué estás en casa? —preguntó Annie, por fin atreviéndose a hablar—. ¡Dijiste que estarías fuera hasta enero y no has llamado!

—Papá pasó demasiadas Navidades lejos de casa y yo no quería continuar la tradición. Además, he cerrado el acuerdo.

—¡Bien! —dijo Annie mirando a Erin y esperando no acabar metida en un lío. No había esperado que Ty volviera tan pronto.

Sin embargo, Erin no parecía querer venganza. Terminó de dar el pecho al bebé y se lo pasó a ella mientras se abrochaba el sujetador y la camisa debajo de la manta.

—Qué pelazo tiene —exclamó Ty al ver a Annie con el bebé en brazos. Miró a Erin—. ¿Tu marido tenía el pelo oscuro? —preguntó intentando sonar convincente.

—¿Mi ma...? Eh, sí. Sí. Era moreno —respondió Erin desconcertada. Extendió los brazos para tomar al bebé y le sacó los gases con delicadeza.

—Siento lo de Maude —dijo él con tono suave—. Era una buena mujer.

—Sí.

Miró a Annie, que captó el mensaje y se levantó.

—¿Os apetecen unos sándwiches? ¿Tenéis hambre?

—Yo podría comer algo, sí —respondió Ty—. En el avión nos han dado un paquete de cacahuetes. La próxima vez me llevaré el mío.

—¿El paquete de cacahuetes o el avión? —bromeó Annie.

—¡Las dos cosas!

Ella se rio.

—Voy a ayudar a la señora Dobbs a preparar los sándwiches. Erin, ¿tienes hambre?

—Sí, pero primero voy a dormir a Cal —dijo levantándose despacio.

Ty la miró como si fuera un pájaro enjoyado revoloteando a su lado. Erin nunca había visto esa mirada en él. Era rara. Tierna y a la vez socarrona. Desvió la mirada y salió al pasillo para llevar a Cal a la habitación.

—¿Por qué no me has avisado? —le preguntó Annie a su hermano dándole con un paño de cocina.

—No pensé que tuviera que hacerlo. No me esperaba... ¿Cómo has conseguido que venga?

—¡Le dije que estarías fuera un tiempo! —le contestó con brusquedad y se estremeció al ver su expresión—. Perdón. Podría haberlo expresado mejor.

Él se metió las manos en los bolsillos.

—No hace falta. La verdad no necesita disculpas.

—¿Vas a quedarte?

Él respiró hondo.

—Supongo que podría irme a un hotel unas semanas.

—Aún no —dijo Annie.

Ty empezó a decir algo.

—Aún no —recalcó la señora Dobbs.

Él suspiró.

—Vale.

De todos modos, no habría querido marcharse, aunque tampoco quería hacer sentir a Erin más incómoda de lo que se sentiría ya.

—Tómate un sándwich y un poco de café —dijo Annie poniéndole un plato en la mesa. Él se sentó y ella le sirvió una taza.

Erin estaba sentada en el patio disfrutando del sonido de la música navideña que salía de la casa mientras el bebé dormía. Hacía frío, pero la casa y los jardines estaban decorados y todo estaba iluminado y precioso. Llevaba unos vaqueros, una sudadera y una cazadora vaquera.

—Vas a enfriarte —dijo Ty tras ella.

Erin se sobresaltó, pero controló la reacción antes de que fuera demasiado aparente.

—No. Me gusta el frío. Hasta que nació Cal salí a andar todos los días.

—Me gusta andar.

—Ya me acuerdo. Hola, Beau —dijo Erin con cariño cuando el perrito se le acercó corriendo y se tumbó a sus pies. Se rio—. Es igual que Rhodes. Le gustan los pies.

—Debe de pensar que son taburetes calientes —dijo Ty sentándose en una silla a su lado. Se estiró—. Odio los vuelos al extranjero. El *jet lag* me mata.

Erin seguía acariciando a Beau. No respondió.

—Si estás incómoda conmigo aquí, puedo irme a un hotel.

Ella lo miró consternada.

—¡Por Dios, no! ¡Y menos en Navidad! Annie y tú estáis solos. ¿Cómo crees que me haría sentir eso?

Ty la miró fijamente.

—Me merezco todo lo que me pase, Erin —respondió con tono suave—. Tenías razón. Te acusé con unas pruebas de lo más inconsistentes y encima hice que perdieras el trabajo —apartó la mirada—. Me merezco un disparo.

Ella respiró hondo.

—No te culpo —dijo al cabo de un momento—. No me conocías.

—¿Qué?

Erin sonrió con tristeza.

—Soy amiga de Annie, no tuya. Para ti solo era una empleada y una persona que viene a tu casa de vez en cuando. Es todo lo que he sido siempre —dijo bajando la mirada y perdiéndose la expresión de dolor que cubrió el rostro de Ty—. Para poder ignorar las pruebas de un delito, tiene que importarte la persona en cuestión, e incluso entonces a veces te equivocas y defiendes a alguien que en realidad es culpable.

—Sí, pero tú me habrías defendido hasta la muerte —dijo él apretando los dientes—, aunque hubiera sido culpable y tú lo hubieras sabido. Esa es la diferencia.

Erin miró las luces de colores que colgaban alrededor de la valla.

—Vivía en un sueño. En una fantasía. Necesitaba algo que me despertara y me devolviera al mundo real. No se puede vivir de los sueños.

Él también miraba a lo lejos.

—¿Eso era? ¿Un sueño?

Erin se giró y lo miró.

—Te rompieron el corazón hace seis años —dijo ignorando el dolor en su mirada— y eso te cambió. No quisiste volver a tener nada permanente. Renunciaste a los sueños y te conformaste con lo práctico y sensato. Tendría que haberme dado cuenta de que solo querías salir conmigo para quitarte de encima a Jenny Taylor, pero no lo hice —dijo riéndose, aunque fue un sonido frío, vacío—. Pensé... mejor dicho... esperaba... —no podía decirlo—. Pero para ti solo fue una forma de conseguir algo. Los dos bebimos demasiado y pasaron... cosas —respiró hondo—. Pero eso pertenece al pasado. Me casé, perdí a mi marido y ahora tengo un hijo que criar. Así que yo también he renunciado a los sueños.

Él frunció el ceño. No entendía lo que quería decir.

Erin se inclinó hacia delante.

—Solo he vuelto para encontrar un trabajo y criar a mi hijo en el lugar donde crecí y me siento segura. Así que, si te preocupa que haya venido para acosarte por lo que pasó o para reclamarte algo, tranquilo —dijo hablando rápido porque le estaba dando vergüenza pronunciar esas palabras. Se sonrojó un poco—. No quiero... nada de ti. Eso es lo que quiero decir.

—Erin —dijo él con tono suave—, ¡en ningún momento he pensado eso!

—Ah —dijo ella tragando saliva—, vale.

—He vuelto a casa a pasar las Navidades. ¿No has vuelto tú por lo mismo?

Erin lo miró conteniendo la sensación de pérdida y dolor. Era guapísimo y llevaba amándolo casi toda la vida. Pero Ty era un sueño y ella ahora tenía que ceñirse a la realidad. Forzó una sonrisa.

—Sí. He vuelto a casa a pasar las Navidades.

Ty sonrió.

—Pues haremos que sean estupendas.

Ella vaciló y asintió.

Ty le enseñó lo que había comprado en la tienda cercana al aeropuerto; dentro de la bolsa había un balón de fútbol y varios juguetes para niños más mayores.

Erin se rio al verlos.

—¡Pero si es solo un bebé...!

—Crecerá —le aseguró Ty—. Además, he traído esto...

Sacó un móvil para cuna.

—Tiene música —dijo al dárselo—. Luz, sonido y música. Es un juguete de desarrollo para recién nacidos. Se pone en la cuna. Por cierto, ¿tenemos cuna?

Erin se puso roja.

—Bueno...

Él se levantó, sacó el teléfono y empezó a hacer llamadas. Ese mismo día llegó una preciosa cuna blanca junto con una silla de coche de última tecnología y todo tipo de ropa de bebé: jerséis, calcetines, calzado e incluso un abrigo de tela de peluche con capucha.

—Pero, Ty —protestó Erin.

—A callar —dijo Annie con firmeza—. Vamos a consentir al bebé y, si intentas detenernos, le diremos a Beau que te lama.

El perrito, tumbado sobre una pierna de Erin, ya lo estaba haciendo. Ella se rindió y se limitó a reír.

Al verla, al ver esa encantadora expresión en su precioso rostro, a Ty le cambió la cara. Sonrió. Hacía mucho tiempo que no la veía feliz y, al verla ahora así, se sintió como si estuviera volando. Pero desvió la mirada antes de que ella pudiera verlo. Era demasiado pronto.

Ahora mismo su única ambición era que esas fueran las mejores Navidades para todos, en especial para el bebé.

Al principio a Erin le había preocupado que Ty pudiera sentirse incómodo con ella viviendo en su casa, pero a él no parecía molestarle su presencia. Solía encontrarlo en la habitación del bebé viéndolo dormir. La conmovía lo fascinado que estaba con su hijo. No entendía el porqué de ese interés por el pequeño, porque no solía pasar mucho tiempo con niños pequeños. Aun así, le encantaban. Tenía varios ahijados a quienes mimaba y consentía mucho, pero ninguno era ya recién nacido.

A Ty todo lo que hacía el bebé le parecía interesante. Intentaba no mirar cuando Erin le estaba dando el pecho, pero no podía evitarlo. Estaba preciosa así, con el diminuto niño acurrucado a ella.

—¿Duele? —le preguntó de pronto.

Ella lo miró sorprendida.

—¿Qué?

—¿Que si duele cuando succiona?

Erin respiró hondo.

—Bueno, al principio duele un poco como las contracciones. Pero solo unos segundos.

Él asintió sin más, como si se hubiera quedado satisfecho con la respuesta.

—Estás observándolo todo el tiempo —dijo Erin.

Ty esbozó una lenta sonrisa.

—Nunca había estado tan cerca de un bebé. Es precioso.

Erin sonrió y la sonrisa se le reflejó en los ojos además de en los labios.

—Sí que lo es. Para mí también es algo nuevo porque nunca he tenido familiares con bebés.

—Yo antes quería tener hijos —dijo él despacio y con una mueca.

Erin sabía a qué se refería. A lo que había pasado con aquella horrible mujer seis años atrás. Ty había querido tener hijos con ella antes de descubrir lo mentirosa y despiadada que era en realidad.

—Debería haberme imaginado que una mujer que estaba tan obsesionada con su aspecto físico no querría arriesgarse a perder la figura por tener un hijo —dijo con frialdad—. Incluso lo dijo, después de que su marido le tendiera la trampa para que yo pudiera oírla jactarse de lo que iba a hacer con todo el dinero que tendría cuando se casara conmigo.

Erin suspiró.

—Nunca conocemos de verdad a las personas. Era preciosa.

—Sí, pero Annie no la soportaba, y eso debería haberme servido como señal de alarma. Annie quiere a casi todo el mundo.

—Las mujeres solemos saber identificar a los farsantes. A lo mejor los hombres también. O, al menos, otros hombres.

—A saber —dijo Ty sonriendo al niño—. Cuando crezca, podemos construirle un fuerte en el jardín trasero.

Erin se quedó mirándolo.

—Lo siento —dijo él con una mueca—. Para entonces ya no estaréis aquí —añadió y miró a otro lado—. Bueno, pero puedo construirlo de todas formas. A lo mejor te apetece traerlo de vez en cuando. Necesito todos los ahijados que pueda reunir para que me cuiden cuando sea viejo —bromeó.

Erin sentía tristeza por él. Nunca confiaría en una mujer, no lo suficiente para casarse y tener hijos. Qué desperdicio.

Cal terminó de mamar y Erin intentaba abrocharse el sujetador cuando Ty se levantó y dijo:

—Trae, dámelo mientras tanto.

—Regurgitan...

—Cielo, la ropa se lava —respondió Ty con un tono muy suave y sonriendo mientras extendía los brazos.

Esa palabra cariñosa la quemó por dentro. Le dolió oírla e imaginarse a cuántas mujeres se la habría susurrado sin sentirla.

Ty no parecía haberse dado cuenta de lo que había dicho. Se puso al niño sobre un hombro y le frotó la espalda, entre los omóplatos. Al momento salió un enorme eructo y una regurgitación digna de unas Olimpiadas. Se rio.

—¡Vaya sonido! —exclamó acariciando la cabeza del niño con su mejilla.

—Te va a empapar —dijo Erin ofreciéndole la muselina que había usado para cubrirse la blusa mientras le daba el pecho a Cal.

—Tengo camisas —dijo Ty acunando al bebé contra su amplio torso—. Es un niño robusto. ¿Crees que será alto?

Ella miró al suelo.

—Creo que sí, aunque aún es difícil saberlo.

—El pelo lo tendrá oscuro. ¿Y los ojos?

—Ahora mismo los tiene azules, pero le cambiarán en unas semanas. El marrón es el color dominante...

Se detuvo en seco. No había pretendido decirlo. Ty tenía los ojos casi negros, de un marrón muy oscuro.

Él no reaccionó ante el desliz y preguntó con naturalidad:

—¿Entonces su padre tenía los ojos oscuros?

—Sí —contestó Erin mirando a otro lado.

Ty se giró para poder verle la cara. Estaba sonrojada. Erin nunca mentía; seguro que le estaba costando

decirle cosas que no eran verdad, seguir mantenien-
do la farsa. Pero si Ty decía algo, si Erin sospechaba
que él sabía quién era el padre del niño, saldría de
allí disparada. Y él no podía arriesgarse a que pasara
eso.

—Perdiste demasiado y muy seguido. Tu padre, tu
trabajo, tu casa. Luego a tu marido. Y ahora a Maude
—respiró hondo—. Lo siento mucho, Erin.

Ella contenía las lágrimas.

—Todos vivimos momentos duros. Nos hacen
más fuertes.

—Supongo.

Ty se sentó en el sillón reclinable y miró al niño
que tenía en brazos. Sonrió.

—Hola —dijo con tono suave y viendo cómo el
niño lo miraba a él—. Eres un hombrecito muy guapo.

El bebé lo miraba, con los ojos como platos y haciendo ruiditos.

Erin se rio y Ty también.

Ella se sentó con una mueca de dolor.

—¿Te siguen tirando los puntos? —preguntó Ty al
fijarse.

Erin se encogió de hombros.

—Un poco, pero ya están mucho mejor.

Ty la observaba.

—Si necesitas ayuda con el bebé, dímelo. Podemos
buscar una niñera si la necesitas. Puedes elegirla.

—No estoy tan mal. Puedo hacer lo que tengo que
hacer.

—No quiero presionarte —dijo él sonriendo—,
pero puedes tener lo que necesites mientras estés
aquí.

—Ya has hecho bastante —dijo Erin sonriendo.

Él se puso serio.

—Lo único que he hecho ha sido causarte problemas —contestó Ty mirando al bebé.

—Ty...

Erin se sentía culpable, aunque no debería. Ty le había causado un dolor inmenso. Pero parecía arrepentido, y eso no era normal en él. ¿Por qué sería?

Ty respiró hondo.

—Podrías haber perdido al bebé. Estabas embarazada el día que te despedí. Te asusté cuando perdí los nervios.

Erin casi lo había olvidado.

—Solo... me sobresalté —dijo con la voz entrecortada.

—Yo y mi puñetero mal carácter —murmuró Ty con frialdad—. Me ha perjudicado mucho. Demasiado —dijo con los ojos cerrados—. Si pudiera volver atrás y empezar de nuevo...

—Nadie puede empezar de nuevo —lo interrumpió Erin—. Hay que seguir avanzando, paso a paso. Es lo único que podemos hacer. No podemos deshacer el pasado.

Él la miró atormentado.

—Si pudiera, lo haría.

Lo dijo con tanta intensidad que Erin sintió las palabras en todo su ser. No sabía qué responder. Estaba segura de que Ty había salido indemne de la situación, que no le había importado lo más mínimo lo que le había hecho. Sí, tal vez lamentaba haberla despedido, pero lo que estaba expresando era mucho más intenso que un simple arrepentimiento. No lo entendía.

Ty desvió la mirada antes de que ella pudiera ver demasiado en su expresión. Sonrió al pequeño, que movía los brazos y las piernas mientras lo miraba.

—¿Siempre se mueve así?

Erin sonrió.

—Casi todo el tiempo, menos cuando está dormido.

Él ladeó la cabeza.

—Ahora está haciendo pucheros como si fuera a llorar, pero no está llorando.

—Ay, madre.

Erin se levantó y Ty la observó mientras extendía los brazos.

—¿Ay, madre?

—Lo que entra tiene que salir...

Ty sonrió.

—Voy a cambiarlo.

Ty se levantó.

—Yo te lo llevo. Hemos comprado un cambiador, ¿no?

—Sí. Es muy bonito. Así ya no tengo que agacharme sobre la cama para cambiarle el pañal.

—Imagino que después de una cesárea sería bastante incómodo.

—Sí —dijo ella siguiéndolo a la habitación de invitados.

Ty dejó al bebé en el cambiador y se apartó para dejarla trabajar. Le dio las cosas que ella le iba pidiendo y él, embelesado, vio el proceso. A Erin le resultó divertido. Parecía que todo lo que tuviera que ver con el bebé lo fascinara.

—¿Quién te lo iba a decir? Tú aprendiendo a cambiar pañales —bromeó Erin.

—Creo que se me podría dar bien. Aunque, claro, lo de dar el pecho tendría que ser tarea estrictamente tuya —añadió en broma.

Ella soltó una carcajada. Y él también.

El bebé los miró a los dos y gorjeó.

—¡Hala! —exclamó Ty.

Erin lo miró.

—Lo hacen mucho.

—Cada minuto es como una aventura —dijo Ty sacudiendo la cabeza.

Erin suspiró y sonrió.

—Sí, sí que lo es. No tenía ni idea de lo que sería tener un hijo. Lo lees y lo ves en las películas, pero cuando el bebé es tuyo... es otro mundo.

Él asintió sin darse cuenta de lo que estaba haciendo. Sintió una punzada de amor por ese niño diminuto que lo atravesó como un puñal. No se lo esperaba. Como tampoco se había esperado lo que sintió al estar ahí, al lado de Erin. Ella había formado parte de su vida prácticamente desde siempre, pero ahora era distinto. Lo fascinaba tanto como el bebé. Era una nueva reacción, un nuevo sentimiento que ella había despertado en él.

Durante años había evitado cualquier indicio de vida hogareña. Y ahí estaba ahora, entusiasmado porque había aprendido cómo se cambiaba un pañal. Estaba radiante de felicidad porque ese niñito, su hijo, había gorjeado mientras lo miraba. Se sentía como si estuviera flotando.

A sus pies oyó un agudo ladrido y ahí estaba Beau, sentado con una oreja levantada y la otra caída, su boca rosada abierta con la lengua colgando, y esos ojos oscuros brillando como diamantes negros mientras miraba a sus humanos.

—Eres un bebé muy celoso —bromeó Erin mirando al cachorro.

—Creo que tiene curiosidad. Él tampoco había estado nunca cerca de un bebé.

—Es una curva de aprendizaje.

—Sí, para todos —bromeó Ty mirándola.

Erin se rio.

A Erin le encantaba cocinar. Ty y Annie se turnaron para vigilar al bebé mientras Erin y la señora Dobbs trabajaban en la cocina haciendo tartas, pasteles y pan. Luego los meterían en la cámara congeladora y los sacarían el Día de Navidad. Había mucho que hacer antes del gran día: cocer y rellenar huevos, preparar rellenos para otras elaboraciones entre cuyos ingredientes había galletas y pan de maíz que, desde luego, ninguna de las dos mujeres estaba dispuesta a comprar ya hechos. No, tenía que ser todo casero. Tenían que descongelar un pavo, y ya solo eso tardaba tres días. Y luego estaban los pralinés y el delicioso dulce de azúcar, ambos una tradición de los Mosby que se remontaba tres generaciones atrás. Era mucho trabajo, pero merecía la pena.

—Estás sudada —dijo Ty cuando Erin salió de la cocina quitándose el delantal para agarrar al bebé—. Lo vas a empapar —añadió apartando al niño.

—¿Ah, sí? ¡Pues nada! ¡Dale tú de mamar!

Ty se quedó mirándola fijamente.

Ella enarcó las cejas y extendió los brazos.

Ty torció el gesto, pero le dio a Cal.

Erin se rio y se sentó.

—Ayudaría en la cocina si pudiera —dijo él cruzándose de piernas en su sillón.

—No. ¡Lo que sea menos eso! —suplicó Annie al unirse a ellos.

—Solo fue un pequeño incendio —dijo Ty mirándola.

—Las cortinas salieron ardiendo.

—Y también el rabo del gato —añadió Erin—. ¡Fue una suerte que tuviera un rabo tan peludo que no sintiera el calor!

—Me mordió cuando estaba intentando apagarlo —murmuró Ty.

—En su defensa tengo que decir que él no sabía que estaba ardiendo —interpuso la señora Dobbs al acercarse—. Bueno, señorita Erin, creo que hoy hemos avanzado bastante. ¡Ha sido mucho trabajo!

—Pero ha sido divertido. Me encantaba cocinar

con mi madre —dijo Erin viendo al bebé mamar—.
Sobre todo en Navidad. Me enseñó todo lo que sé de
cocina.

—Bien sabe Dios que he intentado enseñar a estos
dos —murmuró la señora Dobbs mirando a Annie y
a Ty—. ¡Él incendió la cocina y ella hizo estallar mi
horno!

—Fue culpa de la resistencia —se defendió Annie—. ¡Y, de todos modos, estaba viejo y había que
cambiarlo!

—Y las cortinas de la cocina eran una vergüenza
—añadió Ty con altanería—. Merecían morir.

Erin estaba riéndose y también la señora Dobbs.

—Excusas, excusas —dijo la mujer sacudiendo la
cabeza.

—Sé hacer galletas —dijo Annie en su defensa.

—Sí, de una lata —murmuró la señora Dobbs.

—¡Pero siguen siendo galletas! —contestó Annie
ofendida.

—Y yo ya no dejo paños de cocina encima de los
fuegos de la cocina —dijo Ty.

—No, ¡pero ha enseñado a su perro a comerse los
muebles! —lo acusó la señora Dobbs.

—Necesita un poco de fibra en la dieta —murmuró él.

Erin soltó otra carcajada. Era como en los viejos
tiempos. Por primera vez en meses, de verdad sentía
que estaba en casa y volvía a formar parte de una familia.

Capítulo 16

Durante los días previos a Navidad, Ty estuvo en casa la mayor parte del tiempo. Una noche los subió a todos al coche grande y los llevó a dar una vuelta por Jacobsville para ver las decoraciones navideñas.

Entre las más bonitas estaban las de una casa de estilo español situada en una calle trasera, propiedad de Rodrigo y Gloryanne Ramirez. Tenían un niño pequeño y su jardín parecía una fábrica de juguetes. Había caballitos móviles y un Santa Claus con un reno, y todos los árboles estaban adornados con luces de colores.

—¡Qué bonito! —exclamó Erin.

—Siempre ponen unos adornos preciosos —comentó Annie—. ¿Y la casa de los Pendleton?

—Esta Navidad están en San Antonio —les dijo Ty—, pero el rancho Carson es una pasada. Luego iremos allí.

—¿El rancho del *sheriff*? —preguntó Erin.

—Sí. Su mujer y él se mudaron al rancho con los niños cuando murió la tía de ella.

—¿Y también ha ido con ellos la iguana gigante? —preguntó Annie.

Él se rio.

—Claro. Sigue a los niños a todas partes como si fuera un perrito.

—Lagartos —murmuró la señora Dobbs fingiendo un escalofrío.

—Los lagartos son muy bonitos —dijo Ty—. Yo estoy pensando en tener uno.

—¡Me iré!

—¡La despediré yo! —contestó Ty.

—Haya paz —dijo Annie—. ¡Es Navidad!

—Aún no —dijo Ty con una mirada amenazante por el espejo retrovisor.

—Más le vale ser bueno conmigo —contestó la señora Dobbs—. Sé dónde vive Santa Claus el resto del año.

—¿Ah, sí? Pues yo sé dónde está ahora mismo.

Giró hacia otra calle trasera y aparcó frente a una casa con un trineo enorme y un reno muy realista iluminados. Había una fila de niños que llegaba hasta la carretera.

—¿Lo ve? —le dijo a la señora Dobbs—. ¡Como se meta conmigo, le dejará carbón en los calcetines!

La mujer le hizo una mueca.

—¿Paz en la tierra? —dijo Annie intentándolo de nuevo.

Los dos cedieron.

—¡No podemos! —protestó Erin cuando Ty paró junto a la acera—. ¡No saben que venimos!

—Sí lo saben —dijo Ty—. He llamado a Cash.

—Se han enterado de lo del bebé —dijo Annie riéndose—. Tippy me ha llamado dos veces para asegurarse de que venimos, y no es a nosotros a quien quiere ver precisamente.

—Ah —dijo Erin bien consciente de la fascinación que sentían los Grier por los bebés. Él había sido francotirador del gobierno y ahora era jefe de policía, pero le encantaban los niños. Y también a Tippy, su esposa y exmodelo y exestrella de cine.

De hecho, ya estaban bajando los escalones de la entrada antes de que Erin hubiera llegado a salir del coche ayudada por Ty, que tenía al bebé en brazos.

—¡Estábamos deseando que llegarais! —dijo Tippy riéndose—. ¿Puedo? —preguntó extendiendo los brazos.

Cash Grier, muy hábilmente, se le puso delante.

—Ponte a la cola —dijo con tono altivo agarrando al bebé—. Es perfecto —añadió mientras Tippy lo agarraba del brazo riéndose y mirando al diminuto niño envuelto en un arrullo que lo protegía del frío.

—¡Yo también quiero verlo! —se oyó una lastimera voz desde el porche.

—Es mi hermano pequeño —dijo Tippy riéndose—. Le vuelven loco los niños. Tris lo quiere con locura, y también nuestro hijo.

—Hasta ahora no me había dado cuenta de lo divertidos que son los niños —dijo Ty viendo a los Grier entusiasmados con el niño de cuya paternidad no podía presumir.

—Y son adictivos —añadió Cash con una risita.

—¿Cómo estás? —le preguntó Tippy a Erin—. Nos hemos enterado de lo de tu cesárea.

—Aún sigo un poco dolorida, pero estoy mucho mejor, gracias —respondió sonriendo.

—Si se hubiera mantenido alejada de la cocina, estaría aún mejor —dijo Annie al unirse a ellos seguida por la señora Dobbs.

—Pues si no fuera por ella, querida, no tendríamos cena de Navidad. Yo no puedo hacerlo todo sola.

—¿No cocinan? —le preguntó Tippy señalando a los hermanos.

—Solo si el departamento de bomberos hace guardia en el jardín delantero —bromeó la señora Dobbs.

—Fue solo un incendio —dijo Ty exasperado—. Un incendio chiquitito.

—Y un horno que se habría quemado aunque yo no hubiera estado en la cocina —añadió Annie.

—Cuando cocino, echo el cerrojo a la puerta por si intentan entrar a ayudar —susurró la señora Dobbs.

Todos se rieron.

La última parada fue el Parque Jacobsville, donde durante las Navidades montaban un fantástico espectáculo de luces. Era un derroche de color y de coches y camionetas haciendo cola para bordear el círculo, muy despacio, de modo que los niños no se perdieran ni un solo detalle.

—¡Es alucinante! —dijo Erin suspirando—. Nunca había tenido tiempo de venir a verlo.

—Ya lo sé —murmuró Ty mientras seguía al vehículo que tenía delante, con cuidado, por el estrecho camino—. Te tenía trabajando todo el tiempo.

—No me importaba —respondió Erin al mirar a Cal, que estaba tendido en la silla mirando a su alrededor con los ojos como platos —. ¿Ves qué colores tan bonitos, pequeñín? —dijo con ternura—. Por cierto, ¡le encanta el móvil que le compraste! —añadió dirigiéndose a Ty.

Él sonrió.

—Ya me he dado cuenta.

Erin parecía perpleja cuando la miró por el retrovisor.

—A veces se despierta por la noche —dijo él algo avergonzado—, así que se lo enciendo y lo miro.

Erin se sintió conmovida y también acongojada. Ty pensaba que el niño era el hijo de otro hombre. Jamás sabría que el pequeño con el que estaba creando un vínculo tan estrecho era su propio hijo.

Él, al ver esa expresión en su rostro, frunció el ceño y miró hacia los adornos que los rodeaban.

—Lo siento. Tal vez debería habértelo dicho.

—No me importa —contestó ella enseguida, algo sorprendida.

—¿Entonces por qué te has quedado así? —le preguntó Ty con delicadeza.

Erin lo miró por el espejo y sintió ganas de llorar. Sufría por dentro, y no por la reciente cirugía. Apartó la mirada y tragó saliva con dificultad.

—Qué bonitas son las luces, ¿verdad?

—Sí que lo son —dijo Annie, sentada al lado de Ty—. Qué pena que solo podamos ver algo tan bonito una vez al año, ¿no?

—Si lo tuvieras todos los días, te aburrirías —dijo Ty, ahora con gesto de broma.

—Supongo.

—¿Quién quiere ir a casa a tomar un chocolate caliente? —preguntó él cuando salieron a la calle principal.

Tres manos se alzaron.

—El coche está caliente, pero tengo frío —dijo Annie riéndose.

—Y yo. Además, alguien tiene que cenar e irse a dormir —señaló Erin riéndose y haciéndole cosquillas al bebé en la barbilla.

—¿Los bebés recuerdan cosas? —preguntó Ty de camino a casa.

—Buena pregunta —dijo Erin—. Se lo preguntaré al pediatra... ¡Ay, Dios! ¡Pero si no tengo!

—Es un problema de fácil solución —le aseguró Annie—. Tenemos varios especialistas que vienen una o dos veces por semana desde San Antonio, pero primero consultaremos las opiniones. ¡Este bebé solo puede tener al mejor médico y al más simpático!

Erin se rio. No mencionó que necesitaría un plan de pago a plazos porque no tenía seguro. La póliza que había tenido con la empresa de Ty había expirado.

—Por cierto, te he reactivado tu póliza —dijo él como si hubiera captado su preocupación.

—¿Có... cómo? Pero, Ty, ya no trabajo para ti.

Él la miró por el espejo.

—De eso ya hablaremos luego —dijo y volvió a fijar la mirada en la carretera—. Tengo una idea.

Erin estaba preocupada por ese asunto. Le dio el pecho a Cal, le sacó los gases, lo besó y lo acunó hasta que se durmió.

Estaba viendo cómo el bebé cerraba los ojos cuando sintió a Ty a su lado.

Levantó la mirada hacia él aun sin querer. Era el hombre más guapo que había conocido y tan inaccesible como la luna. Bajó la mirada empapándose de la calidez y el poder que emanaba su esbelto cuerpo y del ligero aroma especiado de su colonia.

—Ya se parece mucho a ti —dijo Ty en voz baja—. Sobre todo en los ojos. No creo que vaya a tenerlos oscuros como los... —se detuvo justo a tiempo— de tu difunto esposo —añadió rápidamente.

Ella respiró hondo.

—Mi padre tenía los ojos grises y mi madre, azules claros —dijo ella sonriendo—. Pero el color de ojos cambia. Al final podría tenerlos oscuros.

Ty se giró y le alzó la cara hacia él.

—Siento que no podamos retroceder unos meses —dijo en voz muy baja—. Por cierto, me equivoqué contigo.

—No me conocías...

—Pero en el fondo sí —la interrumpió mirándola a los ojos—. Te conocía de siempre. Por eso me echaba atrás constantemente.

Ella frunció el ceño. No entendía nada.

—Hace seis años me pasó algo, pero no fue amor,

sino algo indigno. Jugó conmigo hasta que me volví loco por ella. Su exmarido me hizo un gran favor. Si no hubiera intervenido, yo habría acabado con lo que probablemente me merecía.

—Nadie merece que le hagan tanto daño —contestó ella en voz baja.

Él levantó una mano grande y esbelta y le apartó un mechón de pelo de los ojos.

—Y mucho menos tú, Erin. Estaba huyendo, ¿no te diste cuenta?

—¿Huyendo?

Esa mano la estaba volviendo loca. Ahora le estaba recorriendo la línea de la boca y ella estuvo a punto de gemir. Había pasado mucho tiempo desde que la había tocado, abrazado y deseado.

—Sabía que, si me acercaba a ti, jamás podría alejarme —dijo Ty con la voz tensa—. No eras chica de una juerga...

—Dijiste que sí —contestó ella con brusquedad.

—Te escuché, y fue un gran error. ¿Por qué me mentiste y me dijiste que solías beber y perder el control?

Ella plantó la mirada en la parte delantera de su suéter. Era oscuro, como sus ojos.

—Te sentías culpable por lo que pasó, pero no fue culpa tuya. Jamás debería haber bebido.

Él se acercó más y le rodeó la cara con la fuerza y la calidez de sus manos.

—Sí, pero, cielo —susurró—, si no te hubieras tomado aquella copa, no habríamos tenido este bebé precioso.

Un calor la recorrió por todo el cuerpo como si fuera fuego líquido. Se quedó mirándolo sin reaccionar mientras el horror se apoderaba de ella. Ty se había dado cuenta. Tenía que despistarlo, ¡no podía permitirle saber que...!

—Lassiter fue muy minucioso —susurró él— y me dio las fechas reales.

Erin palideció. Empezó a apartarse, pero él la acercó de nuevo y la rodeó con los brazos, meciéndola.

—No merezco tu confianza. No soy el hombre que desearía ser, pero cuidaré de ti y de Cal mientras viva. Y os querré —añadió mirando sus ojos de impacto— hasta que dé mi último aliento.

A ella le temblaban los labios y se le saltaron las lágrimas.

—Pero tú no quieres...

Ty se agachó y la besó con mucha ternura.

—Os quiero a mi hijo y a ti más que a mi propia vida.

—Lo que dices son solo suposiciones —dijo ella sollozando.

Ty se sacó el teléfono del bolsillo y se lo dio.

Ahí, como fondo de pantalla, estaba él con el pequeño Cal en su mantita, en el nido del hospital de Catelow, Wyoming.

Ella se quedó sin aliento. Lo miró.

—¡Por eso estuviste allí!

Ty asintió.

—Tuve que esquivar a tu mamá gallina y al capataz, pero Annie me ayudó a colarme —dijo apoyado en su frente—. Mi hijo. Mi primer hijo. ¿Cómo podía perderme algo así? ¿Cómo podía un ser humano mantenerse alejado de algo así? —le rozó los labios otra vez—. Y además estaba preocupado por ti. En una cesárea puede haber complicaciones. Tenía que asegurarme de que los dos estabais bien.

—Annie no me dijo nada —murmuró ella.

—La amenacé —dijo Ty antes de besarla con más insistencia—. Le lancé unas amenazas muy feas, como por ejemplo, que no la dejaría volver a acariciar a los cachorritos nunca más.

—Muy feas, sí —respondió ella siguiéndole la boca involuntariamente. Estaba empezando a creer que lo que Ty decía iba en serio.

—Tienes que perdonarme —añadió él con suavidad.

—¿Por qué? —preguntó Erin sonriendo.

—Quiero más bebés —dijo él sin más, y sonrió.

Erin no pudo evitar reírse.

—¡Ty!

La rodeó con delicadeza y la besó hasta dejarla sin respiración. Erin se aferró a él como si le fuera la vida en ello, ignorando la ligera punzada de la cicatriz y dejándose invadir por el placer, la felicidad, el amor. Fue como salir de una pesadilla y adentrarse en la luz. Nunca había sentido algo tan intenso, ni siquiera aquella noche en la cabaña.

Justo antes de que cruzaran una línea que habría resultado embarazosa, se oyeron unas risitas contenidas en la puerta. Se giraron a la vez. Annie y la señora Dobbs estaban ahí, tapándose la boca con la mano.

—Mironas —dijo Ty.

Las dos se echaron a reír a carcajadas. Y Erin también.

—Por favor, perdónalo —suplicó Annie—. Si lo perdonas, se casará contigo y así tendré a alguien más con quien hablar en casa, además de a la señora Dobbs.

—Y yo tendré a alguien que me ayude a cocinar —añadió la señora Dobbs.

Ty le sonrió y el corazón se le reflejó en los ojos.

—Podríamos celebrar una boda navideña, aquí en casa. Podemos enviar las invitaciones por correo electrónico y tú puedes ponerte un vestido de encaje y un velo y llevar un ramo de acebo y rosas blancas.

Ella, invadida por una dulce sensación, respiró hondo.

—Al fin y al cabo, ya llevas el anillo de compromiso.

Erin lo miró boquiabierta. Levantó la mano. Llevaba el anillo en el dedo anular. Y ahora que lo pensaba, no tenía el aspecto de un anillo de cóctel, tal como había comentado con Annie.

—Te engañé —dijo Annie—. Era de Ty. Le daba miedo que lo tiraras por el retrete si te decía que era un regalo suyo.

—Sí y, además, tiene otro a juego —añadió Ty sacando una cajita. La abrió y se lo puso en las manos. Era un anillo de boda con el mismo precioso rubí que el que llevaba ya. Ladeó la cabeza y la observó, sonriendo—. Bueno, puedo arrodillarme si quieres. He estado practicando.

—Es verdad —dijo Annie.

—¡Practicando limpiando los regalitos que Beau va dejando por mi suelo tan bien fregado...!

—No siempre puede acertar y hacerlo en el papel —dijo Ty defendiendo al cachorro.

—Pues habrá que trabajar en ello —dijo Erin.

Él sonrió.

—Sí. ¿Bueno, qué? —preguntó y apretó los labios.

Ella suspiró. Era como si le estuvieran ofreciendo la luna, y a pesar de haber vivido un comienzo tan complicado, tenía muchas esperanzas para el futuro. A Ty le encantaban los niños y los perros. ¿Qué más podía preocuparle?

—Sí —respondió.

Él dio un grito de alegría, la levantó en brazos y la besó con pasión. El grito despertó al bebé, que empezó a llorar.

—Mire lo que ha hecho —protestó la señora Dobbs, porque mientras el bebé lloraba, Beauregard y Rhodes salieron al pasillo y se pusieron a ladrar.

Ty miró a la sonriente Erin y sonrió también.

—Hogar dulce hogar.

Ella le respondió con un abrazo.

Se casaron en Nochebuena, con la mitad de Jacobsville llenando el salón como testigos del enlace mientras el ministro metodista Jake Blair los casaba. Tal como había dicho Ty, Erin llevaba un vestido de novia de encaje y un velo, pero el ramo tenía orquídeas blancas además del acebo y las rosas blancas. La sala estaba adornada con flores de pascua que quitaron corriendo tras la ceremonia porque eran venenosas para los gatos y los perros.

Y así, se casaron en presencia de un Callaway Regan Mitchell Mosby, como lo bautizaron poco después, que no dejaba de balbucear.

—Es Navidad —murmuró Ty adormilado mientras yacían abrazados bajo las sábanas.

Era justo después de medianoche, y tres tandas de entusiasta pasión los habían dejado demasiado cansados para seguir.

—Tienes que tomar más vitaminas —dijo ella suspirando y con la mejilla apoyada en su pecho húmedo y velludo.

Ty le besó el pelo.

—Estoy viejo. No te burles.

—Tienes treinta y uno, no ochenta —bromeó ella.

Él se rio y la giró para contemplar su precioso cuerpo. Deslizó una mano sobre su aplanado vientre.

—¿No te he hecho daño? —le preguntó preocupado—. Me parece que ha sido un comienzo demasiado entusiasta —dijo, y añadió tímidamente y encogiéndose de hombros—: Es que no me había dado ningún gusto desde aquella noche en la cabaña.

—¿Qué? —preguntó ella asombrada.

Él le apartó el pelo; lo tenía mojado.

—Supongo que incluso entonces lo supe —dijo en voz baja y mirándola a los ojos—. Nunca había habido una mujer como tú en mi vida. Ni una sola vez. Hasta que no te di la espalda, no me di cuenta de lo mucho que te quería —añadió antes de besarla con ternura—. Y entonces Lassiter me contó la verdad sobre el bebé. Eso sí que fue un castigo bien merecido —dijo sacudiendo la cabeza—. Quería recuperarte. Quería ver a nuestro hijo. Pero me daba miedo acercarme a ti. Sabía que me odiabas.

—No te odiaba —respondió ella con suavidad—. Tenías pruebas en mi contra...

—Cuando se ama, no se acusa —la interrumpió—. No lo entendí hasta que me dijiste que me habrías defendido hasta la muerte si hubiera sido al revés —dijo acariciándole la nariz con la suya—. Pero el detonante fue cuando Annie por fin me contó lo que sentías por mí. El motivo por el que nunca salías con nadie —añadió y cerró los ojos—. Aquello fue como caminar entre ascuas de fuego.

Ella le besó los párpados.

—Shh. Los dos hemos caminado entre el fuego, pero eso ya quedó atrás. Tenemos un niño. Tenemos una vida maravillosa esperándonos.

Él asintió, le miró el vientre y enarcó una ceja.

—¿Y a lo mejor otro niño en un futuro no muy lejano? —bromeó.

Erin sonrió.

—Incluso eso, sí.

Ty suspiró.

—¿Crees que un hombre puede morir de felicidad?

—No estoy segura, pero podemos...

Él gruñó.

Ella gruñó.

A lo lejos una vocecita se alzaba con furia y dos

pastores alemanes ladraban con él. Y más allá, en el pasillo, donde los otros tres cachorros tenían su habitación, empezaron más ladridos.

Erin y Ty se miraron.

—¿Lo echamos a suertes? —preguntó ella.

—No —respondió él apartando las sábanas—. El bebé es de los dos, no solo tuyo. Nos levantamos los dos.

Erin estaba encantada. Se rio.

—Ya veo que vas a ser un papá muy práctico desde el principio.

—Puedes apostarte la casa a que sí —respondió él riéndose con ella.

Y ahora, a los berridos y los ladridos se sumaron dos lastimeras voces desde abajo que gritaban:

—¡Que se callen!

Ty resopló mientras Erin y él, ambos en albornoz, recorrían el pasillo.

—No les hagas caso —dijo Ty acercándola a sí—. Ya se acostumbrarán.

Erin se puso de puntillas. Lo besó. Y se rio.

ÚLTIMOS TÍTULOS PUBLICADOS EN HQN

Canciones que te oí cantar en Helsinki de Katherine Vega

Tierra de secretos de Diana Palmer

El caballero escocés de Miranda Bouzo

Estrellas al amanecer de Susan Mallery

El lugar donde todo empezó de Andrea López

Amanecer en la bahía de Robyn Carr

7 citas de Sylvia Marx

La casa del río de Hannah Richell

El beso de Thor de Cristina Vatra

Una biblioteca junto al mar de Brenda Novak

Piérdete conmigo de Anna Garcia

Un pretendiente para una reina de Julia London

Un buen motivo para mentir de Maia Clark

Secretos bajo el sol de Sarah Morgan

¿Todavía? ¡Siempre! de Anabel García

Hijas de la guerra de Dinah Jefferies

Corazón escocés de Miranda Bouzo

Hermanas por elección de Susan Mallery

DIANA PALMER
Orgullo y PERDÓN

Un romance repentino destapó una traición y un impactante secreto…

Erianne Mitchell estaba perdidamente enamorada del apuesto arquitecto Ty Mosby. Trabajaban juntos y tenían amigos en común…, además los unía una atracción que resultaba demasiado buena para durar.

Pero cuando un devastador error los separó, Erianne se marchó a Wyoming con un secreto, uno que esperaba que Ty no descubriera nunca. Ella no había hecho nada malo y jamás le pediría perdón a Ty. Cuidaría de sí misma… y del bebé que crecía en su interior. ¿Cómo iba a estar con un hombre que no confiaba en ella?

Ty sabía lo que había perdido y haría lo que fuera por que Erin lo perdonara y por recuperar su confianza. Cuando la encontró, seguía siendo tan orgullosa como él recordaba. ¿Sería demasiado tarde para redimirse? ¿El destino los seguiría poniendo a prueba?

N° 296

¡YA EN TU PUNTO DE VENTA!